我和房东

周勤　著

山东人民出版社

国家一级出版社　全国百佳图书出版单位

图书在版编目（CIP）数据

我和房东/周勤著. —济南：山东人民出版社，2014.7
ISBN 978－7－209－07574－9

Ⅰ. ①我… Ⅱ. ①周… Ⅲ. ①随笔—作品集—中国
—当代 Ⅳ. ①I267.1

中国版本图书馆 CIP 数据核字（2013）第 204339 号

责任编辑:董新兴

我和房东

周　勤　著

山东出版传媒股份有限公司
山东人民出版社出版发行
社　　址:济南市经九路胜利大街 39 号　邮　编:250001
网　　址:http://www.sd-book.com.cn
发行部:(0531)82098027　82098028
新华书店经销
山东临沂新华印刷物流集团印装
规　　格　16 开(169mm×239mm)
印　　张　14.75
字　　数　200 千字
版　　次　2014 年 7 月第 1 版
印　　次　2014 年 7 月第 1 次
ISBN 978－7－209－07574－9
定　　价　48.00 元

如有质量问题,请与印刷厂调换。(0539)2925888

给妈妈！

自　序

这是一本迟到的书,应该是在一年前出的,那时候妈妈还是可以看到,可是现在她看不到了。

2011 年元旦我已经确定去美国访学,我们给爸爸提前过八十大寿,爸爸的生日宴结束后在东大的大礼堂前拍了全家福,大哥大嫂、二哥二嫂、姐姐姐夫和他们的孩子都回来,妈妈那时候还是那样健康,和我儿子小满拍了几张照片,虽然她已经患病多年,精神依然很好,加上大哥大嫂回来照顾,想一切都没有问题。

一月初到英国培训回来一周后去美国,后多有波折,好在多得朋友相助都一一化解。当我在美生活逐步走上正轨时,妻在 QQ 中说妈妈近况日差,主要是清明节后外婆近百岁仙逝,本应是喜事,可能诸事繁杂,对妈妈身体影响甚大。更重要的是外婆是妈妈的精神寄托,我过去一直和妈妈讲,外婆还在你必须健康地生活。现在外婆走了,妈妈似支柱不在,其后饮食日少,待我八月底回国之时,已经与年初判若两人。我知道妈妈的精神垮了,这是什么都无法弥补的。后虽几经反复,终不能康复。

妈妈走后,我写一短文《妈走了》,可惜电脑出问题忘记存盘,再写已经物是人非,现在只能以此文替代以示纪念。我和妈妈的感情应该是最好的,从十一岁到南京,小学中学一直到成家前大部分时间和妈妈一起生活,妈妈对我的影响自然最大的。年少时我在紫金山农业中学上初中,妈妈去参加家长会,回来告诉我教数学雷老师表扬我作业认

真,也说她教子有方。以后妈妈总以"多读书总是好的"这种朴素的思想鼓励我。但是,我二十九岁前诸事不顺,妈妈始终默默支持我。应该说,是妈妈的"不怕慢就怕站"的信念支撑我不断前行。在不断的努力中,到四十岁才读完博士,虽然晚了一点,也算是了却了妈妈的心愿。

记得一次和妈妈闲聊时,她说去医院看病,病友告诉她给她们看病的医生是教授和博士,很是了得。妈妈说,我当时没有和她说,这没有什么,我小儿子也是,只是专业不同罢了。看妈妈说话时的坦然,我当时的感觉是,我所有的努力都是值得的。我知道妈妈走的时候是留有遗憾的,因为自己有太多的愿望没有实现。就如同我自己现在经常和自己的学生说的一样,如果我三十岁左右时,有现在对学问的理解和追求,是有希望成为一流学者的,可惜现在已经快五十岁,只能把这种美好的愿望告诉我的学生们,还不知道他们是否理解,或许也要到我这个年龄才能理解。是啊,我们真正失去的并不是我们不知道的,而是我们知道而没有做到的。所以,人生不如意事十之八九,大部分是遗憾想到而没有做到。

我知道这是一本妈妈看得懂的书,上面的每一个字都是我在键盘笨拙地敲出来的。这是给妈妈的还愿。妈妈知道我一直是一个不聪明的孩子,只是知道傻干,所以经常犯错。想起来也十分有趣:在美国那样孤寂的生活中,靠着每天多多少少敲一些字,也能写成这样的小书,也算是对妈妈名言的验证。这对别人没有什么,对我却十分重要,因为这是妈妈留给我最重要的财富,我一直在努力研究的"学问"。

周　勤

目　录

签证历险记

导读：本文是本人在美国最初一个月的真情实感，"一个没有加入任何色彩白描式的描述"（朋友评语）。也许其他人在美国也有类似的经历，但对我而言，这是我一生平淡生活中一段独特经历。因为美国领事馆在我签证上很小的疏忽，使我在美国最初一个月见识许多难见的人情世故，让人看到"一个中国胖胖的教授奔波于纽约与新泽西之间滑稽的样子"（朋友评语），这是这本书的来源。更确切地说，没有这段经历也不会写这本书。

一、海关遇险

如果你第一次孤身一人到美国，英语听说又不好，到海关时，海关官员告诉你，你的签证错了，你要到楼上去重新检查，你这时候是否有天要塌下来的感觉？这就是我在 2011 年 1 月 30 日下午 5 点（美国东部华盛顿时间），过 New Jersey（新泽西）的 Newark 自由国际机场海关时遇到的情景。

由于这次到美国访学，准备时间很紧，加上中间又去英国，找了在中北旅游公司的学生帮忙，才插队在 2011 年 12 月 20 日（周一）到上海签证。正在为上海签证侥幸过关庆幸时，没想到纰漏又出在这里。本来我过海关时遇到签证官心里也没底，他问："你到美国来干什么？"这个早已准备："到 Fordham University 做访问学者。""在美国多长？""一年。"这时候我怕他不明白，赶快拿出 2019 表。他好像明白什么了，告诉我说："你的签证是 B1/B2 签证。"这时候我才清楚地注意到护照签证页中签证类型（Visa Type/Class）下面，清楚打着 B1/B2，而我的 2019 表明确说明我

1

是 J1 签证。我马上说："我不知道为什么会是这样！"他不听我解释，估计也听不懂。随即叫来他的同事，小声交代几句，我就被叫到楼上。我还准备到拿我的材料的签证官那里说明一下，里面的海关警察很凶，厉声"Sit down！"我只好坐在椅子上，马上想到外边接机等我的同事王翔和我的合作教授颜安，正准备打电话，海关警察马上过来指着墙上的提示，这时候才看到："Don't call！Don't camera！Don't smoke！"赶忙收起手机。

一时间什么想法都有了：是否会被立马要求回国？回去没问题，谁给我订机票？今天晚上住在哪里？听说美国有一个巨大非法移民拘留所，会不会把我弄到那里去？我不是非法移民。但是，我的签证为什么会出错？一时间没有头绪。正在胡思乱想的时候，一个不太清楚的声音在叫我的名字，我马上过去。一个海关签证官问我："你是否知道你的签证错了？"我说："这不是我的错误！我来美国之前到英国去了两周，我没有仔细看过我的签证！"他说："我知道不是你的错。但是，你签证签发的时间是 12 月 21 日，你有一个月时间来改正错误，为什么不去改正？"我说："我没有发现。"

实际上，护照在签证后一周给我，12 月 23 日（周四）又到英国领事馆签到英国培训访问的签证，我印象是护照在 12 月 28 日左右送到家，好像还要了 50 元快递费。我随即将它放到抽屉里。当时正忙于 2011 年 1 月 7 日至 23 日人文社会学部到英国培训访问的事情，由于到英国用因公护照，也就没有注意这些。中间还有赵静他们四个研究生要在我去英国前答辩，因为我从英国回来时学校应该已经放假，过了元旦也就没有多少时间安排答辩，加上一些其他事情要处理，忙得乱七八糟。在这之前我也没有用过因私护照出国，对上面的内容也不熟，再说谁会想到护照签证上会在这个地方出错呢！

这时候，几个海关官员把我的材料传来递去，嘻嘻哈哈，几乎每个人嘴里都冒出相同的词："No Way！"我估计是没有办法解决的意思。这时候我已经基本不抱顺利过关的希望，只能等他们处理的结果。好在现在年龄渐大，遇事不像年轻时候那么容易冲动。过了一会儿，最先拿材料的签证官叫我过去，我发现我们一批被叫到楼上的，只有我一个人还在那里，其他人五六个人都已经走了。他说什么我没有听清楚，脑袋"嗡嗡"响，只听出一个"RETURN"，我马上说："我有朋友在外边等我，怎么办？"他说："你可以出去。"随后在护照上将我入境填的单子（后来才知道那是 I94 表）上面写上"2011 年 2 月 27 日返回"，盖上章。我当时没有听清楚以为是 10 天内要离境，27 日必须返回，后来知道必须在 27 日前离境。我拿起其他文件，拖着拉杆箱赶快出去，出门地方站着一个全副武装、又黑又高又壮的黑人警察还要阻挡我，里面的官员向他打招呼，才让我出去。我立马去找托运的两件行李。找了半天没有找到，当时急得一身汗。一个机场工作人员问我是否找上海来的行李，我说是的，他指着一个方向，告诉我在那边角落，我跑过去看到只剩下我的两件行李躺在那边。

更可气的是，美国这个国际机场好搞笑，一辆机场行李推车还要 5 刀，还不找钱，在英国时外语学院的李霄翔院长说是美国机场行李推车要钱，我还不相信，现在事实摆在面前。我从国内带来都是百元美钞，加上中国机场免费的习惯，实在不愿意花这个钱。好在拖着三件行李还是可以向外走。快要到门口，机场工作人员又拦住我，要报关单，我将在飞机上早已经填好的单子交给他们，他们看也不看，就让我出去了。我多少有点后怕：也没有人检查行李单就放我们出去，要是有人拿走别人的行李，也不可能被人发现，丢行李也很正常。我刚出接机口就看到王翔和颜安在那里焦急向里看。他们以为我这么长时间没出来，肯定是行李被检查了，谁也没有想到出了签证这个事。而围绕我的签证，我们整整忙了一个月才最终解决。从我的签证历险到改"证"磨难，可以简单透视美国的人情世故。

二、改"证"磨难

出海关如同被大赦，好在颜安和王翔等在外边，让我安心不少。三个箱子放到颜安的宝马 X5 上，一路开出 Newark 机场。我一直时差感觉不明显，虽然飞了 16 个小时，也没有什么不适，多次出国都是如此，大家都认为这是身体好，实际上是我人比较"木"的表现。从浦东起飞时是 30 日北京时间下午不到 5 点，到这里还是 30 日晚上，好像是赚了时间，不过是美国东部的华盛顿时间，以后回国再还。

车子没开多久就到了我们住的地方，后来知道只有 15 英里也就 25 公里，在高速也就半小时。我租房的准确地址是：2412 Thomas Jefferson, 30 Newport, Parkway, Jersey City, NJ, 07310。进到房间，的确很大，但是几乎空空如也，除了王翔事先买的两个床垫，两个简易桌子和转椅，就是房主原先配好的厨房用具，其他一无所有。

匆忙丢下行李，就和颜安、王翔去吃饭。我本来也不太饿，但是已经是晚上八点多了，就去了我们住房附近的一家中国餐馆叫 Confucius Asian Bist（翻译过来就是"孔子亚洲临街餐馆"）好像孔子在这里蛮有影响，New Jersey（新泽西）的 Path 地铁站的电视宣传片中也有孔子语录，应该是"己所不欲，勿施于人"（He is not willing to do things, just don't use them to deal with others）。我们点了四个菜，包括侧鱼（发音如此，实际就是一种海鱼）、上海小白菜、小炒肉和回锅肉，好像花了将近 50 刀，王翔和颜安抢着付账，最后是王翔付的，小费是颜安给的。之后不到 10 天又在这个馆子吃了三次。吃完后，我们就上楼，颜安回去，我们把床垫铺开。我没有枕头，太太忘记将床单放到箱子里，只好将就直接睡在垫子上了。第二天 31 号去 Target 超市采购，才将这些东西备齐。由于不知道是否要回去，一直没有买床等东西，这也许是这辈子不得不睡地上最长的时间，一睡也就睡了一个月，如果不去买床就要睡上七八个月了。

我们住在 New Jersey（新泽西）的 Jersey City（泽西市）最靠近纽约的 Newport（新港）。这里和纽约市隔河相望，站在 Hudson（哈德逊）河边就可以清楚看到对面正在重建的世贸中心（WTC）的工地，以及华尔街的金融区。想起来很有趣，New Jersey 在美国简称 NJ，按照美国的简称南京也应该叫 NJ，而南京也有一个新港。当然，新泽西是美国东部最早开发的地区之一，至少和开发纽约市是前后脚，只是 NJ 后来成了重要化工区，即使今天 NJ 的医药产业依然是全世界闻名的，而 Newport 地区又是最早开发而被废弃多年。按照我的理解这个地方原来的名字应该叫 Pavonia，现在除了在 NJ 的地铁 Path 站和 Newport 名字混用外，估计绝大多数人已经不知道这个怪怪的名字了。还有我在 Path 的站口看到竖着一个铭牌，上面说明当年美国第一任总统华盛顿在这附近有一个庄园并确定了界碑。这个地区估计可能是化工污染问题已经被废弃多年。我和王翔从住的窗子能远远看到一个规模很大的教堂，听说有些地区教会可能会免费教英语。后来我们买东西时多走了一点路，想去看看。本来还抱点奢望，结果大吃一惊，整个教堂已经被废弃，从破损的程度看已经多年不用。仔细想想也可以理解，附近几乎没有原来居民，所有的工厂都被遗弃，最夸张的是看到一个上百米长的水泥平台，上面一无所有。按照我过去在工厂的经验，这是一个巨型行吊的架梁。如果真是如此，当时的工厂该是什么规模！要有多少工人！

但是，最近十年受到"911"影响，许多金融公司开始从华尔街地区搬出，NJ

政府利用这一契机，重新启动 Newport 地区开发，可能要消除人们对老化工区 Pavonia 的印象，才改名叫 Newport，加上税收上优惠的引诱，大量金融公司搬入这个地区，包括 JP Morgen 财团 Chase&Co 等大公司都在这里建立新大楼，加上 ShopRite、Best Buy、Target、A&P、PC Penny 和 Sear 等连锁超市以及大型 Supermarket 在这里集聚，几个犹太人也看中了这一地区的住宅出租市场，在这里开发了十几栋高层公寓，我们住的就是其中一栋，由于我们交钱晚了只租到朝西两室一厅，看不到 Hudson（哈德逊）河，倒是可以远远看到 Newark 机场的飞机起起落落。后来我将和这个机场"亲密接触"，也给我留下终生难忘的记忆。

以后两天，颜安让我调整一下，其实 2 月 2 日就是大年三十了，有生以来第一次在外过年，每年对"春节联欢晚会"很不以为然。但是，到了国外，什么气氛也没有，多少有点凄凉。上午王翔约了同在一栋楼住的颜安表妹赵敏（按照发音估计的），晚上 6:00 一起到前面说的"孔子餐馆"吃个团圆饭。

我们中午饭吃得晚，午休一直睡到快 6 点才起。我们 6:30 到赵敏住的 12 楼敲她的门，里面没有人，打电话也没人接，我们只好自己去了。到了餐馆给她打电话时说已经到楼上，她说 6 点到餐馆等我们，到时间看我们没来就去买菜了（看来到了美国，时间观念更加强了），因为马上要给国内打电话拜年就不过去了（这时候应该是北京时间 3 日，也就是大年初一的上午 7 点了）。我和王翔叫了三个菜，侧鱼没有了，叫了一个糖醋鳜鱼、上海小白菜和小炒肉，两瓶啤酒，我们没有吃完，可能是中午吃得有点多（至少我是这样的），连小费一共 58 刀，换算成人民币是太贵了，主要是不好吃。两个人凄凄惶惶吃完了回到楼上，也没有什么可以多说的，各人回到自己的房间，睡觉似乎太早，白天睡得太多，也没别的事可做，想起来给大家写一封邮件群发吧。这是我写得比较煽情的邮件，后来的回复邮件反响也表明了这一点，这和我以往粗粗的形象不太吻合。邮件如下：

各位师长、各位朋友、各位领导、各位同学：

我是东南大学周勤，首先向大家道歉用群发的方式向各位致 2011 年春节的问候，祝愿大家在本人的本命年里，一切都好，万事如意，心想事成！这些都是客套话，但是，好像不说不行，我自己没有拜年的习惯。

可是今年身处异乡，在纽约附近的泽西市 2412，30 Newport Parkway Jersay City

NY 07310 Thomas Jefferson 的公寓向各位祝愿，也许只是唯一的一次。也借此机会和大家表述我的祝愿，谢谢大家在过去的岁月中给我的支持和帮助！我会一直感谢你们！再一次我表达我的心意。如果有可能，到纽约记得联系我。

东南大学　经济管理学院　周勤再拜

2011 - 02 - 03（Thu, 3 Feb 2011 01:07:11 -0500）

现在看这个邮件，首先也很平常，有几个我打字经常出的错别字；二是短短一行英文地址就有两个地方错了，一是 Jersey 写成 Jersay，二是 NJ 写成 NY。当时对后者的确没有概念，前者肯定是拼写错误。后面知道我的签证错误也是来自打字输入时的错误。

2 月 3 日是周四颜安有 MBA 课，我们约了去见我访学的 Fordham University 的国际部主任 Salvatore C. Longarino，以后就叫他 Sal，译成中文应该就是我们熟悉的"萨尔瓦多"。在来之前我已经知道他，而我的 2019 表就是他签发的。

在此之前对 Sal 的印象应该是一个很有激情的人。看他的名字应该是有西班牙血统。在申请到 Fordham University 的过程中，他把应该发给我的 2019 表发给了王翔，耽误了大概 10 天，也许没有这个耽误也就没有以后的事情。还是王翔发现了将邮件转发给我，我马上和颜安联系。估计颜安随即询问他，Sal 回头给我发了一个非常生气的邮件，明显对我没有直接和他联系，就将这个事情告诉颜安很不满意，邮件开头都没有通常客气称呼，第一句就是："I guess we did it!!!" 不过很快就将 2019 表发给我。当然，如果没有 Sal 颇有效率的工作，我在去年 10 月 26 日才和颜安明确到 Fordham University 访学的计划，1 月 30 日就到美国几乎是不可能的。

真的见到 Sal 本人才发现他是一个蛮有风度的老人，很有涵养的学者样子，满头是有点稀疏的白发，精神矍铄，语速较快，开始一点都听不懂。他是学校的行政官员，属于职员（Staff）。到了国际部，我才知道颜安之前也没有见过 Sal。现在想起来也对，如果没有我这档事情，颜安没有必要见 Sal。Sal 开始对我很热情，语速极快，看我没有什么反应，知道我听不懂，马上就和颜安交流，把我搁在一边。显然，来之前颜安已经在 31 日上午通过 Email 和 Sal 将事情说得很清楚，Sal 回信中说这是一个 dismaying（令人沮丧）的事情，我们去的主要目的就是将我的护照、护照签证页、2019 表和 I94 表，以及美国移民局签发 I797 表 一起复印留档，并以此和有关部门交涉。Sal 告诉我们，在他的经历中从来没有过类似的事情，他也颇感棘手。在我们来之前，他和他在其他学校的同行交流过，他们也没有过类似的经验，看来这个事情还是比较难办。当然，他也毫不犹豫接了下来。后来看来如果 Sal 不管，我只有回国的分了。但是，Sal 立刻开始将问题解决的路径从美国驻上海领事馆签证处（Shanghai NIV，Nonimmigrant Visas）开始。

颜安告诉我这些官员大多是在教职上做到终身职，后来不做学问又不愿教书或者教书不行了，也不愿意离开学校，身体还可以，就在这些行政职务一直干到自己不愿意干为止。原则上他们是没有退休的，只要他们愿意可以干到任何时候。他们一般都有博士学位，原来就是教授，所以看起来都像学者也不奇怪。我和王翔后来见到的美国语言和文化研究所主任（Institute of American language and Culture）的 Irene Badaracco 负责非英语国家学生的英语培训，就在 Sal 外面一间办公室，给我们的名片也是一个博士，是一个很有学者气度的高个子白人老太太，也验证颜安的说法。美国学校这个制度和大家比较熟悉的终身教授制（Tenure）颇为有趣，与中国年纪轻轻稍微做出点成绩，就赶紧向行政上转大相径庭，美国大学的行政机构是没有什么资源的，收入也低，这与中国大学行政化趋势正好相反。

以后开始了一个应该说比较漫长的"秋菊"式"改"证过程。从后来看到的邮件上分析。Sal 是在下周的周二，也就是 2 月 7 日开始与上海领事馆接触，并将我的情况发给上海领事馆的非移民签证处（NIV），Sal 一般是周二到周四或者周五在 Lincoln Central Campus（中文翻译成林肯中心校区，是 1960 年以后建成的），其他时间在 Rose Hill Campus（我们称为学校本部，这个学校初建于 1842 年，就在这个校区）。因为在此之前国内在过春节，没有人管这个事情。10 日将第一次交涉的情况发给我。这一天又是周四，颜安有课，我们见面后，他就将有关邮件发给我，说事情有点乱，上海领事馆方面还在找理由推出去。可是到了周五事情似乎急转直下，上海方面大方地认错了。下面是 Sal 和他们来往的邮件，充分体现他的职业素质和处理事情的能力。

这是 Sal 第一封邮件：公文规矩、主张有度也不失风度。
From：SALVATORE C. LONGARINO

［mailto：longarino@ fordham. edu］

Sent：Tuesday，February 08，2011 2：00 AM

To：Shanghai，ACS

Subject：Qin ZHOU

Dear Consul,

I read on your web site that this e-m is designed to be used by an American Citz. I could not find any other e-m address, so, as a U. S. Citz. I write to you for our dilemma.

Our J-1 Researcher presented his DS-2019 to the Consulate. On 12/20/2010, Vice Consul endorsed his DS-2019 (attached).

However, on 12/21/2010, the next day, the Consulate issued a B1/B2 visa, rather than a J-1. Assuming that the Consulate issued the correct visa, our researcher did not notice the mistake until he was admitted into the U. S. as a B-1 non-immigrant.

Could you corroborate my comments?

(See attached file：hppscan344. pdf)

Salvatore C. Longarino

　　第二封是上海领事馆签证处的：官样文章不知所云，实际上 Sal 已经将文件附在后面，还要他将文件扫描发过去。

"Shanghai，NIV" ＜ShanghaiNIV@ stat e. gov＞

TO "SALVATORE C. LONGARINO"

02/09/2011 03：54 ＜longarino@ fordham. edu＞

Subject RE：Qin ZHOU

Greetings,

Please ask your J-1 Researcher for the document the Dept. of Homeland Security would have issued him at his port of entry. Please then scan and send this document to us so we can answer your question.

Regards,

Shanghai NIV

This email is UNCLASSIFIED

第三封是 Sal 的：继续争取，注意细节，这里将原来的扫描文件完备，文件名也变化了，很给签证处的官员们面子，一点也不为上一封邮件争辩，重点大写：

From：SALVATORE C. LONGARINO［mailto：longarino@ fordham. edu］

Sent：Wednesday, February 09，2011 10：32 PM

To：Shanghai, NIV

Subject：RE：Qin ZHOU

I attached his I-94 card - my attachment had 3 pages. If you need something else besides the I-94 card（front and back）passport and visa just let me know. At this moment, I have forwarded all of these items already.

Again, I attach his I-94 card-back and front, B1 Visa, Passport, Consular approved DS-2019, SEVIS feerecpt. ALL ARE IN ONE ICON BELOW

（See attached file：hppscan345. pdf）

Salvatore C. Longarino

第四封邮件上海领事馆签证处：直接认错，出人意料，但是解决办法颇费周折且几乎不可行。即使这样对他们勇于认错的态度我个人表示敬佩，他们完全可以一推了事。我不知道这次认错仅仅是一个工作人员的行为，还是要集体签字负责。按照我后来对美国官僚体制的理解，应该是一个人负责的行为。

这时候我终于从表面上知道，这是一个打字输入上的错误导致的恶果，这个录入者是否受到处罚？虽然我也不愿意你遭受惩处，但是想想我受的罪，他也就该忍着吧，粗心害死人啦！

"Shanghai, NIV" ＜ShanghaiNIV@ state. gov ＞

To "SALVATORE C. LONGARINO"

02/11/2011 04：05 ＜longarino@ fordham. edu ＞

Subject RE：Qin ZHOU

Greetings,

Thank you for your e-mail. Sorry, we didn't see the I-94 in the attachment. We see it now. Yes, we made a mistake. Mr. ZHOU was issued a B1 visa in lieu of a J1 visa. He was approved for a J1 visa; however, a data entry error caused his visa to say B1.

We want to help Mr. ZHOU and we are contacting DHS in Beijing to see if Mr. Zhou can change status in the United States. This would be best scenario.

The worst scenario would be Mr. ZHOU being required to exit the U. S. and reapply for a J1 visa. He would be able to apply anywhere in the world. We will enter notes in Mr. Zhou's file explaining our mistake. These notes will be viewable at any U. S. visa post in the world. That said Mr. Zhou will want to immediately bring this situation to the attention of his interviewing officer.

In the meantime, are you able to help Mr. Zhou change his status in the U. S? If so, please let us know how we can be of help.

Regards,

Shanghai NIV

This email is UNCLASSIFIED

第五封 Sal：得饶人处且饶人，Sal 颇有中国人处事的基本精髓，但是又在争取最好的结果，但是领事馆方面也就能做到如此。

From：longarino@ fordham. edu

Date：February 11, 2011 9：10：48 AM EST

To："Shanghai, NIV" ＜ ShanghaiNIV@ state. gov ＞

Subject：RE：Qin ZHOU

Dear Officer,

Thank you very much. Your response is exactly what I needed before I would take my next step.

I will send him to Deferred Inspection with this information to see if we could have the "best scenario". Of course, anything you could do from your side with DHS would be much appreciated.

Thank you, again,

Salvatore C. Longarino

第六封 Shanghai VIS（上海领事馆签证处）是直接给我的：认错诚恳，方法直

接。但是，话说得轻松，我回上海，谁给我出路费？认错是不错，可是自始至终没
有说补偿方面的问题。同样，后来的结果并非他们指示可以实现，这是美国官僚体
制中另外一个特征，井水不犯河水，各负其责，但是效率低下；同时只要涉及到钱
的问题，基本都采取回避态度。我们2月15日上午见Sal给他看了这封邮件，Sal一
针见血说，这个邮件没有任何用，后来的结果应验他的说法。

From："Shanghai，NIV" <ShanghaiNIV@state.gov>

Date：2011-02-15 11：28：52

To：ZHOUQIN63@126.COM

Subject：FW：Zhou Qin's Case

Dear Mr. Zhou：

We sincerely apologize for erroneously issuing you a B1（C8127839）category visa in lieu of
a J1. To remedy this and prevent potential problems in the future，we suggest you take one
of the below actions：

Apply for the adjustment of status with U. S. Citizenship and Immigration Service（USCIS），
who have advised us that you may adjust status in the U. S. from a B1/B2 to J1.

Bring your passport to the Shanghai Consulate for a free visa correction.

If you have any questions please reply to this e-mail address and include your phone number.

Regards，

Shanghai NIV

This email is UNCLASSIFIED.

　　当然在此期间还发生两件比较有意思的事情，搞得我和王翔又到"孔子餐馆"
撮了两顿，当然这两次都是别人请客。第一次在2月5日星期六来的是安徽合肥一
对夫妇和他们在Boston University（波士顿大学）读经济学硕士的儿子。这对夫妇在
从上海浦东到Newark的飞机上坐在我旁边，我是25D靠走道，他们两个就应该是
25E和25F。开始大家不熟悉也就不说话，我进机舱时拿了一份英文报纸。因为是美
国大陆航空公司（Continental Airline）的飞机，也没有中文报纸，想想要16个小时，
有份报纸也可以打发一点时间。根据刚去英国的经验，飞机上的电影没有多大意思。

　　这两人十分有意思，女的看我看英文报纸，就不停地问："你能看懂吗？"我也
实话实说："大部分还是看得懂，至少知道他们要讲什么。"她就说："我一看全英

文报纸脑子就晕。"我想也是一个很有趣的问题，现在除了给中小学生看的报纸，真没有什么中英文对照的报纸呢。就问她做什么工作。她说做外贸，和江苏的汇鸿和舜天等公司很熟。给了我一张名片，一个完全男性化的名字。这家人十分有趣，丈夫基本不说话，只是偶尔妻子问他才蹦出几个字，而妻子话不停。自然就问到我做什么，到美国干什么。出于礼貌我也给了她一张名片，说到纽约访学。随后她就是讲他们的孩子情况，几乎从小学说到出国，显然他的孩子十分优秀，但是缺少基本的引导。我就将我的观点说了几条。他们坚持说，他们5～6日到纽约，带孩子到纽约玩玩，一定要把他的孩子带来和我单独交流。于是才有他们从 Boston（波士顿）坐了晚点3小时的火车到 Newport 在"孔子餐馆"的吃饭一幕。他们的孩子完全出乎我的意料，原来以为是一个小小乖乖的男孩，看到的却是一个有一米八〇高粗壮的大小伙。大家颇谈得来，孩子也很有主见，不是我们能够左右的。好像这家男的照相不错，给我们拍了两张照片，回国后发邮件给我了。

另外就是我们宣传部的施畅部长一家从加州到纽约来玩，说起来这次能来美国还要感谢施畅的提醒。我在12月初在九龙湖宣传部见到他时，谈到签证事情，他告诉我他也将去美国，因为他爱人也就是南师大商学院的周燕副书记（之前推荐过聂慧和赵静保研过来，也算是熟人）在加州访学，他带儿子过去探亲，顺便把儿子放在那里几个月，可以上几个月的小学。时间比我还要早走几天，应该是1月26日的飞机。他说现在排队签证已经要到2月份，这才触发我找中北 MBA 学生插队签证的事情。之前他就告诉我将到纽约来玩，时间大概是2月10号。

我在2月9日晚上接到他们电话，说好第二天中午12点到我这里。第二天他们如约而至。在楼下院子里，施畅见面就说："能在纽约见面不容易，我们要拥抱一下。"于是，我们来了一个"熊"式拥抱。我还奇怪怎么这么容易找到这里，后来知道送他们来的是他在南通念中学时的同学，私交很不错，现在在一家对冲基金公司做基金经理，就在我们现在这栋楼的20层住了3年多，去年11月份才搬走，所以对周边很熟。他告诉我们，基本上来纽约的中国人都会在这边住上一段时间。随后，我们就很自然又去"孔子餐馆"吃饭，施畅点了不少菜，要了3瓶啤酒。我们聊了聊刚刚过去的春节，施畅他们在加州周燕的学校，把所有在那边的中国人聚在一起，三十晚上大吃了一顿。施畅说到超市买了一后备箱的东西，做了10个菜，好像喝了一箱的啤酒。对比三十那天我和王翔的惨状，心中多少有点怅然。饭钱是施畅同学付的，估计加小费要 150 刀，吃完我说到我们那里"站站"，因为整个房子就两把转椅，一起过去我们六个人，岂不是大家"站站"！到了我们住的 2412，就施畅的大个子儿子找了转椅一坐，我们就站在空空的客厅里聊了一会。施畅的同学问了我们的租金，我们说半年每月 2300 刀多一点，如果租一年也就 2000 刀。他说 2008 年金融危机租金降了不少，原来还要贵不少，金融危机影响巨大，他们公司裁员三分之一，他能留下来应该是做得不错。他看我们房间空空的，一个小房间空着就说我们太奢侈，这里房租最高的时候，有人将客厅加一个垫子也转租出去。我说如果把小房间转租 400~500 刀怎么样，他说肯定抢着租。我说如果这样我们一个月的伙食费就有了，王翔马上说这样太不安全。总体说，王翔租的这个房子的确不贵，但是，这么多地方空着，对于我们每月 1800 刀的补贴而言（还不知有没有），多少有点浪费了。不过前两天来的 Boston 的小伙子听说我们房子才 2300 刀就说，他的房子没有这个一半大，又是旧楼，在 Boston 要 1500 刀了。看来 New Jersey 的房子的确不贵。聊了一会，大概三点钟他们要去哥大（Columbia University），大家就匆匆而别。正常情况下，我们就是半年后再见了。

三、再受挫折

2 月 15 日上午到 Sal 办公室将情况说了一下，Sal 还要我下午三点到他的办公室，他会给我一封信，里面交代了到 Newark 机场有关事宜。下午三点我准时去了，我这时候已经知道在这种情况下，应该如何客气打招呼："Hay, Sal, It's a good time for you!"这是向颜安学来的。Sal 也没和我多说话，就给了我一个信封，上面潦草地写着"Prof. Zhou"，打开看了就是 Sal 和上海领事馆签证处（NIV）来往邮件的复印件和他给海关办事人员的一封公函，另外要我带上相关文件。

2 月 17 日，周四，我和颜安约定上午到 Newark 自由国际机场，因为颜安下午 3：40 有课。我们按照 Sal 给的地点，约在上午 9：10 在机场的 Terminal B 见面，一起去海关改 I94 表，因为原则上海关是不能改签证的，所以仅仅希望他们将我 "RETURN"时间改为一年，至于签证是 B1 还是 J1 已经不重要。按照上海领事馆签证处（NIV）的说法，现在全世界都知道你周勤的签证是 J1，就是你护照上不是。

16 日晚上睡得很好，似乎一切都会很顺利。第二天吃过早饭就出门，我认为

Newark 机场当然就在 Newark，而到 Newark 地铁 Path 就可以直接到。按照最近一段时间乘 Path 的经验，提前一个小时是足够的。但是，我自己又犯了一个"想当然"的错误，从 Newport 坐从 33rd Street 到 Journals Square 的 Path 一站路就下，在 Grove Street 换车，换从 WTC 到 Newark 的 Path，中间因为不出站，总共也就 1.3 刀，很便宜。Path 从 Grove 开始就从地下出来变成轻轨，好像开了好长时间，车厢里已经没有什么人，中间差一点在 Newark 的前一站 Harrison 下。问了一个应该是印度女人，她告诉我到最后一起下就到 Newark 了。但是，一路上我一直没有看到机场，心里就有点慌。

跟着人群出了 Path 车站一下子蒙了。时间已经快到 9:10，机场在哪里啊？赶紧问人。在到美国之前，大家都告诉我不要和黑人打交道，所以一般不敢向黑人问路，而 Newark 几乎到处是黑人。不过最后发生的事情还是改变了我的看法，黑人中也有好人，至少对我而言，虽然我现在依然不敢向黑人问路。找了一个高个子的白人问 Newark 国际机场在哪里，他很奇怪地说："This is Newark City. No airport."这时候才想过来：机场怎么可能和市区在一起呢？就像南京禄口国际机场和禄口镇那是两回事，和南京市区更是差上几十公里。好在那个白人让我去找警察问，我只好硬着头皮连说带比划。警察终于明白，指着一个售票处叫我到那里买票。过去看了有自动售票和人工售票，机器以前没使过，不敢用。到人工售票处看到一个巨胖的黑女人售票员，不过这么胖的人在美国倒也是不少见，不过黑人居多。她语速巨快，我说了到"Terminal B of International Airport"，她马上喷出一堆声音，我是一点也没有听懂。我想无非是付钱，就给她一张 100 刀钞票，她明显不高兴，但是还是找了一把钱给我，这时候我才知道票价是 8.25 刀，好像在机器上自动售票会便宜一些。美国到处都是这种价格歧视。我拿票时，她反复和我讲"Track 4"。我问是不是第四站台乘车，还和她用手指比划了一个"4"，她十分不耐烦又说了几遍"Track 4"。这时候我已经清楚了到第 4 站台等车。

同时，我看到她做了一个奇怪的动作，在我的钱上画了一个红圈。当时，我想她是不是怕是假钱，要做个记号作为证据。可是我马上就走了，也许永远不会再来，她到哪里找我？后来想通了，她是做个记号，以免和 1 刀的纸币搞混。这两个钱实在是比较像。当然，美国人实在是太"笨"：一是为什么把一个差别这么大的钱做得如此像？二是这么多年为什么不改？三是每天都和钱打交道的人还需要这样分辨吗？况且在钱上乱写是犯法的。

我一路小跑往站台那边去，可是按照指示牌怎么找也找不到"Track 4"。没办法，找了一个穿制服、好像是车站工作人员的人，她带我到了一个电梯口，在电梯口上标着"Track 4"，告诉我向上一层就到。坐着电梯上去，上去以后找到了"Track 4"，正在想什么车可以坐，旁边一个明显是印度人的人主动和我说就在这里，下一趟火车就可以坐了，还要我将票留好，进机场要用。我估计他是在我后面买票的，听到了我和售票员的谈话。这时候自己才放心等车，看看电子显示牌知道，这条铁路不仅可以到 Newark 的国际机场，还可以到 Princeton（普林斯顿）甚至还可以到 Washington（华盛顿）。

等了也就 10 分钟，火车来了。实际上是一个小火车，在国内我已经好多年没有见过这样的小火车。火车一停，列车员就下来了，我赶紧问他是否到机场，他说是的，我就上车了。在车厢里不知道火车开多久才到，也就没敢坐。这时候看到一个中国人模样的女孩，马上问：你是中国人吗？她回答：是。我马上问：到机场要多长时间？她说：五分钟。她还嘱咐我拿好票，到机场还要转机场轻轨要用这个票。这和前面印度人说的一样。

下了小火车赶紧又问人，怎么到 Terminal B。一个瘦小的不太像美国人的人要我跟着他，带我坐电梯去机场轻轨。这时候发现进轻轨还要有票，将在 Newark 卖的票插入检票口，就进入机场轻轨，每隔 15 分钟有一班，是一种单轨小火车，双向行驶。看上面的指示图才知道，Newark 有 ABC 三个 Terminal（航站楼），从我进去的站口需要坐三站。上了轻轨才可以看到 Newark 机场的全景，规模巨大，而我们要去的 Terminal B 在机场的中间。轻轨开得很慢。带我上来的人在我前面一站 Terminal C 下，临下车告诉我下一站下。"谢谢啊！"嘴上说着，实际我自己心急如焚，主要是约定时间早已经过了，颜安是否还会在那边等？下了机场轻轨再将火车票插入检票口，检票机就将车票收回。我问机场工作人员我的票呢，她回答必须要收回。这也是美国一大特色。

在美国坐火车，上车后车票是插在一个专门的位置上，在你前一排座椅上面，上车后大家都会主动将票插在那里，检票员过来检一下，就是我们国内过去经常看到的打个孔，有时是换票，将你的票收回换上他的代用票。这个票我仔细看过，上面主要说明这个不是票，是一个代用凭证，我也弄不懂为什么会这样。这些车票肯

定是要被收回，而报销凭证就是购票时售票机给你的凭证，上面一般会说明你购票的基本信息，当然是没有我们在国内通常发票上的财务专用章。每次机器都会问你是否要收条，我观察大部分人是不要的。当然，除了超市快餐等按程序必须给你收据外，在美国其他时候你要收据，一般当事人会不太高兴，虽然他们都会给你。我估计他们会认为你对他们不信任，当然也给他们增加麻烦。我曾经问颜安，没有发票怎么报销呢？他说我们一般不需要发票报销，只要按照这个事情本身需要多少钱造了计划，按照这个计划由你的上级签字就可以报销，显然他们是一个管头不管尾的制度。这也是他们的特色之一。如果这样，在中国可能要乱了套，大家都会用各种方法节约归己，逃税更是难以控制。显然这个制度必须有两个前提：一是完备的税务系统，在美国逃税是重罪，处罚极其严厉，而且没有重新做人的机会，一般人不敢尝试；二是很难从政府部门或者其他企事业部门去转嫁费用，他们的预算很紧，并且审查也很严。美国这种做法应该说，成本可以降低不少，管理比较容易，而且节约了不管归谁，整个社会的资源没有被无效地滥用。因为钱一到私人手中，其花费就会比较理性，而且肉还在锅里，社会的总福利不会减少。但是，这些东西在中国好像都很难实行。

出了 Terminal B 马上给颜安打电话，他说在楼下的一个咖啡馆里。我到的时候已经快 10 点，赶紧道歉，颜安反而说，没有什么关系，出来早没有吃早饭，就在这里吃了，反正在这里可以干活。

这也是典型的美国式风格，人再多也不妨碍做事情。纽约那么多 Starbuck（星巴克）什么时间都是满满的人，许多人买一杯咖啡就在里面呆着，因为有免费上网，他们就把活弄到这里来干。我是在人多嘈杂的地方什么也干不了，但是他们可以在咖啡馆里一待就是一天也不烦，真是服了他们。

我们赶紧询问到海关怎么走，颜安好像问了一个机场工作人员，随即我们下了楼向右转通过一个很长的甬道，中间还有一个德国 Lufthansa's Aviation（汉莎航空公司）的办事处。现在这些都还记得，说明当时还是不太紧张的。到了海关检查口，有两个海关工作人员，一男一女，看年纪都不小，颜安和他们解释我们要去改签证，他马上问是谁改，颜安说是我。男的马上拿起手持探测仪，让我把外套脱了检查。记得那天为了表示正式，我还穿了短风衣去的。随后颜安要检查，那人说你不用了，你不能进去。这时候，颜安只好和我说，我不能陪你进去，你自己进去，不会有事情，我在外边坐坐等你吧。这时候，我一下子就紧张起来，看来刚才不紧张是因为颜安在旁边，反正什么事情可以由他先顶一下，问题不大。

从检查口到海关正式入口至少有 50 米远，感觉好长似的。正式进到海关办事地方，门前还有引导台，里面坐一个应该是秘书这类的工作人员，也是一个巨胖的女人，与 Newark 的火车站售票处的黑人女售票员可有一比。只是这是一个白人。我说我要改签证，她马上叫我进左边的门，里面有一个窗口。正准备和里面的工作人员说我的情况，外边来了一个个子不高，嬉皮笑脸的警察模样的人。他看看我的材料，告诉我乘电梯到二楼，向里面走，看到"Passport"就敲门，还做了一个使劲的动作。我赶紧说："Thank you very much！"那时候也就会这一句了。他回了我一句："Sayonara（日语'再见'）！"显然他把我当日本人了。进了电梯，看到的确在 Second Floor 边上写着 Passport。上到二楼只有一条路，直走后右拐，就看到写着"Passport"的一个门。看到一个白色门铃就按了一下，没有什么反应，就又按了一下。里面传来不耐烦的"come in"的声音，于是就转门上的手把。门很厚使劲才拉开，里面一个警察向我挥手，明显是让我进去，于是走进去。里边一个蛮大的厅，就一个工作人员，也没有要办事的人。当时我很紧张，也没有注意那个工作人员的年龄和高矮胖瘦，后来 Sal 还问到我这个问题，我是一概不知了。

一进去，那个人就问我，我什么都没有听懂。于是将 Sal 给我的信封打开给他，里面是 Sal 给海关的一封信和前面我已经列出的邮件，在重要部分 Sal 用黄色记号笔涂过了。他马上上网看有关情况，显然我的资料网上已经有了。这一点上海领事馆没有乱说。估计他不知道应该怎么办，看了以后直摇头。我心想可能要坏事，这时候就更紧张。他问我什么我都听不懂。他看我什么都不懂，就拿起电话，好像先找了一下他的上级，没有人接。他看了看 Sal 的信，应该是打电话给 Sal，可惜也没人接。

他看没有办法，只好回头用很慢的语速问我：你懂英语吗？这不是废话吗？我要是英语很好，还有你说的嘛！我回答说：听说都不行，但是看没有问题，这个显然他听懂了。他也没办法，就在计算机键盘上敲了一通。随即打印出来，上边是一个办事的程序，下面是他手写了几行字，全部是大写。这张纸后来给了 Sal，准确的英文我已经记不清，中文的意思是："请将这个交给 Sal，他会明白怎么做。"这时候我已经知道今天没戏了，好像一下子人也就放松了。把他给我的那张纸反反复复看

了好几遍，总体明白了我后面的程序。但是，我在上面看到一个字"Docs"不明白，想是不是把"Does"打错了，我现在对打错字比较敏感，就指给他看。他十分不屑说："Documents！"估计他心里在想：就你那么一点英文还能看出错误！原来这是一个缩写。随后，又给了我一张纸上面是全部的正式办事程序，告诉我可以走了。我问了一句：我还要来这里吗？他回答说：不需要了。我这时候只能拿着他给我的材料往外走，出门时还没忘记对他说一声"bye-bye"。的确两周后我又来了，并没有像他说的那样我不用来了，不过处理事情的不是他。

我后来想，如果那天我的英语足够好的话，也许事情当时就可以搞定了。就像2月22日在伦敦Heathrow Airport（希斯罗机场），李霄翔院长和海关人员交涉樊和平院长他们购买商品减税的事情那样，说得那个海关老头脸涨得通红也没有办法，只好给他盖了章走人。我当时真希望这个海关人员，能像我在Bank of American（美洲银行）办Debit Card（应该是借记卡，就是我们一般的储蓄卡）时，那个漂亮的女办事员那样。当时女办事员看跟我们用英语交流，实在是搞不定，居然将电话打到他们中文服务平台，形成三方转换通话的情形。银行办事员将问题从电话中传给平台，那边翻译后来问我们，我们回答后，她再转给银行工作人员。说半天说不清楚的事情，几分钟就搞定了。

我下楼就和颜安说了情况，颜安看了给我的文件，说就是将B1签证转成J1签证的程序和要求，要填写一个I539表，包括I94表的复印件、I2019表和资助证明，还要开一张290刀的支票。其他倒没有什么，就是两个问题：一是要将所有文件寄到St Alban's，VT 05479-0001，还要我耐心等，可能需要三个月，而我签证2月27日就到期了，这段时间我就成了"黑人"啦；二是要付290刀，因为上海领事馆说了，可以免费改签，而且承认是他们的错误，为什么还要收我的钱呢？说实话，290刀说多也不多，说少也不少，差不多要我一个月的伙食费了。当然后来有几天搞烦了，就想多少钱都行，只要赶快搞定就行。

我们一路出来，边走边商量，本来我和王翔想请颜安到我们住的地方吃午饭后再到学校。颜安说那太晚了，我们可以直接从这边坐火车到纽约。我说是不是33rd Street的Penn Station（纽约宾州中心站）是和纽约Metro地铁相连，规模很大，上次我和王翔地铁方向坐错了，在里面转了将近一个小时，颜安说就是那个地方。我说现在我已经对那一带很熟，经常从33rd Street走到Fordham University的60rd Street。

在 Newark 机场时颜安去买票，一看要 12 刀，也大吃一惊，说过来时坐 Bus，转了一趟车才 3 刀。我说 Path 到 Newark 才 1.3 刀，Newark 过来就花了 8.25 刀，到纽约 12 刀就不算贵了。

颜安用信用卡买了票，我说这个钱应该我来付，因为这件事情纯属于我自己的事情。他说还是各付各的，这也是他们做事情的风格，我只好给他 20 刀，他没有零钱就给我 10 刀，我自己实在是不愿意在小钱上推来推去。后来在我们的交往中发现，他们都是如此，自己付自己的。这可能与他们对产权的认识有关。中国人喜欢相互付账，和中国人喜欢在一起吃饭一样，一个碗里大家你捡过来你捡过去，长期形成了产权不清的思考习惯。现在，还很难判断我们谁是谁非。但是，美国这种方法的确让人比较轻松，好像事情结束，谁也不欠谁的。

再乘火车就不觉得紧张了，我们在月台上一直等到 11 点 50，我们的火车才过来。车上我们讨论下面怎么办，说好到学校先看看 Sal 在不在，把情况说一下。于是，赶到学校正好 Sal 还在办公室，把情况说了。他说，看来只能将我的文件寄给移民局，费用让我先出，他再到学校报销，因为现在他们部门没有这笔预算，临出门时 Sal 还问我办事人员态度好不好。我没有听懂，颜安转译过来，我回答："No Good！"也不知道说的是否准确，Sal 笑笑重复了一下："No Good！"我也不知道他问这个的目的，难道美国也有中国那样的机关作风评议的事情？如果真是如此，我要问问他们怎么搞的。我这个省政协委员，每年不知要收到多少部门要求评议他们工作作风的信函，没有一点新意。

从 Sal 那里出来时，颜安和我说，他太太朱艺老师在 Upper Down（就是纽约的上城）和其他人谈事情，现在往这边来。因为上次（也就是来纽约一周后的 2 月 6 日）在他家聊天时，大家谈到一些彼此可以合作的事情，正好我们可以深入谈谈。颜安下午要上课，就不陪我们吃饭。我们约在 60st 的 Starbuck 见面，顺便请朱老师帮我在 Bank of America（美洲银行）开一张本票，因为怕个人支票被退票，本票比较可靠。

我们大概 1 点见到朱老师，她带我去了附近一家印度餐厅，吃的是自助餐。以前她和颜安来这里吃过，应该是不错的，至少比我在伦敦吃的要好一些。我和朱老师十分谈得来，我觉得印度餐还可以，我们可能都吃得有点多，最后是朱老师付的钱，十分不好意思。我到现在不知道价钱。根据我在英国吃印度餐的经验，应该在

每人 30 刀。这家印度餐应该是很地道，朱老师说，颜安他们学校的印度教授经常过来吃，味道不错，所以出来时朱老师给颜安打电话说她吃多了，扣子都扣不上。但是，我们去 Bank of America（美洲银行）开本票遇到两个事情：一是开多少，我记得是 295 刀。但是，不敢确定。二是开给谁。朱老师说本票一定是要有台头的。打电话给颜安，第一个明确是 290 刀，第二个他就不能确定。我们还是到 Bank of America（美洲银行）试了试，银行工作人员明确说不行。为我们这次交流和吃饭，影响了她下一个约会的时间，我也一再道歉。不过看她和当地人交流使用英语的熟练程度，很难想象她的母语是汉语。

颜安也说，朱老师在语言上有天赋，美国人认为朱老师英语不仅地道，还带一点伦敦口音。我估计这是美国人认为比较上等的口音，虽然美国人发什么音都有，只要别人听得懂就好了。但是，英语说得漂亮那就是优势，这一点连朱老师自己也承认语言是她最大的优势之一，虽然她的本科是清华大学 Top5% 的学生，MBA 在 MIT，后面在 Morgenstern 做投行 5 年，成果硕然，就算和美国本土出生的人比也是极其优秀的，而语言的优势几乎使她无懈可击。

四、大功告成

和朱老师道别后，我马上回头到 Sal 的办公室去找他要有关支票的文件。在 Sal 办公室的外边被两个小秘书问了半天，我又说不清楚，最后只好强行进去。她们看我态度那么坚决也就不再坚持。见到 Sal，他有点诧异，我又连说带比划要支票抬头单位，老头很快就明白，马上给了我一张纸，上面明确写着"USCIS"。这张纸现在还在我这边，这单位翻译成中文应该是美国海关的国际服务中心。

第二天是周五，一般我们不到学校。颜安说有一个 Seminar 让我来听听。一是之前我还没有来听过，二是我想请颜安开一下本票，我就过来了。第二天上午 11 点，做报告的是一个明显带有俄国口音的人，名字叫 Andre de Souza，来自 Stern School of Business, New York University（纽约大学斯特恩商学院）的金融系，口吃蛮厉害的年轻博士，看得出来非常紧张，讲有关流动性影响基金收益实证分析的问题。故事比较简单，但是那个人口音很重，没有 PPT 提示，我几乎什么都没听懂。中间几次和颜安谈有关支票的事情，他说结束以后再说。讲座在 12：30 结束，记得我们的金融系的系主任 Sris Chatterjee，也是我的合作导师之一，特地走到我这边和我握手，说谢谢我来参加 Seminar。我想他们的老师也不是都愿意来听这样的讲座，至少颜安也和我说过，有些 Seminar 他也不想来，但是，碍于系主任 Sris 面子，不得不来。我想也许颜安就是 Sris 招过来的。刚结束，我和颜安说我们去开本票，颜安说 Sal 上午给他邮件，说他通过一个关系，找到 Newark 机场的一个官员，可以在机场直接解决，也不必付 290 刀。我简单说了一下我的想法，因为只有一周时间，27 日就是 Deadline。颜安说不要慌，实在不行，我们到下周四（25 日）再寄出也不迟。

以后几天我不停催促颜安看看 Sal 那边的进展情况，颜安反复说 Sal 非常清楚 27 日是 Deadline。但是，一直到周二（23 日）我和颜安又去 Sal 那里，Sal 问我上次给我办签证的警官长得什么样，年龄、肤色和高矮胖瘦。说实话，上次比较紧张，而且那人坐在那里，很难判断他的实际高度，而且外国人年龄不太好判断，就说大概 40 岁，比较瘦，高度像颜安差不多一米七五样子。但是，下一次再见到那人时，仔细看了，除了高度差不多，其他都错了。这时候 Sal 可能已经和机场明确处理方法，只是希望由上次处理的人将这个事情处理完。这是他们办事的基本原则，可惜我没有让那人签名，可能耽误了一些时间。

但是，这时候我真不知道 Sal 在和谁联系，怎么解决这个问题。周三（24 日）上午本来要去上英语课，颜安说有一个 Seminar 要我听听。报告人名字有点像日本人，叫 Debashi Nandy（不过美国人会觉得中国人名字更是怪怪的不好念），是加拿大的 Schulich School of Business，York University（约克大学的斯库尼奇商学院）的金融系副教授。他的论文合作者是 Boston University（波士顿大学）金融系的教授，也就是颜安原来母校的老师，颜安应该和他们很熟。所以颜安说 Seminar 结束后，他要请 Debashi 吃饭，也就是说这顿饭对方的费用是他付，也就是"DINNER IS ON ME"。要是在中国颜安肯定说，周勤一起去，至少要客气一下。中国餐多个人也就多双筷子，美国不一样，都是按照人头算的。

和颜安他们分开后，我去教师餐厅吃饭（LC Faculty Dinner Room），这里是自助餐固定价格加上税 8.79 刀，里面的服务员是一个有点残疾的黑人，看我用零钱付账，马上怀疑我的身份，要看我的 ID，我们还没有办好，只好和他说明。开始我认为在这里吃饭不用给小费，后来和颜安来过后，发现他是给的，所以以后我就给了，一般就1 刀，服务员态度会好一些。下午去听听英文课，没有多大意思，下课后就是下午 4 点

多一点，从学校 60th Street 走到 Path 站 33th Street，这是我现在为数不多的运动方式之一，既可以省掉 2.25 刀地铁票钱，又可以走 1.7 英里的路锻炼锻炼。而且这条路就是著名的 Broad Way（百老汇），实际上就是大马路的意思，中间经过著名的 Times Square（时代广场）和 Nasdaq，非常热闹，经常是马路上人满为患，各种语言都有。回家已经 6 点多了，我打开计算机收到颜安转来的 Sal 的邮件，标题是"Good News"，知道 Sal 找到是 Newark 机场的副主任，要我在 28 日去机场找他办理。

显然，Sal 认为大功告成，所以才发这样一份邮件，而且让我在下周二（3 月 1 日）去办相关手续。虽然后面有点小事情，但是，还是按照 Sal 的安排发展下去。

To：AN YAN/FACULTY/FIRE@ FIRE

From：SALVATORE C. LONGARINO/STAFF/FIRE

Date：02/23/2011 04：29PM

Subject：GOOD NEWS

Dear An，

Please instruct Prof. Zhou to return to Def. Insp. @ Newark Airport（same place last time）But this time，he has an appt. with Deputy Chief Paul Erdheim. He should print out this e-mail and take this with him for verification. Chief Erdheim will expect him to be there around 11：00 am.

Monday，2/28. He should bring with him his DS-2019，I-94 card and Passport.

I will be at LC tomorrow and will be at Rose Hill on Friday and Monday at 718-817-3146.

Also，please have Prof. Zhou visit me on Tues. 3/1 so I could "follow up" with SEVIS after Chief Erdheim's actions.

Sal

第二天是周四（2 月 24 日），我们照常在中午见到颜安，他问我是否收到他发的邮件，已经明确下周一的行程。由于我的电脑在学校不能上网，只能用学校的电脑，我说还没有。我赶快到 Lincoln Central 11 楼机房打开 126 信箱，下面是颜安转来 Sal 和 Newark 机场副主任 Paul 的三封邮件。

第一封 Sal 给 Paul 的邮件，时间是周二傍晚 7 点多，看来在之前他们已经有过电话交流，但是，彼此应该不是太熟悉，Sal 称对方主任，而不是对方真实职务副主任，看来外国人也是喜欢被人"炫"，而老 Sal 也是深谙此道。对方已经明确需要相关文件的影印件，Sal 随即传了过去，包括上海领事馆的来往信函。

From：SALVATORE C. LONGARINO

［mailto：longarino@ fordham. edu］

Sent：Tuesday，February 22，2011 7：09 PM

To：ERDHEIM，PAUL

Subject：Fw：RE：Qin ZHOU

Dear Chief Erdheim，

Here is the em and attachment which I sent to the Consulate. In the attachment you will find Zhou's I-94 card 9front and back , visa , picture oage of pp, DS-2019 "approved by Consul", SEVIS fee recpt. Anything else, just let me know. Tomorrow, I could be reached at 718-817-3146

Sal

　　第二封 Erdheim 副主任的回信，时间是 23 日下午 5 点 37 分。但是，根据颜安给我邮件的时间应该是 4：37 分，他们好像有一个夏令时的问题，有不少计算机有这个问题，好在并无大碍。Paul 写得斩钉截铁毫不拖泥带水，时间、地点和办事人员的名字非常明确，而且没有任何商量的余地，对下属的指示也是极其明确。后来事实证明 Paul 起了大作用，没有他的指示估计这事情成不了。

"ERDHEIM，PAUL"

< paul. erdheim@ dhs. gov >

To "SALVATORE C. LONGARINO"

02/23/2011 05：37PM 　 < longarino@ fordham. edu >

Subject RE：RE：Qin ZHOU

Sal：

As confirmation of or conversation. Please have Prof. Zhou come to the Deferred Inspection Office at Newark Airport Terminal B on Monday Feb. 28th at 1100. He should ask for CBPO Cristian Segura or Sandra Walker. They have been instructed on how to correct this problem.

Paul Erdheim

Deputy Chief Officer

Newark Liberty International Airport

第三封是 Sal 的感谢信．又来啦，三四个感叹号，看来老头一激动就这样，感谢的话说起来很顺的。对 Sal 而言是有点成就感的，毕竟是一件比较棘手的事情。

From：longarino@ fordham. edu

Date：February 24，2011 11：30：31 AM EST

To："ERDHEIM，PAUL" < paul. erdheim@ dhs. gov >

Subject：RE：RE：Qin ZHOU

Thank you so much！！！！ With this e-m, I am forwarding this info. to Prof. Zhou's chair. Again, thank you for your attention and service.

Sal

剩下的唯一问题就是 28 日去改签，时间已经过了海关给我的 Deadline27 日。按照这个原则我就是属于非法滞留了。我把我的担心发给颜安，颜安转给 Sal。Sal 认为 Paul 没有提任何关于越期的事情，应该没有问题。颜安认为，一是他们一般不会干这种事请，因为涉及他们的声誉；二是即使他们设计了这个圈套，我们也只有钻了；三是如果出来这个事情，只有和学校打官司，一般学校不会愿意，让我放心。

说好我们下周一（28 日）上午在上次见面的地方见，因为约的是上午 11 点，所以我们在 10 点半到，提前 15 分钟进去，颜安说一旦过了这个 Appointment，下一次再约就难了。我说我们上午弄完后，下午去打会球，他查了一下时间说可以，周一下午没有安排。

以后的两天心里总有些忐忑不安，说不上来是什么感觉。之前也和王翔交流过，他担心这个副主任（是否会）帮 Sal 这个忙，看情况两人原来也不认识，给 Sal 这个人情有必要吗？ Sal 以后拿什么去还这个人情呢？这样说来也对，美国不是一个人情社会，大家都很实际，事情如果真是如此，那就复杂了：我这个事情就没完没了，在美国一涉及官司那就麻烦大了。27 日晚上和太太 QQ 上说的时候，还没有过 12 点，我说过了这个时间，理论上说，我就是一个"非法滞留者"。但是，现在也就到 Newark 机场一条路了。

当天晚上几乎没睡，一是将到机场的路反复比较，因为除了上次坐火车的方法，还可以坐 62 路 Bus，换乘的地方地图上说是 Penn Station，但是 Penn Station 不是在纽约吗？怎么 Newark 也有一个？所以不敢确定是不是上次我坐火车的地方，地图上看比较像。最后确定是坐 Bus 走，查到的时间是上午 9：35 和 9：55 有车，到机场的

Terminal B也就25分钟，估计不会太远。想到最坏的可能性，就是如果坐错了就打车，纽约Taxi起步价3刀，以后1/5英里0.40刀，估计到死也就20刀，没有什么了不起。坐火车不是也要8.25刀吗？而且转来转去烦死了。二是睡不着人就胡思乱想，老是想如果他们将我当作"非法滞留者"怎么办。好像就要交保释放，那就麻烦大了。我带的这几个钱哪够交保证金？怎么也要1万2万吧。就这样迷迷糊糊大概也就睡了2～3小时。

第二天周一（28日），那天有点下雨，我没有带伞，现在年龄渐大了，老是丢三落四。刚刚花了10刀多买的伞，关键时刻却忘了带，而且平时基本上都在室内也用不上。背着从国内带来小满的Snoopy的红背包，里面放了三只网球拍（两只是颜安的。上次上课时，他不便带在身边，放在我这里，让我今天带过去；另一只是我从国内带过来的Wilson K-zen）和打球的衣服，塞得满满的，拉链都拉不上。文件放在包的内兜里，应该是比较安全。这次也不一本正经穿西装了，套了个羽绒衣就出去，只是出门时忘记带水。我在这边只要出门，一般都带着中学同学徐宁送的、内胆是瓷质的保温杯，实际上不太保温，所以泡绿茶还可以。

上午不到8点半就出门。因为这几天纽约地铁不断出问题，前两天去上课，等了一个小时还没离开Newport的地铁站，要是今天这样，那麻烦就大了，不行就只有打车了。颜安说过到Newark机场，加小费大概要50刀，所以到机场三个人就划算了，四个人就赚了。到Newport站发现今天等Path人特多，周一嘛！来了一辆人太多没挤上。后来发现没上是对的，那车到WTC，虽然都可以换车，就不如到Journal Square顺了，而且到Journal Square的车子空的多。终于，到Grove Street换车顺利到了Newark的Penn Station，到那里可以明确就是地图上标的地方，下面就是找Bus车站，它就应该在车站出口处。在里面转了好几圈，终于找到指示Bus的标志，先向东然后看到侧朝北有一个大门，推门出去看到好多Bus在那边等发车。Google地图上说62路在A站台，看到了72路，也看到B站台，就是看不到62路和A站台。没有办法，前面说过Newark是黑人居住区，其他人种比例较少，我看周边没有白人，只好找了一个像是中学生的小个子黑人问我的问题，感觉这样会安全一些。那人还蛮友好。我问两个问题：一是：如何买票？是否需要上车前买票？有些国家不事先买好票，司机有时候不让你上车，他说在车上买票。二是：A站台在哪边？62路在哪边？他指着前面说，过了休息间就是A站台。原来休息室挡着了A站台，

我赶紧过去，正好一辆62路开始检票。这次事先准备比较充分，从网上看来，知道票价是1.50刀，所以准备了不少钢镚，大部分是0.25刀，就是1 Quarter。上车时我问黑人司机是否 Terminal B，他马上大声说："Get up！"我印象这是"起床"的意思，也管不了那么多，车对就行了。我向里面投了6个 Quarter，机器自动打票，我问他要票，他很不高兴地撕了一张给我。后来坐下来仔细观察了一下，的确没有人要票。对我而言，这是一个纪念，也是一个证明：我在 Newark 坐过公交了，你们敢吗？都说 Newark 黑人多是一点不假的，一车子20人就没有白人，像我这样的浅色人种也就1~2个，似乎成了黑人专用车。

Newark 实际包括了一个很大范围的地区，它是新泽西州的州首府（Capital of New Jersey），相当于南京在江苏的地位，面积很大。据说这里黑人要占总人口70%以上，或者还不止。在 Newark 走错路很危险，因为这边治安极差，黑人经常弄出点事情，所以大部分中国人都不敢在这边住。

Bus 先在 Newark 市里转了一段时间，从方向上感觉一路向北。也许是太早的缘故，街上没有多少人。Newark 没有多少高层，倒是有很多教堂，几乎隔一条街就有一个，其他站名记不得，印象中有一个是"Market Street"（市场街），后来和颜安回去时又经过这里。我选了一个朝前，可以看见站名显示屏的位子坐下。美国的 Bus 都是"灰狗"，条件还是不错的，车子很宽敞，一般人也不多，每站都有显示和语音提醒。我看那些黑人对我也有防备似的，开始车上比较空，当然没人坐到我边上。后来人很多，有个比较年轻的黑人不得已坐过来，一出城车子空了，他马上就坐到别的地方。车子出了城就上了高速，开得很快，不一会就看到了 Newark 机场。这一次是先到 Terminal A，以后就是 Terminal B。这次顺利得让我难以相信，也就花了2.8刀就到了，还没有倒来倒去，时间金钱上都省了。看来"磨刀不误砍柴工"这句老话还是对啊！事先功课做得比较好，所以一切都会比较顺。

到了给颜安打电话，以为他肯定还要一会才到，没想到他已经在上次吃早餐的地方。这次是向上走，应该是上了两层，看候机大厅里空空如也，不知道我每天从窗子看过去，Newark 机场起起落落的飞机从哪里出去。上去一看，颜安还是坐在老地方，时间还早，颜安问我是不是要杯咖啡。我说要瓶水，就到吧台上买水，自己拿到收银台付钱，连税是1.61刀吧，我给了1.75刀，就是一个1刀和三个0.25刀的 Quarter。回头颜安问我水多少钱，我告诉他价格，他说，机场东西就是贵。那时候没有感觉，后来到 ShopRite 超市，3.99 刀可以买一箱 24 瓶，也就是不到 20 Cent 一瓶，差了 8 倍多，这和国内机场有一比。

中间等的时候，颜安把他写的论文给我看。看看应该没问题，要我写，这辈子都有困难。中间他还接到一个电话，他的朋友要回国，就在 Terminal C，是 11 点的飞机，要颜安过去聊聊。开始颜安说不方便就不过去了，架不住那人再三打电话，颜安就说他过去一下，10:45 过来，我就在那里有一搭没一搭看了会英语。一会儿颜安过来，我们按照上次的路线去海关。只是在楼梯边上时，颜安认为在上边，我认为应该下一层，因为从下边过来，上次的几个参照物还是记得。这一次是我对了。

同样转过长长的甬道，还是看到德国 Lufthansa's Aviation（汉莎航空公司）的办事处，还是到海关检查台。不过这次仅有那个女的，照例用手持探测仪照了一下，就让我进去，我把背包给了颜安，拿了一个塑料袋，里面有我的全部文件和 Sal 与 Paul 的邮件，这些都是在学校打印出来的，不过还是忘记了将上海领事馆给我的道歉信打印出来。进门依然是那个巨胖的白人女秘书。我给她看了 Paul 的介绍信，说要改签证。她马上说到二楼，我说知道。同样上到二楼，这次门是开着，见到一个男工作人员，问我来干什么，我说来改签证，马上把有 Paul 的 Email 中那张纸给他看。他看了一下，让我把全部给他看，说了一声 "Have Seat"，就是叫我坐在等待区的椅子上。他马上就打电话，没人接，以后就用对讲机叫谁的名字，我想应该是 Paul 邮件中提到的 "Cristian Segura or Sandra Walker"。那人在计算机上看了一会，也没什么结果，就将材料给了最边上一个人，那人看了一会，还和旁边一个女警官聊天，把我的材料用夹子夹起来就放在一边。也不和我打招呼，就让我干等着。我那时候真不知道今天是否能过关，想"事不过三"，我这次到 Newark，算起来已经是第三次了，应该可以过了。但是，现在只能是一个字——"等"啦。

我没事情，也不能做事情。后面有电视，一是看不懂，是个谈话节目，是最难看懂的节目；二是也不太敢，里面这些警察或者海关工作人员谁知道他们想什么。只好左右看看，观察周边的情况打发时间。整个签证处是一个 70~80 平方米的房间，南边有一个平台，共有 5~6 个位子，上面有电脑显示屏，是警官们的办公台。离开他们位子有一个 3~4 米的走道，后面大约有 7~8 排像我们教室里一样连排的椅子。从外边进来可以在这里办事，工作人员的更衣室在里面，我看男男女女进来后都去换上工作服，有些穿制服，甚至全副武装，手枪手铐电棒都有，有些就穿着

27

便装。那天人很多，估计有 8~9 人，来来往往，嘻嘻哈哈。后来我看到上次给我办事的，是个小伙子，也就二十多岁，肯定不会超过 30 岁。他穿着便装进来，没有看到我，进去一会儿就穿着制服出来。走道上一个亚洲人模样老太太在打扫卫生。看她拖地非常仔细，一点点污迹都仔细地擦掉，也不容易，那么大年龄了。但是，这段时间真长，虽然实际也就 30 分钟样子，真是度"分"如年！

一直到 11 点半过来，进来一个中年黑人女警官，身材保持得很好，走路很快。她一进来，刚才把我材料夹在一起的男警官，马上像找到救星一样，立刻把我的材料给她，她看了马上叫我过去，什么也没说，给了我一张 I94 表要我填，我知道我的"上帝"来了，还是一个女的黑人。

我后来仔细看了 Paul 的信，发现我又犯了一个"想当然"错误：我仅仅注意两个警官的后面的姓，主观认为是男性，如果看她们的名，很明显"Cristian or Sandra"都是女性。特别是前面给我的邮件上的"Cristian"是不是写错了？应该是"Christian"。如果是，就是蛋糕"克里斯汀"，100% 的女性；"Sandra"可以翻成"桑德拉"也应该是女性。所以，一进来就不要对那几个男警官抱太大希望，或者直接要求见"Segura or Walker"警官也许会快一点。

这个表已经填了好几次，第一次出机场时就填错了两次，错的表还在我拉杆箱里，到英国来来去去也没少填。这时候，人一下子就放松好多，耳朵也灵了一些，嘴也好使了。一看没有笔，就问她要笔，填了一下就在美国地址上填不下去，因为记不得，地址在 2019 表上，在她那边。我就过去向她要表，刚填几行又填错了，又去向她要新表。这样估计又折腾了 10 分钟不止。她看我填得比较慢，中间还出去一下。回来时我已经填完，中间还是有一点涂改。她看看也没有说什么，问我到美国什么地方，我说 Fordham University。她问做什么，我说做 IO，解释一下是 Industry Organization 的访问学者。她问多长时间，我说一年。她又让我"Have Seat"。我又坐回椅子上等。

这时候心里基本踏实，好像什么都能听懂了。正好旁边一个比较年轻的女警官凑过来看她在办什么。她说，签证打错了，说这个中国人还是一个教授，看表情没有藐视的意识，倒有一点同情。反而是上次给我办事的那个家伙，终于认出我是上次他说不用再来的家伙，和他的同事说了一句，我估计是：那个倒霉蛋又来啦！他的同事一通大笑。那个女警官也跟着笑起来。

过了一小会，那个女警官叫我到工作台前，我看到她把原来钉在护照上 I94 表撕了下来，将我新填的盖上章，钉上去。盖章前反复在印章上调来调去，我还不太理解，后来知道她是将时间调回 1 月 30 日，就是我上次入关的时间，然后叫我在 2019 表上签字和日期。后来看名字签的地方是对的，时间应该也签 2011 年 1 月 30 日，我签了当天 2011 年 2 月 28 日，而且签到应该是她签字的地方，她只好在边上签了几个字，NLIA NEWARK，NJ。后面是看得懂的，不过前面 4 个字母是什么意思到现在也不明白，但是，肯定不是她的签名。这时候算是"大功告成"。她将我的文件都复印了一份，将原来的还给我，我觉得她将颜安给我的邀请函的原件拿去，给我的是复印件。她把手中文件都给我看了说，我不需要这个，你的文件都在你那里。

我把我的文件收拾到塑料袋里。这时候感激之情难以言表，这时候才想起来问一下她的名字，一是考虑 Sal 会不会再问我谁给我办事，二是很想表示一下感谢。烧香总要知道给哪个佛，感谢也要知道人家的名字。我问她："What's your name？"她解开外套，露出里面的胸牌，说："Walker，Sandra Walker."她就是 Paul 主任邮件中提到的两个人中的后一个。这时候我说了在这里最长的一句英语："Thank you Madam! Thank you very much in present of my wife and my son!"显然她是听懂了，很高兴回答："You are welcome!"原来事情就这么简单。

一出门，一个警察要我走朝南的大门，而不是原来进来的西门。我一出去看下面就是候机厅，不知道如何走，正准备问让我走这边的警察。里面海关的一个警官追出来，让我按照原路返回。我又回到一楼见到颜安，他说怎么这么长时间，10：45进去，到这时候的确已经超过一小时，他以为出了什么问题。我说倒也没有出什么问题，就是办事的警官到 11 点半才来，我填表又出了一点错，时间就耽误了。随即就将护照上的签证看了看，在美国海关章上周围一圈写的是 DEPARTMENT OF HOMELAND SECURITY U. S. CUSTOMS AND BORDER PROTECTION 就是美国国土安全部海关和边境检查；中间是 ADMITTED 表示允许进入；它的下面 NEW 不是新旧的意思，代表 Newark 国际机场；正中间就是 JAN 30 2011 代表入境时间；再下面 Class 表示你到美国的签证性质，现在写成"J1"，这是我们一直希望的，上次写的就是"B1"；但是下面 Until 就是期限写了一个"D/H"，没有我们希望的"ONE YEAR"，这个颜安也不懂。在等 Bus 时颜安上网查了一下，表示与 2019 表时间相

同，就问我 2019 表期限，我说是一年，他说，那就没有问题。

五、尾声

事情就这样结束了，似乎有一点突然。但是，毕竟是结束了。我和颜安按计划去打球，先坐 Bus 回到 Newark，我们好像坐的是 28 路，我记不太清楚，中间回到我来的时候看到的那个站"Market Street"。中间出了一点小错误，我们要到 Newark 的另外一个火车站，应该是 Washington Station，不是我来的 Penn Station。可是这趟 Bus 在火车站前，没有按照颜安来的路线走，而是绕到另外一条路上，颜安以为很快会绕回来，没想到 Bus 一路向城外开去。颜安一看不对，我们赶紧在一个和铁路交叉的车站下了车，颜安有点想坐火车回去再换车，后来还是决定坐 28 路回头。他为此一再道歉，我觉得太客气了，本身这个事情是由我而起，他来帮我，已经是感激不尽了。况且这是一个小问题，仅仅是时间上的问题，下一班火车是 1∶05，还有足够的时间。

我们坐回去后，颜安可能是在 iPhone 上查到附近有一个快餐店"King Burger"，国内叫"汉堡王"。我们一路小跑到了那边，颜安点了好像是 No.10，我点的是 No.4。真是无意的，仔细一看这是里面最便宜的 4.25 刀含税价，就是一个汉堡，一包小薯条和一杯饮料。当时买票的问我要什么饮料，我说要茶，可是后来喝的时候发现是"雪碧"。颜安后来和朱老师说已经有 7~8 年没吃这种垃圾食品。我们边走边吃，到了售票口，还是颜安用信用卡买了两张票，每张 8.25 刀，我给了他 10 刀，后来他还是把找零给我，好像习惯了，我也就没有推。

火车开得极慢。不知过来多少站，我自己感觉回到了过去的中国。因为我们现在出门基本上都坐高铁，一上去就是 200 多公里的时速，这种优哉游哉的劲很难感受到。火车上颜安不停地打电话订场地，最后说，除了上次我们打的场地还有空外，其他场地都满了。但是，那天是周一，为什么会是那样？一是那些场地靠近车站，人可以不用车就行；二是我估计的，因为颜安不是会员。我听颜安打电话，一般都说，我不是俱乐部的会员，我要订场地。结果是我们就必须到上次打球的场地了。

一直到一个小站下车，站名我没有注意，颜安说他也没有来过。下了站台过来一个小隧道，就到对面的街上，这时看到颜安他们的宝马 X5。我这才知道朱老师在这边等我们，原来他们要把车送去例行检查，完了以后再去接他们的儿子"豆豆"。但是，由于没有订到附近的场地，只好先送我们过去。期间朱老师不停地和车行的人商量，车子晚一点送过去，他们能否保证今天弄完，对方好像不能保证，于是就在讨论是否可以给一辆代用车，对方原则上同意，但是不太愿意用宝马车给他们代用，而其他车朱老师也不愿意。最后，朱老师决定第二天午饭时去修车，因为现在这个时间是精力比较好的时间，而中午饭的时间精力较差。她可以在我们打网球的地方干活。到网球场，我说一起打打吧，我认为朱老师如果也能打打，我打他们两人运动量会比较充分些。但是，她说还有活没有干完，今天肯定不行。他们这些人优秀也是有道理：如此拼命，天资又好，哪有不行的。

那天自己感觉打得不好，可能是因为前一天晚上没有睡好，也许是因为我已经一个月没有好好打过球的缘故。颜安前一天跑了 4 个 mile，估计多少有点累。我们打到四点，换了衣服就出去，开出去接小豆豆，然后把我送到小火车站。

豆豆在一家私人的小幼儿园里。中间我们谈论了一些关于孩子的事情。我说：孩子要有"孝心"，中国人说"百善孝为先"；另外一个就是"同情心"。颜安他们认为，前者在美国比较难，后者倒是可以培养。我说，这些很难培养，大都是天生的，举了一些例子。朱老师说，选择这家幼儿园，有几个原因：一是看重这个老太太，既严厉又有爱心。二是她不给小孩吃罐头这类食品，都是前一天自己做好，所以这里孩子胃口都很好。这一点小豆豆就是证明。三是这是一个混龄的幼儿园，就是不同年龄的孩子在一起，豆豆可以培养与不同年龄孩子交流。最近班上来了一个比豆豆还小的黑人小妹妹，豆豆很照顾她嘞，也蛮有自豪感。四是这个老太太的助手是个西班牙女孩，豆豆可以接受多语言的熏陶，对以后成长十分有利。想的真多，真复杂！比较我对小满一切以"成本最小化"为原则，人和人的差距怎么这么大呢！

到小豆豆的幼儿园一看，周围环境真是没的说，大树看上去都不比我们四牌楼校园的梧桐树小。豆豆可能不愿走，磨了半天才出来，嘴里还叼了一个类似国内"果丹皮"那样的东西。朱老师一再要他和大家"share"，小家伙可能是太喜欢了，一直不肯。直到我们在小火车站等车时，颜安才吃上一口。那个小车站名字应该是"Orange"，就是橘子嘛。颜安他们知道这里是因为我前面说过和我们住在一栋楼，他表妹赵敏这样坐过，说到了"Hoboken"就能看到我们住的大楼，走也就 15 分钟。

买了一张到"Hoboken"的车票5.25刀，颜安教我用信用卡付的，还是很方便的。火车5点到了，匆匆和他们道别就上火车。之前看到朱老师和从火车下来的列车员询问，确定车子方向没错。

上车后，人不多，到了终点站的前一站是"Newark Broad Street"，车上基本下空了，开始我还吓了一跳：难道又回到"Newark"了？再一看也就一条大街叫"Newark"。就像上海的"南京路"，正因为有这么一条街，所以这里不可能是"Newark City"。车上仅剩下三个肯定是西班牙大妈的女人在一起高声聊天，和一个小伙子正在睡觉。快到"Hoboken"时一个老列车员一个一个车厢喊"Hoboken"，意思应该是终点站下车了。

赵敏说得不错，出了"Hoboken"就看到我们住的大楼，沿着"Hudson"河边向我们公寓走，又有意外的收获。一是有一条沿河的观光大道，很多人跑步，以后我们也可以跑跑；二是看到一个新工地和它的宣传广告，如果把它翻译成中文，几乎跟我们国内一模一样，大标题是"New Newport，New Jersey"，典型的中国式语言，后面就是最近他们在环保上取得伟大成就，各种冷水鱼、虾类、贝壳类陆续回到了Newport附近的"Hudson"河。围墙里面是一大片刚刚平整好的土地，仔细看了它的规划图，知道在未来三年内，这边还要崛起一大片高楼，要和对面"Wall Street"金融中心遥相辉映，不过那时候我是肯定不在这里啦！祝他们好运吧！！

到家已经6点半多了，给颜安打电话说一下，请他们放心。没有打通，就发了短信。做饭时他打电话过来，我说已经到家，请他们放心。另外，按照Sal的要求，第二天去他那里办手续，约了10点我到颜安办公室一起过去。

第二天（3月1日周二），我们按时到了Sal的办公室，颜安告诉他所有情况，老头显然很高兴。进去前，我和颜安说：我给Sal带了一个小礼物，没有什么问题吧？因为外国对礼物好像是有什么规定，不要坏了人家的规矩。颜安说：没有事情，你看他办公桌到处都是小礼物。进去我就给了他一条领带，是我们南京云锦的，应该也是别人送我的，至于是谁送的，我自己也记不清。开始Sal还没有关注礼物的事情，忙着先把2019表签上字，这时候发现Sal是一个左撇子，果然是"左手出妖怪"。他签完后告诉我，8月31日后如果我还没走，要到他这里再来签一下，表上还有一栏，一般情况是不需要了。我然后把我的护照、2019表和I94表等一起复印留档。这时候，颜安提醒他礼物的事情，他赶忙打开，领带上绣着仙鹤，我用中文说这是表示长寿幸福，颜安翻译成"luck"，也应该不错。Sal 听了很高兴，指着自己的领带说，这是他儿子送的，后面我就没有听清了——他不会也把我当他的儿子吧！

到此为止，我的签证的事情才结束了，为签证的事几乎忙了整整两个月。

2011 年 3 月 8 日星期二晚上 23:21 于 2412 Thomas Jefferson, 30 Newport, Parkway, Jersey City, NJ, 07310（第二稿）

美国搬家记

导读：这篇搬家记主要记述我在美国搬家过程中的真实经历，提醒来美国的各位同学和老师：在美国，千万不要轻易将租金预付给租赁公司，否则你将处于万劫不复的险境。在你处于困境时，如果你不去捍卫自己的利益，没有人会为你的利益考虑。特别是那些看似十分友好的租赁公司管理人员，都是吃钱不吐渣的主。

一、引言

2011 年 6 月 22 日我在李超家看到国宾酒店管理公司（Presidential Plaza Management Corp.）的租约续约管理员（Lease Renewal Administrator）Justine Labay 签出的 5344.76 刀的支票，我知道我在新港（Newport）搬家后遗留问题才算全部解决。这次搬家损失了一个半月租金 3367.5 刀。我为了让别人租我们的单元房（Suite），给了从清华大学机电专业博士毕业到加州伯克利（University of California, Berkeley, Hass School of Business）读金融工程管理（MFE）的覃老师（Gangli Qin）900 刀，算是给她每月 300 刀的补贴，感谢她租我们的单元房（Suite）；管理公司扣去 267.74 刀罚金，因为同事王翔在墙上贴了两个挂钩（一共三个，有一个在壁柜里，检查的人没有发现），揭下后留下两个疤，还有就是卫生间的玻璃有一点点损坏；还有被门卫（Doorman）蒂亚戈（Diego）敲了一个小竹杠，他暗示我们必须由他安排人清洁我们搬出的单元房（Suite），否则最后的检查可能存在问题。朱艺老师和我商量，是自己打扫还是接受门卫（Doorman）的建议，我想还是不冒这个险，为此我付给蒂亚戈（Diego）90刀。加起来总共付出了4625.24刀，这就是我这次搬家的代价。为什么要付出这么大的代价搬出新港（Newport）？还要从我认识李超和周婧小两口谈起。

二、巧遇李超和周婧

我这次到美国也属偶然。从时间上算，这是我第四次有机会到美国而最终第一次成行。2003年12月6日那天是我的生日，刚好40岁。我骑车到南大打球，顺便拿信，当时还在逸夫建筑馆6楼办公室，很巧收到马里兰大学（Maryland University）给了一个三个月的邀请信（offer），但是没有资助。后来学院同意给资助，徐院长也签了字。但当时在北京做博后干得热火朝天，加上那次指导老师是个印度人，自己英语本来不行，碰到印度人更加完蛋，也就算了。随后教育部全额资助和学校1:1都得到资助，主要是要考英语，实在是没有时间。后来还申请富布莱特基金（Fulbright Fond），一审通过，2006年12月6日又是生日那天，到北京去面试，还是英语口语不过关，没有通过。这是比较遗憾的事情。2009年拿到学校全额资助，也是即将到期。学院行政秘书王云提醒我，如果不去可能就没有机会了。所以，才下定决心过来，十分幸运得到我们南京人，在福德姆大学（Fordham University）做教授的颜安帮助得以顺利成行。细节我在《签证历险记》有较详细描述。

虽然学校资助一年访学的费用，考虑到下半年课程较多，又有硕士博士毕业，不便在外久留，所以定了返程机票时间是8月20日。本想找一个比较稳妥的地方，把住的地方问题一次搞定，不要像其他人说的那样，在美国最重要的工作内容之一就是学会搬家。有人认为这也是美国市场经济发达极其重要表现之一，不限制人力资源的流动。许多人今天还在纽约这里工作，也许明天就搬家就到千里之外的加州，没有人对此感到奇怪。当然，像我后来的房东丹尼斯（Dennis），在新泽西（New Jersey）的萨默维尔（Somerville）的乡下一住就是三十多年的也不少。

刚来时候，我对要不断搬家还不以为然，但是到了美国看到其他访问学者才知道，基本上每个人都搬过家，有的不到一年时间搬家多次也不鲜见。同样当事情摆到你面前时，才知道在美国搬家是件稀松平常的事情，只是我的遭遇，使我对美国的搬家和房屋租赁市场以及租赁公司及其行为有了比较全面和细致的认识，所以也

有不同寻常的感受。

　　虽然到美国之前我也去过欧洲的几个国家和韩国，这次出国是我第一次非官方，单独长期在外生活（2003～2005年在北京做博后除外，那毕竟是在我们自己国家），也是第一次到美国。到美国之前随东南大学人文和社会科学学部在英国培训和学习了两周，回国时学校已经放假，离1月30日到美国时间也就剩下一周。好在之前1月12日同事王翔已经先去，走之前说好由他安排在美国的住处。我在英国的时候知道，他通过我们合作教授颜安的太太朱艺老师帮忙找合适的住处。大概20号左右要我打钱过去，说我们找到地方要求我们全额付清六个月的租金，并且还要1.5月的押金，合起来要将近1.7万刀。原因是我的资助没有带出，仅仅王翔的资助证明不能满足租赁公司的要求，必须全额付款，还要1.5月房租做押金。我在英国和王翔通电话，请他先垫付一下，我回国后随即支付给他，他说家里没有那么多钱，只好叫我太太朱少云一次转了7万元人民币，折合美金1万多一点。当时想这样就搞定了，后来想想这就为以后搬家的损失留下伏笔。

　　1月30日到新泽西的纽瓦克自由国际机场（Newark International Liberty Airport）就遇到签证问题（详情见《签证历险记》），好在机场海关给了将近1个月缓冲期，当晚颜安开着他家的宝马X5，把我和王翔送到新港（Newport）的住处，就是美国新泽西州泽西城公园路新港30号托马斯杰斐逊公寓2412室（2412 Thomas Jefferson，30 Newport，Parkway，Jersey City，NJ，07310）。这是个一大一小两室一厅的单元房（Suite），面积估计在90平方米以上，月租金2245刀，相对于那些住在曼哈顿（Manhattan）或者皇后区（Queen），每月500～600美金的同事，这里实在是比较贵。好在这里交通十分方便，物业管理也十分到位，各种商店一应俱全。但是，房子里什么都没有，需要我们自己购买，为此我一直睡在地上的垫子上，以后在这里整整待了两个月。

　　由于随时可能要回国，也就没有想搬家的事情。但是，我来美国最强烈的愿望就是能够比较深入了解美国，并且能将英语有所提高。出于这个目的，这段时间与美国同学朋友联系，询问是否有学习英语和深入了解美国的地方。春节之后，校宣传部的施畅部长夫妇从加州过来，将他的高中同学介绍给我们，在福德姆大学（Fordham University）上课时也认识一些中国人，都说英语只要坚持一段时间都会好的。我感觉一两个月没有什么明显起色，至于深入了解美国人情世故，他们也没有尝试过。一般中国人希望找一个中国人多的地方，大家好有个照应。中国人喜欢成群结队，所以一旦落入中国人圈子，再想把英语学好就比登天还难。考虑这次来美访学，可能是我这辈子最后一次有这么长时间在美国单独活动，就想到施畅来时，我们谈到今年 9 月将成为我的博士生的曾嫄，她既是施畅太太周燕在南师大经济学院学生，也是我已经毕业硕士研究生聂慧的同班同学。曾嫄和聂慧都有保研资格，而曾嫄到了美国，在新泽西（New Jersey）的拉格斯大学（Rutgers University）的新兰斯维克（New Brunswick）的校区（Campus）读人力资源管理。我想在这期间她应该认识一些朋友，于是就给她发了邮件询问。她说这里有两个朋友，都不是学术界的，其中之一叫李超，并给了我联系方式，就是李超的 Email。

3 月 1 日签证问题解决，我就开始联系李超他们，很快就和他们联系上。应该是 3 月 5 日周六晚上，接到李超太太周婧的电话，我当时还很奇怪：为什么不是李超打电话？而且曾嫄不认识周婧，在邮件中没有提到李超已经结婚。后来我们熟悉后知道，李超和周婧是在曾嫄离开新兰斯维克（New Brunswick）后结婚，周婧也不认识曾嫄，而他们家凡是需要出头的事情，都是周婧做。电话中约定第二天周日（6日）中午到我住的地方见面。

第二天刚过了 11 点就接到李超电话，说还有 10 分钟就到了，我就和王翔打个招呼，下去接他们。在门口左等右等不见他们的身影，于是打电话才知道他们一下子过了荷兰隧道（Holland Tunnel）到了霍博肯（Hoboken），多花了 8 刀不算，到了 12点还没到。过了 12 点看到一个个子不高十分结实的小伙子从外边走过来。我看他像是在找什么

从 NEW PORT 租屋房间拍到进纽约"荷兰"隧道的入口拥堵的景象

时，估计是李超，还奇怪他为什么没开车。正想着，他问我是不是周老师，我说是，他说是李超。我问他为什么没有开车，他说刚才走错了，跑到霍博肯（Hoboken）那边，转过来怕再走错，就把车停在附近走过来。于是就去开车，一会儿他和他太

太周婧开车过来。我上车了问他们到哪里，他们说附近有一个还不错的四川餐馆，可以去尝尝。我们开车去离我们不远的一个街区，后来才知道这是属于兑换站（Exchange Station），每次乘地铁，都可以看到这一站。开到了却发现那个店关门，不知道是生意不好，还是正好是周末的原因。于是去了李超他们吃过的一个自助式日本餐馆。这个餐馆十分有趣，可以称为日本餐超市，在一个很空旷的地方，前不着村后不着店，一个巨大的停车场，坑坑洼洼。餐馆给我最初的感觉像是一个仓库，外观十分简陋，进去后装潢也很简单，像一般的日本餐馆一样，比较清爽和干净，自助的品种可以说极其丰富，各式日本冷菜、寿司（Sushi）和日本面条，现做有名的乌冬面（Udon）。种类之多，每样吃一份都会吃过了（overeating）。像周婧她们这样的女孩，我想肯定是吃不回来本钱。

吃饭时我们彼此交流基本情况，李超和周婧都是沈阳医科大学硕士研究生毕业。李超是河北保定附近一个城市长大，本科是在河北医学院读的，硕士考到沈阳医科大学，是个十分努力，希望抓住一切可能机会的学生，直觉人文知识比较缺乏，同时缺少必要引导，这倒有点像20多年前的我的状况。他是在普林斯顿附近上ESL时认识当时在陪读的曾嬿的先生，以后认识曾嬿。曾嬿毕业时全家来美国参加她的毕业典礼，李超给了他们不少帮助，也就和曾嬿他们弄得很熟。

周婧出生在新疆库尔勒，蛮有新疆人的直率和乐于助人之风，看得出人很聪明，属于一点就透的学生。他们的专业都是药理分析，在学校时师兄妹，不是一个导师。李超是工作签证到美国，现在新泽西的一个药厂工作。周婧比李超应该是晚两届。周婧毕业后，李超回国与其结婚后，周婧通过探亲签证过来。开始两人在同一个公司工作，后来周婧转到另外一个公司工作。

我和他们交流了自己到美国的感受。由于不久前刚刚去过英国，这两个国家的差异的确使我感慨良多，也深感英语对我表达自己思想的影响，一种十分强烈的愿望，希望能在一个有限的时间里自己的英语水平有一个质的提高。自我感觉我给他们最初的印象应该是比较像一个教授，而不是简单印在名片上名头。同时，我自己多年做大学老师的直觉，感觉自己是可以给他们一些指点，特别是李超，在他的身上多多少少可以看到我二十多年前的一点影子。同时，他们的专业和我最好的学生陈柳十分接近，很希望通过我的建议能给他们一个新的发展思路。

我们吃饭时主要讨论两方面的问题。一是我对他们未来发展的建议，就是他们两个人必须有一个要出来读书，读书的方向就是金融的 MBA，最好能够申请哥伦比亚大学（Columbia University）。我用华尔街（Wall Street）演化的例子说明为什么要学金融。华尔街在它诞生和成长不到 400 年的历史中，经历了贸易商品集散地的码头（port），农产品交易集市（fair），西印度公司羊和羊毛贸易公司。而那个现在已经不存在，但是依然著名的墙（Wall）就是当时西印度公司圈羊的。伴随货物贸易成长起来的金融，最终会"鸠占鹊巢"，在近 250 年时间逐步占领华尔街，到目前为止我们还看不出有任何迹象，存在一个新的行业将会把金融业从华尔街赶出去。由此，我们不得不说金融业至少在未来的 30 ~ 50 年内依然是华尔街、纽约甚至整个美国占主导地位的产业。而在毗邻纽约的新泽西不去学习金融，就如同在加州不做 IT一样"暴殄天物"。这些是我 2 月份去看华尔街的最直接的感受。他们基本接受我的观点。

二是如何提高我的英语水平。李超自己有过类似的经历，不过他们的基础要比我好很多，他对普林斯顿附近的教学资源也比较了解。李超说等他回去以后看看具体情况，再和我讨论，重点是我的发音，他建议我现在就开始有意识进行练习。回去后一两天就给了我一个网站，主要纠正音标和给出一些单词基本发音。我们边吃边谈不知不觉过了两个多小时，一直到服务员来说，他们要为晚上来的客人整理，意思是要我们结账，我不知道每个人多少钱，账是李超他们付的。

他们把我送回去时，上楼看了看我们简陋的居住条件。看到我们睡在地上，李超说至少下次带一个厚一点的床垫。我很感谢，现在看来我到美国身体其他方面倒也没有什么变化，但是肩周炎变得比较厉害，估计和两个月睡在地上有关。

陋室一角

在后来的一周我们几乎每天联系，最后确定参加普林斯顿附近教堂的 ESL 英语学习。实际上我在福德姆大学（Fordham University）时也上了学校对外交流部 ESL学习。由于是免费的，老师也是比较认真，但是不可能根据每个学生的基本情况提供有针对的教学，因此效果不佳。

通过邮件我们确定我周日上午赶到李超住的新兰斯维克（New Brunswick）。李超希望我9点前到，我要乘新泽西的地铁（Path）到纽瓦克（Newark），然后再乘新泽西的火车（NJ train）到他那里。但是，周日火车班次有限，要么是8：30以前或者是9：30以后。前者我必须6：30前出发，我说实在是太早了。最后我们说好，我坐9：36到的车。李超一直在邮件中谈到Wedding，我以为他要参加一个婚礼，到了才知道他到教堂听一个讲座，如何处理婚后家庭关系的讲座，九点半开始。

有两次去纽瓦克（Newark）机场改签证的经历，对新泽西交通的规律比较了解，上次也是在纽瓦克（Newark）转车，到新兰斯维克（New Brunswick）只是多坐几站而已。那天不知为什么一下子睡过头了，醒来已经7：15分，好在前一天准备好了，匆忙洗了把脸，就往地铁赶。到了地铁（path）的新港（Newport）站的售票厅，吓了一跳：一个人都没有！还以为把时间弄错，一直到地下候车的地方，才看到几个人，这才想起来3月13日这一天改夏时制，现在七点不到，难怪街上没人。地铁车厢里的时间没改，在格瑞位（Grave）站换从世贸中心（WTC）到纽瓦克（Newark）的地铁（path），不到8点就到了，差一点赶上早一班的火车。我想李超按照下一班车来接，我就不要赶早过去，在售票机上买了票。还是跑到问讯处问了一下到新兰斯维克（New Brunswick）的时间和站台，主要还是想看看自己发音别人是否听得懂。试了一下还好，说了两遍，问讯处一个年纪蛮大的女服务员就告诉我时间和站台。由于和上次去纽瓦克（Newark）机场在同一站台，所以不用慌。先在车站的麦当劳（McDonald）买了一个汉堡，用刚学的口语试了一下，小服务员没有反应，我不知道是我发音不准，还是别人不这么说，反正连说带比划把汉堡买了。坐电梯上4号站台，在候车室认识了Karin L. Jensen女士。她是在附近爱迪生市（Edison）出生，在普林斯顿的道琼斯指数（Dow Jones Indexes）公司做金融统计，原来是学物理的，当天回家看看她妈妈。在车上我们聊了起来，知道她是爱尔兰人的后裔，大概是从祖父（Grandfather）移民到美国，她妈妈就是出生在美国，她应该是第三代移民。

我们交换了名片，一起聊天，这时候感觉自己的英语好像不像自己感觉的那么差。有人聊天时间过得挺快，不知不觉就到了，由于她也是到新兰斯维克（New Brunswick），我也就不用仔细关注每次到站，只要到时候跟着她走就可以。快到站时，她一直向前移到最前面的车厢，后来知道她希望出站快一点。下了火车和Karin

告别。由于第一次到新兰斯维克（New Brunswick）的火车站，东南西北分不清。本能地直接沿着站台走到大街上，过了一会，李超打电话过来，说已经到了，可是我总看不见他，折腾了差不多20分钟。李超从一个过街隧道过来，没有开车。我这才知道，车站的正门在街那边。

坐上李超的小本田车（Honda）一路赶到蒙哥马利教区新教免费教堂（Montgomery Evangelical Free Church，简称MEFC）。我们进到一个教室，里面正在播放一个电视讲座，主讲人是一个女士，主要内容和婚后夫妻如何相处有关，一般都是夫妻双方一起来。李超说那天周婧要加班，就没有来。快结束时是本教会里的主持人请大家谈谈感受，李超好像说了如何通过做饭等家务，来增强夫妻彼此之间的相互理解，我看大家还比较认同。出来李超告诉我，一方面是说说自己的感受，特别是他们比较年轻来到美国，怎么理解这些问题，或者说通过学习可以提醒自己婚姻可能遇到的问题；二是也是利用可能的机会练习自己的英语，看看别人对自己的表达的理解程度。在教堂说话，有什么错误，别人也会谅解，特别是对他们这种刚刚来美国不久的年轻人，更是如此。李超的确是用心良苦，也是十分努力。电视讲座是在10点半结束，不是一次放完，每次放一点，时间就是1小时。这是教堂学习一个十分值得借鉴的东西，通过每次很短，但是坚持不懈不间断的反复，让你慢慢接受他们希望给你的东西。这种看似不强迫，实际上达到强迫的效果，只要你不断参加他们的活动。

10:40左右结束，中间有一个茶歇（Break Tea）可以吃一些小点心和喝咖啡，熟悉的人开始相互交流，也可以把像我这样第一次来的人介绍给自己的朋友。在那一次礼拜活动中（Worship）中我认识了丹尼斯（Dennis）和海伦（Helen）夫妇。

三、幸遇 Dennis 和 Helen

第一次见到丹尼斯（Dennis）最直接的印象就是他个子很高，具体多高一直没弄清楚，应该超过1.90米，有点驼背，走路说话都很慢，对人十分慈祥。就像我太太朱少云说的，看到丹尼斯（Dennis）就想到一个名人，著名的白求恩（Norman Bethune）大夫。Helen不高应该在1.60米以下，性格外向，为人十分热情。李超告

诉我，丹尼斯（Dennis）夫妻俩都十分乐于助人，他也得到他们不少帮助。我们简单交流后就参加教堂的礼拜（Worship）。进门时，教堂会有人把今天的活动日程表给你，印制得不算精美，倒也十分朴素清爽，一目了然。

我参加过几个不同教堂的礼拜活动，形式上有点差别，但是程序差不多。蒙哥马利教堂通常每个星期天有两场，第一场 8：15 开始，到 9：45 结束。这一场相对比较简单。开始是牧师（Pastor）致欢迎词和宣布开始（Welcome and Announcements），下面是祈祷（Invocation），以后是由身穿传统服装的唱诗班成员演唱 3～4 首赞美诗，都是在一本赞美诗集中，来自圣经（Bible）。这些在不同风格的教堂表现的方式不同。当然大部分到教堂做礼拜的人，基本上都是基督徒，从小就受这种教育，大部分人都会唱。我听到有些人唱得非常好，肯定是在家经常练习。接着就是牧师或者其他人在讲台上祈祷（Worship in Prayer）。蒙哥马利教堂现在的牧师库珀（Cooper），长得很帅，口才很好；再往下就是在音乐声中表达崇拜（Worship in Giving）；以后就由牧师库珀（Cooper）布道（Message），讲解他对教义，主要是圣经（Bible）的理解，每次不同。据那些教众说这个牧师水平不错，讲解比较到位，这和老师的水平也是一样的。最后是祝福（Benediction）一起唱赞美词，牧师宣布结束。一般是 1.5 小时。第一次结束，部分人就会离开。到了 6 月下旬，暑假开始，第一场就取消，只有一场 10 点开始，人数明显增加，去晚了找个合适的座都比较难。

第二场从 11 点开始，内容比第一场稍多，人数也多一些。在欢迎词和宣布（Welcome and Announcements）开始之前，先有序曲（Prelude），教堂的唱诗班和管风琴会一起演奏，之后会有一个祭文（Introit），后面与第一场相同，只是中间会有一个音乐主管（Minister in Music）的演奏和结束时的赞美诗，以及终曲（Postlude），和前面的前奏对应。全部时间也是 1.5 小时，12：30 分准时结束。其他可能增加的活动，就是特定时间吃的圣饼（是一种干面饼）和圣血（用葡萄汁替代），每次在唱赞美诗时，在教众之间传递的金盆，大家可以捐钱，或者把自己愿望和要求写在上面，教堂会和你联系。全部结束后，大家会在教堂的大厅（Lobby）交流。如果没有什么特殊事情，一般至少 1 个小时才会陆续散去。我和李超就是在这个时候，又和丹尼斯（Dennis）交流，谈到我想学习英语，了解圣经的愿望。但是，我住在纽约附近，每次来这里比较不便。丹尼斯（Dennis）说他在纽约也有一些朋友，他会尽力帮助我们。但是，下一周（Dennis）要到佛罗里达（Florida），要到下下周给我们消息。

当天下午 Dennis 陪周婧练车，我坐在后排。一开始不理解为什么要 Dennis 陪，后来读了新泽西的交通规则（Driving Manuel）才知道，周婧通过了理论考试，周婧要参加路考，Dennis 陪她练习，而陪的人必须有三年以上驾龄。

周一白天我就在李超家，晚上 7 点不到，周婧和我坐 John 和 Hennim 的车一起去普林斯顿教堂的 ESL。这是我第一次见到 John 夫妇，John 已经接近 80 岁，好像还差半年，跟 60 岁人似的，开车极其熟练。他太太 Hennim 比他还大两岁，显得老很多，他们都在那里当老师。周婧上车后，和他们聊天，说："I love the elder guy."老 John 显然看到像周婧这样小女孩坐车上，也很高兴，车开得很溜。到了那里，我去中级班，老师是 Bob，英语说得很棒，字正腔圆。周婧去高级班，那里主要是强调多说和练习。

8：30 下课到旁边一个大教室吃饭，在那里填了一个表，见到 ESL 的负责人印度人 John，他对我来这里表示欢迎，希望我尽量来。加餐一般是有蔬菜沙拉、水果、一些点心和饮料，比较简单。后面有一些简单厨房设备，冰箱和微波炉，没有吃完的要放回去。一般是几个老师，特别是 John 负责。吃饭时大家坐在一起谈谈，Helings 的英语说得很地道，而且很慢，比较容易懂，John 的语速明显快，而印度 John 有明显的印度口音。吃完后随 John 回到李超家，虽然我当时没有明确准备搬到普林斯顿这边来，但是，要改变目前的状况的愿望已经基本形成。

在和 Dennis 和 John 交往后，我强烈的想法就是要搬到普林斯顿附近，最好和这两家中的一家生活一段时间。周一晚上和李超商量，他也不太熟悉老 John 的家里状况。我后来和他们熟悉了，知道他有一儿一女，都是附近的拉格斯大学（Rutgers University）读的书。看来美国和中国一样，本州（省）的学生还是喜欢在本州读书，除了学费和录取上的优惠外，可能与不愿意跑得太远有关——毕竟新泽西靠近纽约，各方面的机会多得多，和我们江苏一样。儿子在 Newark 附近工作，最近还经常去中国做生意，所以他们对中国有点了解。但是，老 John 夫妇年过 80，我也不太敢住到他们家去，万一有个闪失，我也不知道如何处理。

对 Dennis 家李超比较熟悉。李超最初到蒙哥马利教区新教免费教堂（Montgomery Evangelical Free Church，简称 MEFC）最先认识就是 Dennis 夫妇。李超曾经和我描述过

我在丹尼斯家的房间

当时的情景,那时候他刚刚会开车,到处寻找可以学英语的地方,也跑了不少教堂。那天下班跑到MEFC时已经过了9点,整个教堂空无一人,硬着头皮进去,正好遇到Dennis夫妇因为有点事情,开完会晚了一点回去。李超说什么Dennis他们不懂,Dennis他们说的李超也不懂,但是有一点Dennis知道,这个中国小伙子(Guy)想学习英语。以后他们就比较熟悉,看得出来Dennis夫妇也比较喜欢李超夫妇,给了他们不少帮助。而且Dennis他们家居住条件较好,家里还有两个养子,都是年轻人,Dennis夫妇年龄不大,应该比较好相处。

所以,周一晚上请李超和Dennis谈谈我的想法。当然最初为了找到共同点,还是和他们说,我是来自中国的教授,希望更深入了解圣经(Bible),希望得到Dennis学习圣经(Bible)上的指点。这可能是比较触动Dennis最后接受我去他家的主要原因。

第二天我回Newport,开始和妻子商量准备离开这里到普林斯顿去的具体方式。她完全支持我的想法,就是要看李超那边和Dennis商量的情况而定。

四、搬家的麻烦和损失

据说在美国最容易的事情就是搬家,受过高等教育的人一辈子平均要搬5次以上,不像我在南京从10舍搬到新9舍,而是跨城市之间的搬家。但是,对我而言这次搬家算是伤筋动骨了。我是一个做事情很粗的人,通常是事到临头才考虑处理方法。这次租房是由同事先租下来,我是他的合租人。前面为了省事,也就没有仔细看合同,现在要离开发现合同中的条款对我们非常不利。

首先,我们已经预付了半年的租金,这是不退的,共计13470刀,还有一个半月的保证金3367.50刀,这是要到我们租期满后,看我们房屋的是否损坏或者损坏程度的赔偿金;二是我们不能转租,否则引起的所有损失和问题要我们承担;三是我们如果退租以后，如果房子没有新的承租人，我们的租金不退，保证金等到租期满后一个月内退给我们。

实际上，我们可以选择的方式有三种：一是转租出去。这个风险主要是来自新承租人，我们无法监督他们的行为，况且合同中不容许我们转租，我们在美国人生地不熟，不敢冒险。二是空置在那里，就等四个月后，拿到保证金走人。这个损失很大，我们每月的房租是 2250 刀，这样就要损失 9000 刀，实在是有点大。三是把房子退给房东，然后尽快找到下一个承租人，这样即使给予新承租人一些补贴也是合算的。

最后经过与李超、颜安、朱艺和太太商量，决定采用第三种。因为我在采取这个方案初请李超和同在 Fordham 的大连理工来的南老师在网上发了帖子，反应很不错，不断有人联系合租或者独租的事宜，给了我们一个错觉，以为这个房子很好租，以为最多损失半个月的租金就可以租出去。但是，当我和李超在 3 月 26 日一大早把同事送到 JFK 到加州以后才发现事情远没有这么简单。但是，一切都不可逆了。

3 月的最后几天不断联系，但是，都是因为各种原因，比如收入证明不够，房价过高，或者找不到合适的合租人。我们看来比较有希望的承租人都没谈成，我又不得不离开。离开那天是周四，李超他们没有时间，朱艺过来送我。事先请了一个墨西哥小姑娘来打扫卫生，朱艺对我两个月时间把一个新房间弄得那么脏，还是很不理解。打扫完了等管理员来检查，我们好走。等了有半个多小时，还没有来。朱艺打电话给管理经理梅丽莎（Melissa Fitzpatrick），好像是一个西班牙后裔。朱艺在我们租房和退房的过程中，已经和梅丽莎相处很熟了，我也不知道她怎么做到的。一会儿，检查的管理员过来，明显对我们不满意，认为我们告了他的状。加上前面说的，同事在墙上贴了两个挂钩和卫生间的玻璃有一点磕碰，我们非常担心这个家伙公报私仇，写一些对我们不利的东西，毕竟还有 3000 多刀保证金在那边。

朱艺要看他在验收书上写了什么。那人说，这是我们公司内部文件，不可以给外人看，朱艺开始和他聊天，不断开导他，说你也是若干年前到美国，第一次到异国他乡，你如果遇到我们相同的问题，应该怎么办？就把我们可能要损失上万美金的情况说了。朱艺的语言能力简直是太棒了！那天不知为什么，朱艺和他说的我居然基本听懂了，不得不佩服朱艺的语言能力。说到最后，那人不仅把验收单给朱艺看了，还说了赔偿的上限是多少，我们心里有个底。完后我们告别住了两个月的

2412 Thomas Jefferson，30 Newport，Parkway，Jersey City，NJ。后来，在5月1日回来一次。在几次进纽约的路上远远看到我住的楼。

Newport 租房的最后退款

后面的一切，在上文中已经提到，直到6月22日我才完全解决这个问题，这离我要回国已经不到两个月时间了。上帝保佑，还算顺利。

（2011 年 7 月初稿于 3500 Barrett Drive Apt 1G Kendall Park NJ 08824 李超家，2013 年寒假完稿于南京江宁江宁文枢苑。）

我的房东丹尼斯（Dennis）

导读：这是我在美国最有意义的三个月，虽然十分平淡，却是和一些真正的美国人过相同的生活，了解了他们的喜怒哀乐。这是通常到美国的访问学者无法经历的。同时感受到美国普通民众的善良和友好，不管他们出于什么目的接待我这样一个远方来的陌生人，显然用最简单的方式与人相处是成本最低，收益最高的，也是最愉快的。我们现在好像最缺这样的东西。不知道我们是进步了还是退步了?!

一、相识

我能认识丹尼斯一家是十分偶然的事情，从美国到国内再从国内到美国绕了很大的弯。我 2011 年 1 月底到美国去做访问学者，正巧 2010 年新招的博士曾嬿，硕士是在新泽西州立的罗格斯大学（Rutgers，The State University of New Jersey）读的，他先生小万也在那里陪读。为了提高英语水平，他先生每周到普林斯顿教堂免费英文课堂学英文，认识了在那里工作的李超。他们介绍我认识李超，通过李超我才有机会和丹尼斯一家认识。

我 1 月底到美国，刚开始住在新泽西的新港（Newport）靠近哈德逊河，去纽约十分方便。但是和我的同事合住，时间长了感到英文长进有限，希望提高英语水平的可能性不大了。第一个月因为签证问题无暇旁顾，到了 2 月底问题基本解决，加上访问学校福德海姆大学（Fordham University）将在 4 月初放春假，合作教授要回北京上课，我就不得不考虑自己这段时间干什么了。和李超联系上后，3 月第一个

的星期天（6 日）李超和周婧夫妇到我住的地方，请我吃了一顿日式自助餐（Buffet），十分丰盛，我显然是吃多了。吃饭时谈了可否帮忙找一个英语教师，李超说普林斯顿附近教堂可以免费学习，先去那里看看是否有机会。

　　下周日（13 日）我就到离李超住得最近的火车站 New Brunswick，也就是罗格斯大学主校区所在地，李超开车来接我直接就赶到蒙哥马利（Montgomery）区的一个教堂，在那里见到丹尼斯和海伦夫妇。一看到丹尼斯时我直觉是他很像一个人，后来是我太太说丹尼斯很像银幕上的"白求恩"。相处时间长了才感受到，丹尼斯真是"白求恩"。显然，李超先把我的想法告诉了丹尼斯。他说他在纽约有些朋友，如果我们需要他可以让我们认识，我想如果在纽约能找到教英语的老师，就太好了。

　　第二天去教堂上课。到那里才真正理解，过去西方教堂和学校之间的关系为什么那么密切，大学最初都是和教堂连在一起。晚上是老约翰（John&Hennim）夫妇顺路把我带到李超家，他们已经过了 80 岁，在教堂做义工教师，很难想象我 80 岁是否也可以做这些。当晚住在李超家的沙发上，后来我太太和孩子来美国，全家都睡过他们家的沙发。

　　周二回到新港（Newport）和太太商量，感觉还是最好能住到美国人家里，这样可以很好了解美国人的生活，也可以直接提高英语水平。于是，在那一周不断和李超联系，开始想是否可以住到老约翰（John）家。但是考虑他们夫妻年龄过大，万一有问题怕担待不起，于是请李超和丹尼斯联系。开始，丹尼斯比较犹豫，希望我下周到他家参加一个家庭聚会，先和家人认识一下。于是，延续上周的过程，上课住在李超家，只是没有去教堂。按照约定 19 日周日下午直接到丹尼斯家，参加他们的家庭聚会。后来知道丹尼斯希望我和他的家人见一见，听听家人的意见。

　　又过了一周，丹尼斯他们要到外地有事情，那一周没有见面。19 日周末李超加班，他太太周婧带我去丹尼斯家。记得我们在超市买了一个蛋糕和一盒草莓，大概 30 多刀。她刚刚拿到驾照也就一周，后来她告诉我，十分感谢我敢坐她开的车。其实我开了几年车，知道开车本身没有什么技术含量，况且除了坐她的车，还有什么选择吗？那天刚好碰上车快没油，她十分紧张。好在我会开车，知道即使黄灯亮了，至少可以再开几十公里，反复宽慰她不要紧张。好不容易找到一个加油站，耽误了不少时间，到丹尼斯家已经是下午两点多了。进门时丹尼斯给每个人一个不粘胶贴纸，写上自己的名字。我和周婧读音很近，他们很难分辨。在会客室见到了丹尼斯的两个女儿和女婿。大女婿十分风趣，知道不少中国的事情，还会说"你好"等几句中文，蛮标准。他说是他女儿也就是丹尼斯的外孙女在学中文，他也跟着学了几句。小女儿很漂亮，集中了丹尼斯夫妇的优点。周婧告诉我，因为漂亮仅仅读到高中毕业，不久就嫁人了。小女婿是他们家最有钱，长得很帅，具有我印象中日耳曼人的气质。后来问海伦，她说我猜得没错。这也印证了女孩漂亮是可以弥补学历不足的铁律。其他人中有后来很熟悉的丹尼斯两个养子保罗（Paul）和盖迪（Gideon），还有丹尼斯的妹妹芭芭拉（Barbara）。他们说话语速很快，我只能听懂一些单词，除非他们要和我说话，把语速降下来，才能勉强跟上他们对话。我问周婧如何，她说这个很正常，她已经来两年，听力有不少提高，但是要完全跟上本地人的说话，还是十分困难。这使我释然，我已经年近五十，原来英语基础又差，跟不上也算正常，否则这么折腾干什么呢？

快到吃晚饭时，丹尼斯突然把我叫到一边，带我到旁边的一个门，进到一个很大的房间。告诉我他们同意我到他家来住一段时间，可以先试住一个月。这间房原来是他们家的教室，是在原来房子基础上加了一间。因为原来丹尼斯家孩子较多，他妹妹芭芭拉（Barbara）有小学自然课教师资格证，就在家里办了一个家庭学校（Home School）。现在孩子都大了，这个教室就成了他家的客房，难怪房间里到处都是各种标本和小学生课本。丹尼斯带我看了洗漱间，面积很小也就 3 平方，房间里有两张床和三张桌子和一张长沙发，这对我已经足够了。我问丹尼斯我要付多少钱。丹尼斯很不好意思说，去问问海伦。过了一会丹尼斯告诉我说他们商量后是每月500 刀，我说包括吃吗，他说包括。但是，海伦不会做中餐，我忙说，我吃了 40 多年中餐，不会在意多吃几顿西餐，况且这个价格远远低于我的预期。晚上告别的时候我十分感谢海伦愿意接待我。第二天回到新港（Newport）告诉我太太，她也很意外，我们都感到很幸运碰到丹尼斯一家。

一周后，虽然留下许多租房中未解决的问题，我还是毅然搬出了新港（Newport），先到李超那里暂住。因为丹尼斯说需要整理一下，我才好搬过去。后来知道，那段时间丹尼斯的妹妹芭芭拉（Barbara）住在那里，好像是她的房子租给别人了，要到月底搬走，她还要回到原来房子收拾一下，才能把这边腾出来。我不知道是他们找了一个理由，不让芭芭拉（Barbara）长期住在这里，还是有其他原因，反正后来芭芭拉（Barbara）对我不是太友好。不知道是她本人天性，还是一个过了 60 岁老

姑娘的原因，或者是海伦他们的缘故。直到 5 月初芭芭拉（Barbara）过生日，我拍了几张照片并用软件做了一个短片给芭芭拉（Barbara），她很高兴，以后对我就友好多了，见面也打打招呼。后来，我问丹尼斯，芭芭拉（Barbara）为什么没有结婚，他说应该是她祖母太溺爱她了，所以一直像一个小姑娘任性，有过男朋友，但是一直没有结婚，现在还住在当年他们祖母住的房子里。可见他们祖母是多喜欢这个孙女。

说好 4 月的第一个周日搬到丹尼斯家，周六还有一天的空。和李超夫妇一起去了普林斯顿大学看看。因为刚刚开春，天气蛮冷，校园很美很别致，因为刚刚在英国国王学院、剑桥和牛津看过，倒也没有第一次看到殖民地时期大学的震撼。无论怎么说，普林斯顿之美还是令人叹服的。匆匆看过李超他们不断推崇的著名博物馆，也因为刚去过卢浮宫和大英博物馆，这里显然是小巫见大巫。除了这些，主要是对明天就要住到丹尼斯家有点惴惴不安。

二、生活

第二天 4 月 3 日周日下午，大概是 4 点左右，丹尼斯夫妇来到李超他们住的地方，聊了一会。李超帮我把两个大行李箱和一个拉杆箱搬到丹尼斯的现代公司旧"索纳塔"车上，车子比较大也还比较宽敞。李超家在大普林斯顿区，丹尼斯在萨莫维尔（Somerville），要一个小时多的路程，中间有高速公路，也有丘陵公路。新泽西乡间的景色很美。到了丹尼斯家天色已经暗下来，保罗（Paul）和盖迪（Gideon）在等我们吃晚饭，这是第二次见他们。大家都很友好。海伦带我去我的房间，稍做整理。我给了他们每人一点小礼物，都是国内带过来的，海伦特别高兴。随后我们就吃饭了。实事求是地说在后来的三个月中，最初的一个星期是最难熬的，首先是吃。

丹尼斯家是由海伦主厨，每周的"食谱"基本固定，平时早餐和午餐是一样的，晚餐每天不同。早餐是冷牛奶加上麦片（Cereal），种类一般有三四种，我比较喜欢加葡萄干的那种。我在丹尼斯家唯一的要求就是要喝热牛奶。他们都不太理解，特别是小孩，说什么热牛奶"脏"（The hot milk is DIRTY），不知道为什么！告诉他们我喝冷牛奶肚子会痛，他们虽然有些惊讶，但是，每天海伦还是专门为我热一杯，我浇到 Cereal 上，还算可口。有时候也在烤箱中烘一两片面包。开始，我和他们一起吃，后来我起得太晚，也就自己热牛奶烘面包自己吃了。

午餐要到下午一点左右才吃，更加简单，就是三明治，两片烤面包夹一片火腿，两到三片西红柿，一片生菜（Lettuce），大叶子那种，有时候加点酸黄瓜。海伦仅做一人一份不会多做，海伦不在，丹尼斯也是这样。他们喝生水，就是自来水，实际是他们院子里的深井水，有时候喝红茶，就是国内也有的"立顿"（Lipton）。我喝热绿茶，茶叶是我从国内带去的小包装茶，他们对我和着茶叶一起喝的方式也觉得很有趣，我给他们泡过两杯试试，他们喝不来。一份三明治显然是不够的，我又不好意思自己去弄。丹尼斯也看得出来，有时候会省一点，切给我四分之一或者一半。再不够就吃坚果（Nuts），就是烘干的青豆，加上少量葡萄干和核桃仁，我查了产地居然是中国造的。由于每天都吃，肚子胀气，结果你知道的。

每天晚餐头道菜都是生菜（Lettuce），和中午大生菜不同，有点苦的那种细碎叶子，国内应该叫苦菊，加上沙拉酱就成了蔬菜沙拉。然后是主菜：周一是意大利菜，一般不会变，西红柿酱煮猪肉丸子加上通心粉，太酸受不了。周二主要吃烤式食物，烤鸡翅或者鸡块，加了很多糖之类比较甜，味道比较香。那天一般会吃得比较多。周三印像比较深，经常会吃饭。不过饭不是主食，每人弄一点。他们知道我们中国人喜欢吃饭，会给我多一点，现在都忘了菜是什么。周四是我最怕的，那天都是煮土豆（Potato）和红薯（Sweet Potato），另外就是煮猪肉（Pork）。做法很简单，就是将土豆和红薯放在水里煮熟捞起来就可以。猪肉加葱姜基本煮熟，有时候切开时中间还是红色。吃的时候将土豆和红薯切开碾碎和在一起，猪肉用刀按照自己的需要切片，撒上盐和土豆红薯一起吃。哇噻，我是一个多喜欢吃肉的人！但第一次吃这个真是难以下咽！周五一般是吃一周剩下的，我倒也不在意，可以挑自己喜欢吃的。周六有时是保罗（Paul）做，天气好的时候就在外面院子里搞烧烤。保罗（Paul）手艺不错，海伦也经常夸他。周日丹尼斯家经常搞聚会（Family Party），别人会带些吃的大家一起吃，海伦会做些点心。复活节后面的那个礼拜天，家里来了二十多人，男女分开吃，小孩不算才勉强坐下。

在丹尼斯家吃得最好的一次是挪威国庆节 5 月 17 日，海伦做了传统的挪威国餐，奶油煮大虾和海鲜面条，可能是我在丹尼斯家唯一吃多了的一次。我看保罗（Paul）兄弟和丹尼斯也是赞不绝口。我还问海伦，这些和在挪威做得一样吗？海伦

毫不犹豫告诉我说完全一样，这些食材也是从挪威进口的，烹饪方法也完全一样。后来海伦再也没有做过，即使我太太和孩子在他家做客的那几天，海伦也没有再显身手，估计是比较贵，我算是比较有口福的。

穿着上丹尼斯他们没有什么特别的。因为每周要参加礼拜需要穿正装，丹尼斯是蒙哥马利（Montgomery）教堂的长老（Elder），经常要主持活动。4 月初新泽西还是春寒料峭，丹尼斯他们一般是穿正装加一个风衣。到了 8 月我们要离开时已是盛夏，他们还是衬衫领带加西装参加礼拜，一点也不马虎。倒是他们养子保罗（Paul）和盖迪（Gideon），一般都是牛仔裤和 T 恤衫，每天都换，一周或者更长时间洗一次。他们家的洗衣机应该是 20 磅，还有烘干机。每次保罗（Paul）洗衣服都是一大筐，洗好烘干折好都有半人高，包括 T 恤衫、牛仔裤和浴巾等等。他们洗衣服比较讲究，分开洗，不在室外晾晒，衬衫都是烘到半干，海伦再熨烫后挂在那里晾干。有一次海伦问我在中国怎么洗衣服，我说我们也有洗衣机，没有烘干机，我太太喜欢把衣服放在外面晒，说衣服上会有阳光的味道（Sunshine's Smell）。海伦听了觉得很有道理，后来太阳好的时候就把衣服拿出去晒晒。因为他们院子里没有我们晾衣服的绳子，也不会用衣服架子，好像周边各家都没有类似的东西，就摊在室外的餐桌和椅子上。虽然他们居住的室外条件很好，他们没有晒衣服的习惯。

丹尼斯房子的房产税单

丹尼斯的房子在新泽西中北部的萨莫维尔（Somerville），小镇叫雷丁镇（Reading Town），像是一个比较有文化的地方，离纽约大约 65 英里（miles）。开到进纽约的收费口荷兰隧道（Holland Tunnel）大约一个半小时。靠的最近的是一个小火车站，叫 North Branch，也就是北岔口，一个很土的名字。房子离公路不远，原来是一个农场（Farm），镇上（Township）把土地卖给私人。房子建于 1973 年，丹尼斯 1976 年从朋友那里买过来，当时大约是 10 万刀多一点，按揭购买，海伦告诉我他们已还完了贷款。4 月是报税月，丹尼斯给我看了房子的报税单。房产估价一共是 43 万刀多一点，土地 23 万，房子 20 万，每年交房产税约为 9300 刀。丹尼斯说如果现在买，他就买不起。可见美国买房子也要趁早。房子是两层带地下室木结构，后加我住的家庭学校的教室，共计有 3500 平方尺，约合 325 平方米。楼上四间，丹尼斯

丹尼斯家院子里的鹿群

夫妇、保罗（Paul）和盖迪（Gideon）兄弟各一间，还有一间客房。楼上我去的不多，比较乱也比较小，到处都是东西。楼下有起居室、正餐厅、厨房、会客厅、车库（已经堆满东西，不能停车）和我住的家庭教室。

有一个 1.75 英亩（折合 10.62 亩）院子，松树等已经很大。丹尼斯说这些树木都是最初建房子时就种下的，也快 40 年了。比较有趣的是，院子里有一个深井，说有 30 多米深，他家自来水就出自这里，水质极好。但是，他们去年打了一口新井，不是因为井坏了，而是旧井的年限到了，他们做事就是这么刻板而认真。院子里除了种树和养草外，没有其他东西，主要是因为野鹿、野兔和各种鸟很多，种什么这些动物都会吃光。早上和黄昏经常看到成群的野鹿和像孔雀一样的大鸟。海伦还在凉台上挂一个喂鸟器，每天来吃食的鸟很多，有些火红灿烂极其漂亮。我还拍到松鼠从房梁上下来偷吃鸟食又摔下去的录像，传给国内朋友看了，大家十分惊奇这里生态状况之好。要知道新泽西是美国人口最密集的州，而在丹尼斯家我每天见到的动物肯定比人多。

如果不会自己开车，住在丹尼斯家是很不方便的。丹尼斯家有四口人，有四辆车。保罗（Paul）是 Camel，盖迪（Gideon）是丰田（Toyota），都是二手车。他们上班或者出去玩都是开车。保罗（Paul）在普林斯顿大学（Princeton University）的动物实验室养动物，经常到费城，到他过去的家见自己亲姐妹，都是自己开车。丹尼斯是韩国现代的索纳塔和一个他称之为 Van 的七座旅行车，国内叫奥德赛，他们很少用其他交通工具。后来假期中丹尼斯带 3 ~ 4 个孙子孙女到五大湖去度假，开 15

丹尼斯家外景

个小时，也没有想过用其他交通工具。主要是汽油便宜，也就3.5 刀左右 1 加仑，几乎没有过路费，开百十英里最多才 2~3 刀，算起来汽油费加上其他费用不会超过 200 刀就够了，也就是一个人的飞机票钱，当然选择开车。这也是美国车多的原因。

我就不行了，曾经试着跑步到最近的车站，实在太远，路又不熟。这里离最近的车站 North Branch 开车也要 20 分钟左右，而且是小站，班次很少，晚上七点以后就没车了，必须到更远的 Somerville 去。记得在丹尼斯家的三个多月时间，仅仅外出了三次。一次是丹尼斯的邻居需要到纽约去检查身体，顺路把我带到刚刚过哈德逊河的隧道口，我坐地铁去学校，参加一次研讨会。晚上住在同事小顾那里，他在哥伦比亚访学，住在纽约上城（Uptown）的 136 街。第二天上午到学校参加研讨会，下午一点半从办公室出来，先从 Fordham 坐纽约地铁从 60 街到 33 街，转新泽西地铁 Path 到纽瓦克（Newark），中间经过我以前住过的新港（Newport），再倒到 North Branch 新泽西火车。North Branch 是小站，停靠的车很少，到站时已经快 5 点。刚下火车，看到高高的丹尼斯在站边等我，真是好感动。

第二次是 5 月底，我们学校的 EMBA 游学团到纽约，事先说好陪他们一起参观学习，一直到波士顿结束。那几天正好丹尼斯在非洲农场工作的小儿子 Stephen 回美国，到农业部复命，要在华盛顿住一段时间等下一个任务。海伦十分喜欢小儿子，买了很多东西要去华盛顿看 Stephen。我事先已经和丹尼斯说了，5 月 29 日傍晚我要到纽约去，因为徐院长等和 EMBA 学生要到晚 10 点以后才到 56 街 Central Park Hotel，请他们 6 点以后送我到小站，丹尼斯走之前和保罗（Paul）他们说了，那天是盖迪（Gideon）送我去的。到了车站他把我一扔，说了声"Take care"一溜烟跑了。上次丹尼斯接我时十分匆忙，没有仔细看看这个车站，现在一看，除了一座小房子和孤零零两条铁轨，什么都没有。围着小房子转了两圈，没有售票员也没有自动售票机，而且没有一个人可以问。仔细对照时间表，还有半小时多火车才到。又过了十分钟来了两人，匆匆说了两句就分手，我刚想上去问，人已经走远了，估计多半是买卖毒品之类的事情。没有办法只能瞎转，正好看到车站外边不远，有一个人在洗车。我跑到外边，不太远也就二三百米，问了才知道，这里没有售票员和自动售票机，车票要到车上用现金买。现在还没有到时间，

丹尼斯家门前的晚霞

过一会就会有人来。他说得不错，离开车还有十分钟，陆续有人开车过来，把要乘车的人送过来。我是来得太早了。因为是周末晚上最后一班车，大部分是赶回城的，准备明天上班上学，人还是挺多的。售票员是我们见到最传统的那种，手上拿着打孔机，用的是最老式的长车票，打孔计价，所以，不断听到"啪嗒啪嗒"的打孔声。我真不知道中国还有什么地方用这种票。一周后回来，我问丹尼斯，这个火车站有多少年了？丹尼斯说他70年代来到新泽西就是这样，这个火车站有一百多年，一直是这样的，没有什么变化。他们觉得很好，也不需要变化。

就这样我在丹尼斯家待了三个月多，也逐步了解了他们的生活和家事。

三、家事

在丹尼斯家的生活很有规律，时间长了也就问问他们的家事。丹尼斯全名是Dennis Gudz，看他的姓氏应该是犹太人后裔。为这个事情，我曾问过丹尼斯，他没有否认。他是第三代移民，爷爷奶奶都是来自当时属于波兰，现在是乌克兰的一个边境小镇。讲到这些，丹尼斯一般都会拿来世界地图指给我看，非常偏远的小镇。可惜当时做的笔记丢在李超家了，上面记着他爷爷奶奶的名字。我问他是否回去过，他说没有，爷爷奶奶出来以后也没有回去过。当时，丹尼斯爷爷和奶奶从家乡出发几乎横跨整个欧洲，到了英国，从那儿来坐大西洋班轮到了纽约。那时候他们都是12岁，是1910年的事情，也就是说他爷爷奶奶应该是1898年生人。丹尼斯转述他

奶奶回忆说，当年他们到了英国已经没有钱去美国，写信给家里，等到家里寄来钱已经是半年以后的事情。路费有了，但是没有生活费了，就靠在班轮上打扫卫生和洗衣服撑到了纽约。那时候横跨大西洋班轮的最低票价是 5 英镑。

我很疑惑：12 岁是小孩，班轮上怎么敢用了？丹尼斯说，爷爷奶奶他们说谎自己已经 16 岁了，因为他们都长得比较高大，班轮上的人就信了。看看丹尼斯超过一米九的身高，我也相信。还有不解的问题是：他们怎么会想到去纽约呢？丹尼斯奶奶告诉他前面有家乡的人到纽约，写信回去，说纽约挣钱很容易。于是，全村的年轻人都加入横跨欧美的超长距离移民。这使我想起中国早期电视连续剧《打工妹》描述的情景。估计一百多年前欧洲大陆的移民潮和中国 80 年代的民工潮是一样的，只是欧洲移民没有回头的。一直到离开美国前两天，丹尼斯夫妇陪我们全家去自由岛看了移民博物馆中的美国移民史，基本验证了我的猜测。在他爷爷奶奶来美国的那几年移民高潮时，每年超过千万的移民来到美国。

后来他爷爷奶奶定居在纽约的布鲁克林区，爷爷在码头上做搬运工，奶奶靠帮人洗衣和打扫卫生，也就是钟点工维持一家的生活。丹尼斯没有说他爷爷，奶奶到上世纪 90 年代才去世，也就是 90 以上高龄。丹尼斯的父亲是一个森林工程师，在远离纽约四百多英里的林场工作，常年不在家。丹尼斯说他父亲酗酒，很年轻就去世。没有听丹尼斯提到他妈妈，他和他妹妹芭芭拉（Barbara）是他奶奶带大的。讲这些时，丹尼斯经常流泪，很怀念他奶奶。

丹尼斯生于 1942 年，1964 年毕业于纽约市立大学（The City University of New York，简称 CUNY），年轻时成绩突出。但因家境贫寒，就上那时被称为"穷人的哈佛"的纽约市立大学的电信工程专业，当时是最好的专业。毕业后在 AT&T 工作到快退休，如果不是服务部门分拆出售，一直要在那里工作到退休。丹尼斯也说像他这样大学毕业就在一个部门工作到退休比较少见。按照当时的分拆协议，现在他还是拿 AT&T 退休金，这个比工资要少很多，所以看得出他们钱还是比较紧的。2000年丹尼斯就退休了，原因是他的工资过高。他说在最高时，他的工资要抵三四个新进来的员工，但是没说具体的数字。

丹尼斯在高中就认识后来的妻子海伦，海伦说他们是在教堂认识的。海伦高中毕业后就工作了，应该是保育员。海伦很喜欢小孩，每次到教堂都是在教堂的临时幼儿园（Baby Care）看孩子。丹尼斯大学毕业后，他们结婚，海伦还工作了一段时间，直到第一个孩子出生，海伦就不再工作，做了全职妈妈。他们育有两儿两女，我只知道最小的儿子名字是 Stephen，35 岁左右，还是未婚。Stephen 本科是在家附近社区大学读的，硕士是在著名的康奈尔大学（Cornell University）的最好的农经专业毕业。海伦一直说 Stephen 是康奈尔的，而且还描述了他们参加 Stephen 毕业典礼的情形。后来她把 Stephen 的硕士论文给我看了，是关于非洲农业的融资使用效率研究——以肯尼亚一个农场为例，可能就是他服务的单位。格式类似中国硕士论文，做得比较简单，也就是一些图表分析，我看了判断 Stephen 应该是在职申请学位，即使这样也是他们家的才子和骄傲。每次聚会，尽管小儿子不在，大家还是经常说到他。上次回来复命后要到阿富汗的一个农场工作，也是美国政府项目，丹尼斯夫妇非常担心。最近的邮件说他已经完成任务回到肯尼亚工作了，他们如释重负——天下父母都是一样的。

其他的孩子名字，丹尼斯说了，我记不得。老大和老三是女孩，大女儿我见到的，比较老气也很闷，不太说话。小女儿我前面说了是个美女，嫁了一个帅哥。大儿子一直没有见过。丹尼斯 1975 年调到新泽西的 AT&T 分公司工作，后来他们就把家搬过来，一直住到现在。海伦也就做家庭主妇和全职太太，她倒也乐此不疲。另外，就是现在和他们住在一起的养子保罗（Paul）和盖迪（Gideon）了。盖迪（Gideon）已经 30 岁了，比保罗（Paul）大不到两岁，两个人是亲兄弟。开始，我以为他们是伊朗人或者阿拉伯人的后裔，因为保罗（Paul）很像我熟悉的网球运动员阿加西，他父亲是伊朗人。丹尼斯告诉我不是，他们是意大利人的后裔。他们都是在 6～7 岁时被丹尼斯收养的，主要是他们家孩子太多，可能有 13 个孩子。盖迪（Gideon）和保罗（Paul）是第十一、十二个，原来他们的家在宾州费城的贫民窟，丹尼斯认识他们时，他们的母亲在生最后一个孩子时去世了，父亲经常酗酒打孩子。丹尼斯他们通过教会认识他们家，很同情就收养了他们。现在他们都是姓 Gudz，也就跟丹尼斯姓，按照时间算应该是 1988～1989 年前后的事情，那时候应该是丹尼斯家经济最好的时候。现在，他们每月交点生活费给海伦。但是，由于最近盖迪（Gideon）属于半失业状态，所以不交了，海伦很着急。

两个孩子小的时候，盖迪（Gideon）经常被他亲爸打，使他性格很内向，有点自闭，读书工作都不太行。丹尼斯描述过当时盖迪（Gideon）读书的困难程度，几乎每天都要给他补课到晚上 10 点，看来丹尼斯是个好爸爸。我在丹尼斯家时，盖迪

（Gideon）处于在岗待业，基本不上班，偶尔单位有点事情就去帮帮忙。他极其热爱音响，我到他卧室看了，各种各样的汽车音响放了一柜子。保罗（Paul）性格正好相反，从小胆子大，力气也大。经常反抗他父亲，朋友很多，在丹尼斯家住，经常回费城和他亲姐妹见面，是两兄弟上面的三个姐姐，可能是年纪比较接近。盖迪（Gideon）从不回去，他们也不觉得奇怪，虽然两个人是亲兄弟。真是龙生九子子子不同，况且十三子。

保罗（Paul）高中毕业后做了很多种工作，现在普林斯顿大学动物中心养猴子之类的实验动物。他非常热爱这份工作也很敬业。因为饲养动物不能离开人，他每天早上 6：30 就从家里出发，经常周末加班，做烧烤很有一套，大家都喜欢他。我去的时候好像在和过去的发小，叫铁芙妮（Tiffany）的女孩谈恋爱。丹尼斯他们对这个女孩很熟悉，经常在吃饭时，拿保罗（Paul）和铁芙妮（Tiffany）开玩笑。我也问过保罗（Paul）女孩是做什么的？保罗（Paul）说女孩是费城附近的社区大学毕业，相当于国内的大专，在一家大型超市做会计，不是我们熟悉的沃尔玛和 SAM，不过也是东部很有名的大超市。

海伦是第二代移民，挪威人，维京海盗的后代。他的祖父曾经游历世界，甚至乘大帆船到过中国。在我住的教室里有一张地图，描述了他祖父到过的地方，看地图上接近中国的位置应该是到过澳门附近。海伦给我看了他们的家族史，是一本用挪威文写的很厚的书，可惜挪威文我一点都不懂，至少说明海伦是出自一个大家族。海伦告诉我，他和丹尼斯两次回挪威，给我看了许多照片。海伦的家在海边类似渔村的地方，看照片景色非常美。海伦很多亲戚还在那里住。我曾经说，请他们到中国旅游，海伦马上说，如果可能我更愿意再回挪威看看，可见海伦的故乡情结还是很重的。

海伦的父亲是 1930 年到美国，原因很简单，就是大危机使得挪威经济完全凋敝，没有工作。海伦的父亲投靠先到纽约的哥哥，也就是海伦的伯伯，开始也是在码头工作。后来因为他做过渔民，就到船上做水手，一直干到退休。海伦的父亲也很长寿，九十多岁时还可以骑自行车，就住在我现在住的房间里。难怪外面一张床像是病床，可以升降。2005 年 98 岁高龄去世。也就说，海伦父亲生于 1907 年，到纽约时是 23 岁。

有时候和海伦他们聊起来，他们对中国有许多误解，特别是对中国的大部分老人没有社会保险很不理解。因为我的英语不算太过关，只好通过他们的经历去说明中国和美国有相似的过程，只是时间不同而已。我问海伦你爸爸到美国就有社会保险吗？她说当然没有，开始就是每周5美元，拿了很多年。到后来70年代初才有了真正的社会保险。我说70年代美国已经多富了，况且你们还是白人，有稳定的工作。丹尼斯因为1990年后到过中国广东，他很明白我的意思，中国也是需要发展才能解决这些问题。但是，当他们说我们没有信仰，我比较难争辩。

四、信仰

丹尼斯和海伦是非常虔诚的基督徒，否则我也不会见到他们。和他们在一起生活的那段时间，才开始了解他们是怎么对待信仰。在丹尼斯家最初一个多月，我们讨论比较多就是圣经"Bible"，我学习圣经有两方面的目的，一是了解圣经的基本知识。我大概20多年前读过中文版，是南京金陵神学院印刷的。在普林斯顿教室学英语时，英语老师Bob还送了一本小字中文"圣经"，后来我送给来游学EMBA学生了。实际上我对圣经的内容多少有些了解。二是通过和丹尼斯学习，也可以了解基督徒是怎么看待圣经，他们怎样看待生活和生命，怎么为人处世。其中有些事情还是比较令我难忘的。

人常说，做一件好事易，做一辈子好事就难了。同样，做一天、一个月甚至更长一些是可能的，但是常年坚持基本程式性的活动是一件不易的事情。丹尼斯他们做到了。丹尼斯每天起床都和海伦念一段圣经。我问他是选择念，还是顺着念，他说顺着念。这么多年反复念，他们对圣经都很熟。以前从电影或者电视剧上看到基督徒每天吃饭前都要祈祷，到了丹尼斯家从吃第一顿饭起，开始吃之前他都要带着大家一起祈祷，丹尼斯祷告第一句"感谢主给我带来食物"和最后一句大家说"阿门"是一样外，其他内容可以根据天气、参加吃饭的人不同增减不同的内容。后来，有几天丹尼斯不在，吃饭时是保罗（Paul）做，形式大体如此。

每次开车前，丹尼斯都会小声念一段，大体是"主保佑"这样的祷告词。丹尼斯开车极其谨慎，从不违章。我问他在新泽西超速或者闯红灯要罚多少钱，丹尼斯说从1975年开始开车，从没有收到过罚单，所以不知道。这一点我相信。丹尼斯带我开车到马里兰大学，一路上极其小心，在遇到彼此需要礼让时，都会主动让别人

先走。所以，保罗（Paul）他们都说他是"Slow-man"。

　　每周末都要去蒙哥马利（Montgomery）的教堂做礼拜。天气好的时候，我都会跑到离丹尼斯家 15 分钟左右的"White Oak Park"体育公园打网球，只有周末人多一些可以打打双打。但是周日只要丹尼斯在家，我一定要到教堂去，他们很高兴我这样做。当然我去教堂知道了很多过去不知道或者比较模糊的事情，也认识一些朋友。的确许多事情不是亲身经历很难体会和理解。比如说每次参加"Man Bible Study"，中文翻译为"查经会"，就是谈你对当日学习圣经的体会。记得有一次讲"King David"（大卫王），主要是讲怎么宽恕别人对自己"伤害"。我第一次知道丹尼斯也有自己的苦衷，他问牧师："自己在公司做出的成果被别人占有怎么办?"牧师的解释我没有听懂，估计就是要大家宽恕。

　　另外一次是在一次洗礼前，请丹尼斯给即将接受洗礼的几个人布道，讲述圣经对他人生的影响。他多次提到他奶奶对他的教诲，说每个人走上正确的路不容易，需要人来引导。说到动情之处几乎泣不成声，大家也十分感动。晚上讨论"圣经"的问题，我问他奶奶对他为什么有那么大的影响? 他似乎认为这不是问题，没有直接回答，只是说他奶奶教育他们，总是用自己的儿子为例，就说丹尼斯爸爸没有信基督 Jesus，结果常年酗酒英年早逝。那天，丹尼斯还举另外一个例子，就是海伦的爸爸去世前一脸幸福的神情，丹尼斯坚信海伦的爸爸是见到"God"，说到这些丹尼斯一脸的虔诚。我觉得是，海伦的父亲最后将近两年瘫痪在床，海伦他们的照顾让他感到幸福了，因为在美国这样的家庭是不多的。

丹尼斯朋友的康奈尔大学博士毕业证

　　当然，丹尼斯他们不仅对自己家人，几乎对所有需要他们帮助，他们有能力帮助的人，都是伸出他们援助之手。我在普林斯顿的教堂参加两次"教友会"活动，其中一次是一个来自非洲在普林斯顿大学读政治学博士的学生毕业回国，教友们给他全家开的欢送会。会上才知道丹尼斯已经资助他们五年了，他们家的汽车还是丹尼斯原来的旧车。因为非洲学生身材高大，可能比丹尼斯还高，太太更是又高又胖，还有三个孩子，丹尼斯原来车比较宽大，就送给了他们。我刚到他家的时候，丹尼斯告诉我他们这几年一直通过一个华人组织资助一个中国女孩，给我看了他们的资料。说实在的，很容易从地址和女孩给他们的信判断事情的真伪，但是，不太忍心伤害他们，只能说不太清楚。即使这样，丹尼斯他们还是无怨无悔地做这些力所能及甚至超出他们能力的事情。我经常问丹尼斯，为什么要做这些事情？他回答很简单，我的一切都是 God 给的，所以我做这些是应该的。这样的话我似乎是很久远以前曾听到过。

当然，丹尼斯他们遇到很"棘手"问题时，也会求助于 Jesus。记得到丹尼斯家已经半个多月，4 月中下旬我在新港（Newport）租房一直没有处理好，如果不能及时转租，我可能要损失七八千美金。开始我仅仅想通过李超在网上处理，但是，房东十分强硬，毫无进展。我就和丹尼斯说明事情的原委，让我大吃一惊的是，丹尼斯立刻站起来祷告，随后打电话给我们房东，开始说话还比较和缓，后来说越来越快。我第一次看到丹尼斯如此激动，似乎在很严厉地斥责对方，说我是第一次到美国来的中国教授，你们这么做很不好，我印象中打了有一个小时，最终还是无济于事。丹尼斯非常失望，他告诉我美国的坏人（Bad Man）还是很多的，他们唯钱是图。到 5 月初问题基本解决，我和丹尼斯说了，他坚持认为这是"God"在帮助我们。这方面他是很执著的。

在一起生活矛盾是不可避免的，很多细小的事情可能是相互之间的文化背景的不同引起，特别是在宗教和信仰方面。事情是这样的，2011 年的复活节是 4 月 24 日，我在丹尼斯家已经住了大半月了，我们之间的交流没有太大问题。但是，可能他们认为我在他们希望的方面进步不快。丹尼斯给我一个机会，和蒙哥马利（Montgomery）教堂一些华人教众认识。复活节前的周五去了国内到美国移民的宁老师家，她在纽约州政府工作，和他们交流交流。他们都是国内"官二代"，做些贸易生意，最后就留在美国，孩子到康奈尔大学上学，我就住在他儿子的房间。有一点让我十分惊讶，宁老师他们不认识丹尼斯，仅仅是他们有一个共同朋友，就是台湾人古先生夫妇，所以他们就答应让我住在他家，这在国内很难想象。所以也能理解为什么丹尼斯在仅仅见过我一次后，就同意让我住到他家，因为他们十分信任李超。

在宁老师家最大的收获不是有关信仰和宗教问题，而是偶然看到了尼姆写的书

《什么是西方?》，对西方的理解有了一些提高，也知道应该怎样和他们相处。第二天周六中午赶到另外一个台湾人家里吃饭，我用了整整一瓶"老干妈"做了一大锅"红烧麻辣鱼"，真香。他们可能很少吃这么夸张做法的鱼，都说不错。晚上，参加了唯一一次华人的"查经会"，内容记不清了。但是，形式很像国内读书心得研讨，大家都很虔诚。在那里我知道，圣经还有一种叫"Red Bible"，就是红宝书。不过不是书全部是红的，仅仅"Jesus"说的话是印成红字。这些形式都是我们似曾相识。

第二天是复活节，宁老师把我送到蒙哥马利教堂，晚上和丹尼斯他们一起看了教堂唱诗班的复活节演出。实话说，这使我十分震撼。我看过我们新年音乐会，我直觉这里的复活节音乐会不在其下，特别是那些演员十分虔诚和纯洁。我问丹尼斯：演员都是业余的吗? 他说：当然，而且都是附近的。教堂有一个青年活动主管，常年组织活动，这些人也在自己家训练，而且所有的器材都是个人的。

但是，复活节活动结束后发生的事情出乎我的意料。回到丹尼斯家，已经很晚，丹尼斯和海伦一起到我住的教室里。丹尼斯问我这两天在宁老师他们那里的情况和对今晚复活节活动的感受。我自然说，非常好。海伦马上问我：对 Jesus 有什么想法? 我当然理解他们的意思，也理解他们这样关照我的起因。我告诉丹尼斯他们，我是一个中国教授，我希望了解基督教是作为一种 Knowledge，没有将其作为自己的Belief。看得出来，海伦非常失望，以后几天都不太和我交流。丹尼斯还好，仅仅说可以慢慢了解。以后，虽然我们还是正常去教堂等等，他们明显不在这些方面引导我了，估计知道我"顽固不化"。

丹尼斯他们对人十分和善，但是，美国教会之间的竞争也是十分激烈，好像还不太友好。我在丹尼斯家时，只要天气好，每天下午都出去跑步。有一次沿着马路一路向南，居然发现在离丹尼斯家不远，跑步也就是半小时的地方有一个比蒙哥马利教堂还要大的教堂。到那里正好是下午 6 点左右，一帮小孩子在老师带领下活动。我进去后和他们简单交流，他们给了我有关教堂和周末活动的表，欢迎我周末过来参加礼拜。我跑回去后，和丹尼斯他们说我到了附近的教堂。他们没有说什么，明显不太高兴。后来，我根据教堂给我的资料才知道，蒙哥马利教堂（Montgomery E-vangelical Free Church）属于美国免费福音教堂协会（Evangelical Free Church of America），有将近1300 个成员。而他们仅仅是美国基督教庞大体系中的一个教派的教堂，而我下午跑步到的教堂不属于这一协会。所以，丹尼斯宁愿每次开车几乎一小时到蒙哥马利教堂，也不到近在咫尺的教堂。

即使在丹尼斯家四个人中也是道不同不与为谋。保罗（Paul）从不去教堂，周末基本都在睡懒觉。盖迪（Gideon）去另外一个教堂。丹尼斯去华盛顿时，盖迪带我去了一次，规模比蒙哥马利教堂大一倍以上，去的人很多，非常大的停车场几乎

镇政府选举登记

停满，教堂的礼堂也比蒙哥马利大一倍以上。礼拜的形式更使我大吃一惊：牧师是抱着电吉他上去主持礼拜；唱诗班也不是穿着传统礼服，而是便装；唱赞美诗时，大家一起站起来，我前面有几个黑人，一边扭着屁股，一边唱赞美诗，非常生动。特别有趣的是，中间还有一项内容，可能是教堂财务主管，在台上宣读上个月的财务状况。我去的那次应该是有盈余，也就是得到的捐赠超过费用，下面一片欢呼。这里的礼拜更像是一次摇滚音乐会，非常热闹。这里主要是年轻人和有色人种，而华人不多。我问盖迪（Gideon）：你为什么不去丹尼斯的教堂？他回答："Boring."丹尼斯回家后，我问他：对盖迪（Gideon）去的教堂怎么看？他说"Noisy."美国没有国教，信教自由，宗教平等，选择以后再次更改可能就不太自由。

五、告别

六月底我要离开丹尼斯家，一是7月中旬丹尼斯的孙子辈有五六个要回来，一共有十个，家里不够住。二是我太太和儿子要在7月14日到美国，8月20日我们一起回国。我给他们安排了39天的行程。丹尼斯认为这是教授级项目安排（Professor's Project），包括去大瀑布、华盛顿特区（DC，后来这里去了两次）、南部的路易斯安那州、黄石公园和波士顿（可惜这次没能去）。

在看了全部时间表后，丹尼斯告诉我8月10日以后，孩子们暑假结束都要各自

回家去了，他们家可以免费接待我们家一周时间。于是，我们全家在美国的最后四天是在丹尼斯家度过的。太太和儿子得到他们全家的款待，他们用平时我喜欢吃的饭菜招待我们，以至于太太和儿子认为我一直抱怨的美国饭不是那么难吃。实际上，他们在丹尼斯家一共就吃了两顿晚饭，其他是在古先生家和我网球球友 Sarah 请我们在 Water bridge 的 Outlets 意大利餐馆吃的。一天去了普林斯顿高中（新泽西最好的高中）和蒙哥马利高中，主要是为儿子做交换生摸清情况。但是看了以后结果正好相反，坚定了儿子不来美国交换的决心。另外，丹尼斯陪我们参观了自由岛，看了移民博物馆，从另外一个方面了解了美国的成长。尽管丹尼斯一再说免费，我还是请李超帮忙买了 200 刀的购物券（类似南京的"苏果"票）送给海伦。

第二天丹尼斯和海伦用他们的"Van"送我们去新泽西的纽瓦克机场。走之前丹尼斯到我们房间，反复说我给的太多了，说好免费的。我知道这一点钱是无法表达我们全家对他们的感谢。我们进入海关，丹尼斯给我们全家拍了一张极其生动的照片，那时我发自内心地说："Bye, Dennis!"

2013 年 1 月 11 日星期五凌晨 1 点于南京江宁江宁文枢苑家（第一稿）

陪太太和孩子逛美国

　　导读：从 2011 年 7 月 14 日太太和孩子在纽瓦克（Newark）自由国际机场落地，到 8 月 20 日丹尼斯送我们离开，我们全家北上尼亚加拉大瀑布（Niagra Falls），逗留康宁（Corning）玻璃城，吃伊萨卡小城"状元楼"的"麻婆豆腐"，在康奈尔大草坡下闲聊；两赴华盛顿特区博物馆区，途径特拉华，宾州费城餐饮城小歇，巴尔的摩的码头徜徉，马里兰大学老同事他国相聚，弗吉尼亚老同学 20 年后再见；漫步路易斯安那的新奥尔良，在巴吞鲁日（Baton Rouge）的 Outlets 扫货，在密西西比遇善良的老黑人夫妇，在阿拉巴马的接待中心躲雨，长途奔袭 10 小时，到佛罗里达的白沙滩彭萨科拉湾（Pensacola Bey）欣赏翡翠七色海水；转机凤凰城赴赌城拉斯维加斯小试手气，2800mile 黄石之旅，北西大峡谷风景迥异，怀俄明（Wyoming）蒙大拿（Montana）爱荷华（Iowa）漫漫长路，犹他（Utah）的宾汉大铜矿叹为观止，盐湖城（Salt Lake City）的摩尼教总部令人窒息；租车在新泽西盘桓一周，参观普林斯顿和蒙哥马利高中，登爱丽丝岛看自由女神。我们在 39 天游历了美国 50 个州中的 20 个州，这一切都是从我的丹尼斯称之为 The Professor's Project 的开始的⋯⋯

一、教授项目

　　太太和孩子到美国玩一段时间是我来美国前就计划好的，6 月初儿子小满中考，原先认为问题不大。但是，传闻分数线出来比预想要高十多分，儿子的分数没有出

来，我十分紧张，在 QQ 上不断打听情况。我的同事说，从来没有看到老周这么紧张。那两天在丹尼斯家几乎是坐卧不安。我给儿子的最后通牒是，如果不能考上南外，等我回去用棍子把你的腿打断；如果正常考上，省下的钱都是你的，额度是 3 万元人民币，到美国来你自己看着花。好在天遂人愿，比分数线高了 8 分。当太太孩子确定来美国，我就按照他们来回的时间表，按照每天计划排了行程表，将时间表发给我的同学朋友看他们时间。经过多方协调，最后我把计划给丹尼斯看，他说这是一个教授的项目（The Professor's Project），同时说，8 月 15 日前他们家的孙子和外孙要回来过暑假，他和海伦要陪他们去五大湖密执安的女儿家，但是 15 日后家就有空了，应该可以免费招待我们全家一周，如此我的计划就圆满了。

计划是这样完成的：7 月 14 号太太孩子到新泽西，15～18 日李超两口子和我们全家租车北上大瀑布，参观康宁城和康奈尔大学；19～20 日跟团参观华盛顿特区很不顺利，回来住在纽约下城（Downtown）华人区的极差旅馆，受尽了太太孩子的白眼，第二天发现那里居然是我们住在 Newport 时经常来买菜的华人区超市附近；在纽约待了两天后，22～27 日到路易斯安那同学陆晓颖和贺帷家做客，参观了新奥尔良，贺帷带我们去了佛罗里达朋友的海滩别墅，看到私人海滩和七色海水；28 日在李超家休息一天，7 月 29 日～8 月 6 日从纽瓦克飞拉斯维加斯开始黄石之旅；回到纽约原先准备在同事那里住一周，因为在哥伦比亚大学访学同事小顾在上城（Uptown）136 街正好有一间房间空着，为胡老师儿子到哥伦比亚学习一年备留，可是纽约太热，房间没有空调，住了一晚就回新泽西；以后我们租车一周，在马里兰大学见到同事张向阳孙津夫妇，赶到弗吉尼亚在同学邵捷那里住了两天，再次参观华盛顿，在泽西角的 Outlets 购物，最后到合作教授颜安家的 Shorthills 看新泽西的高尚小区；最后四天住在丹尼斯家，访问普林斯顿和蒙哥马利高中，参观自由女神。20 日丹尼斯夫妇送我们到机场回国。下面是整个行程计划表。

周勤太太朱少云（Zhu Shaoyun）和儿子周云柯（Zhou Yunke）2011 年美国行程
TheTravel Schedule of My Wife Zhu Shaoyun and Son Zhou Yunke in the United States

日期 Date	行程及内容 Travel and content	交通 traffic	餐 Food	住宿 Hotel
1st day 14th, July Thursday	Nanjing = Shanghai → New Jersey Newark	✈ Car	By yourself	Li Chou Apartment

（续表）

日期 Date	行程及内容 Travel and content	交通 traffic	餐 Food	住宿 Hotel
2nd day 15th July Friday	New Jersey-Buffalo -Niagara Falls-Cornell university-New Jersey 12：00 Start from Chao's home	Renting car	together	
3rd day 16th July Saturday	New Jersey-Buffalo -Niagara Falls-Cornell university-New Jersey	Renting car	together	
4th day 17th July Sunday	New Jersey-Buffalo -Niagara Falls-Cornell university-New Jersey 21：00 Back to Chao's home			Li Chou Apartment
5th day 18th July Monday	Visiting Princeton and Princeton University 9：00am-16：00	Jing and Paul		Li Chou Apartment
6th day 19th July Tuesday	两日纽约，华盛顿，费城，巴尔的摩历史名城半自助经济游 A（纽约出发）＊＊2006～2010 年度途风最畅销推荐行程＊＊（USNY33－482）＝ $ 153.00			
7th day 20th July Wednesday	两日纽约，华盛顿，费城，巴尔的摩历史名城半自助经济游 A（纽约出发）＊＊2006～2010 年度途风最畅销推荐行程＊＊			
8th day 21th July Thursday	Visiting Downtown Wall Street and Apple Store of 60th Street			
9th day 22th July Friday	Departure 9：00 to Newark Airport	Lu Xiaoying		
14th day 27th July Wednesday		Lu Xiaoying		
16th day 29th，July Friday				Li chao

（续表）

日期 Date	行程及内容 Travel and content	交通 traffic	餐 Food	住宿 Hotel
17th day 30th, July Saturday	Saturday 2：00pm 米高梅赌场酒店（MGM Grand Hotel）3799 Las Vegas Blvd S			Quality Inn, St. George
18th day 31th July Sunday	圣乔治（ST George）—北大峡谷国家公园（The Grand Canyon National Park North Rim）—布莱斯峡谷（Bryce Canyon National Park）—盐湖城（Salt Lake City）			Red Lion, Salt Lake Downtown ,
19th day 1th Aus Monday	盐湖城（Salt Lake City）—大提顿国家公园（Grand Teton National Park）—黄石公园（Yellowstone）			Canyon Lodge,
20th day 2th Aus Tuesday	黄石公园（Yellowstone）—盐湖城（Salt Lake City）			Airport Inn Hotel,
22th day 3th Aus Wednesday	盐湖城（Salt Lake City）—宾汉铜矿场（Bingham Canyon）—拉斯维加斯（Las Vegas）			Riviera hotel , Four Queens hotel & Casino
23th day 4th Aus Tuesday	拉斯维加斯（Las Vegas）—胡佛大坝（Hoover Dam）—西峡谷玻璃桥（Grand Canyon West-Sky Walk）—拉斯维加斯（Las Vegas）（约520英里）			Riviera hotel, Four Queens hotel & Casino
24th day 5th Aus Friday	拉斯维加斯（Las Vegas）—巧克力工厂（Hershey Chocolate Factory）—洛杉矶（Los Angeles）			Americas Best Value Inn L. V.
25th day 6th Aus Saturday				New York Uptown 136th St Mr Gu
26th day 7th Aus Sunday	Visiting Worship in 110th st Church near Columbia University and Columbia University	Subway		136th St Mr Gu

（续表）

日期 Date	行程及内容 Travel and content	交通 traffic	餐 Food	住宿 Hotel
27th day 8th Aus Monday	Central park, Metro Museum			New York 136th St Mr Gu
28th day 9th Aus Tuesday	5 Ave and Natural Museum			136th St Mr Gu
29th day 10th Aus Wednesday	NYU and Fordham University			136th St Mr Gu
30th day 11th Aus Thursday	Near Time square			136th St Mr Gu
31th day 12th Aus Friday		7:00PM		Chao LI
32th day 13th Aus Saturday	Playing on the beach of Atlantic Ocean and Visiting Whale and Dolphin			Chao LI
33th day 14th Aus Sunday	Shopping outlets			Chinatown
34th day 15th Aus Monday	Boston			
35th day 16th Aus Tuesday	Boston	Dennis at Raritan 10:02pm		Dennis's House
39th day 20th Aus Saturday	CO087 SA20AUG EWRPVG HK2 11:00 13:40 +1 Arrival at 8:00am Newark Airport	Dennis		

二、新泽西集合（7月14～15日，美国东部时间）

确定儿子小满上南外没有问题，太太才忙机票的事情，好在我以前的MBA学生赵亮在中北公司做办公室主任（现在又升职），之前6月23日联系的中北旅游公司让他们插队办好了签证。2011年7月14日下午从上海浦东直飞纽瓦克（Newark），一切顺利。

7月13日晚7点（星期三，美国东部时间，夏时制）李超下班，我下午睡觉起来打开电脑，登陆QQ，太太已经上线了。2点多钟时小满说，8月19日报到，20号在方山开始军训。原来说21号星期一开始，现在我们肯定赶不上，只能是我们回去后，我送他过去，先和老师请假。我刚好5点左右收到Dennis来信，同意我们8月16日到20日在他家住，这样整个计划就完整了。我一直等他的邮件，Dennis回答是他很抱歉回复晚了。随即我把Dennis邮件从QQ传过去给太太，现在我们的计划已经完整。

上线后太太说雨很大，可能不太好打车。我和汪建联系，李超把他的电话借给我，很方便就打通了。我请汪建和我太太联系，汪建说他有我太太电话，马上联系。回头我在QQ上告诉太太，她说已经知道，汪建来送到火车站，这样就不用着急。很快就下网了。回头汪建给我短信说："已经送到，放心！"有学生帮忙好很多。

傍晚我和李超他们到普林斯顿（Princeton）大学打球，回来看到太太9点在QQ留言："已经上车。"打球回来我们聊了一会天，周婧说她去年来美国时，有人希望她做志愿者（Volunteer），就是晚一天走，可以安排住宿，补偿600美元。她当时就答应了。后来没有排到她，上飞机非常匆忙，但是也就没人管她超重20多磅的事情。李超回去结婚时在Newark也遇到这一情况。我来的时候，我在飞机上也听说有6个人没有走成。李超说，这是航空公司的策略之一，就是超卖机票，一方面避免有票人临时不来导致航空公司损失，如果乘客都来了，把票卖给出高价格的乘客，然后给那些对时间不敏感，但是对价格敏感的乘客补偿，可以等第二天再走。当然其中航空公司可以得到差价，也可以避免乘客不满员的净损失。不到12点时，我马上和太太联系说如果遇到这种情况可以延期，反正你们不必着急，我们的真正旅行是周六早上4点开始。太太马上答应了。可是这样的事情没有发生。2点多一点他们十分顺利按时进入候机室，小满还吃了饭。太太短信说没有挣到800美元。整个到机场的过程，地铁很帮忙，一点都没有耽误。我们QQ最后联系是2:43，我去睡觉了。他们是3:50起飞，接下来就是他们13小时的长途飞行，到第二天下午6点（美国东部时间，夏时制）在Newark自由国际机场落地。

7月14日（星期四，美国东部时间）早上还是睡到11点以后起来，做了午饭。每天如此，基本不吃早饭，那天煮了菜泡饭，很久没有吃过，做得比较多，准备晚上再吃一点。6点前李超给我电话问大概什么时间到，我说6:20，他说马上回来。6:17分太太的短信来了："已经降落，美国地址发给我。"我没有理解，就和李超出门，刚开上路，太太短信又过来要美国地址。在车上李超口述，我发给他们。但是，实际上那时候他们已经出关了。后来知道还在海关那里耽误了一会，主要是太太的出关表上没有填美国地址，海关官员不放他们，最后把2019表上的地址抄上去才放他们出来。小满还帮太太做翻译，这小孩听力不错。

我们不断联系，知道他们已经出来，抓紧赶到Terminal C。在李超回来时，我刚刚上网查了，太太他们在这候机楼下飞机。我们直接到出站口去等他们，不用到候机室等了。我们不到7点到Newark Terminal C，我们开始没有看到他们。我下车往后走，一直没有找到。我打电话过去，太太挂断。不一会李超的手机响起来，小满打的电话，才知道他们就在我们停车的前方，带两个大箱子（Suitcase）。李超把箱子放上车我们往回走，我让小满叫李超"哥"，以后小满一直叫李超"超哥"。

到李超家已经是8点多了，周婧在家准备晚饭，在这之前她一直问我给我儿子吃什么。我说在国内"必胜客"吃的比较多，小满喜欢吃比萨，周婧头了两个比萨，应该是16寸最大的那种，两个也就30刀，就按照汇率算也不比国内贵多少。小满可能是饿了吃了不少，以后他对美国的吃食没有什么挑剔，估计以后来美国读书饮食上不会有太多问题。吃完后大家兴致不减，我提议到普林斯顿大学打球。于是，我们开车去普林斯顿，那边的球场灯光要到晚10:20左右才自动关掉，没有人管，谁都可以打。还有一个多小时。从李超家到普林斯顿大学20分钟，我们玩了一个多小时，回到李超家洗洗就睡了。

15日（星期五）上午李超他们上班，我们就在周边看看。李超家房子不大，就是一室一厅，厅很大有三个大沙发，都是朋友送的和教堂给的，还有很好的床垫。他们小夫妻住在里屋，我们就在客厅里睡了。虽然我们在美国住了不少地方，最自在还是和李超他们住在一起的时候。李超说这个小区相当于国内的经济适用房，周

围有很多的草地，家里没有配备洗衣机和烘干机，需要到公共的洗衣房，每次 1.5 刀，可以洗 4 ~ 5 公斤，还是比较合算的，特别是烘干机很实用。钱预存在一个专用卡上，不够要到物业那里充值。

中午李超把租的车开了回来。他说这次很走运，原来租的是 5 座的"起亚"SUV，因为周末租车人较多，没有这类型号的了，给了我们一个 7 座 SUV 的替代，这对我们后来的长途旅行很重要，有人可以在最后一排睡觉，否则后排三个人挤在一起很难受，整个旅程儿子小满经常霸住那个地方。李超家里有两辆车，都是"本田"，我们没有用他们自己的车，因为好一点那辆太小，坐五个人太挤，大一点车太旧怕路上出问题。租车每天差不多 100 刀。因为是周末和夏天，所以要贵一点，平时也就 50 刀，美国人这类营销方式已经用得非常熟了。大概一点钟周婧也回来了，大家说不如去 Outlets，顺路把我加到租车合同里，可以轮换开车，大家轻松一点，毕竟是要开两天。路上正好先试试车，因为我们五个人去，如果不用这样的大车，买的东西放不下。李超还说如果快一点，可以到大西洋边上看看。大西洋海边我上次和李超他们去看海豚时见识过，比较我们这边的海，大西洋似乎壮阔一些。

从李超家到 Jersey Shore Premium Outlets 有三条路，大约 40miles，一个小时左右的行程，我们选择中路走，没有收费站，路稍微近一些，也比较好走，都是用导航仪。到了 Outlets 感觉比我在伦敦与约克中间逛过的 Outlets 差不了多少，只是主要以美国品牌为主。我首先买了两个"新秀丽"（Samsonite）的箱子，一个 30 寸一个 20 寸。本来还想买最大型号，卖货的老头像个德国人，他坚持说，那个必须是坐头等舱才可以，否则会加收你的费用，我信了，只好作罢。两个一共 1000 刀，加上税不到 1100 刀。我说：我买的为什么这么贵？老头说：这是今年的新品，还是欧洲原产地的，这里的不算贵了。这种产品很快要到上海卖了，你到上海试试，1000 刀，你一个都买不到，十年内有任何问题我们包换。后来看，老头的话基本不假。更加欣慰的是，2012 年夏天我又去美国，看到我买的箱子价格依旧。

有了箱子就好办了，我们一路狂买。有几点我后来回忆很有意思：一是小满买了很多"Nike"的球鞋和手套等等，都是"Made in China"，而在国内买的都是"Made in Vietnam"或者"Made in India"。可见即使美国人也认为，或者从标准上中国产品质量要高于其他国家。应该说中国产品虽不如德日，但是和美国一般产品应该是不相上下。二是一进到 Outlets，周婧就怂恿惠太太买了一件以前不可能喜欢的衣服，回国后她也觉得不错。同样李超坚持让我买了瘦型"CK"衬衫，过去肯定不会考虑，回来试试也挺好。看来许多时候大胆尝试是很有必要的。三是开始考虑 Outlets 模式的经济学含义，为什么这种商业模式如此发展？在中国会变成什么样的方式？"万达模式"是不是它的变体？

到大家买得差不多，已经快 7 点。虽然从地图上看到海边也就 5miles 左右，考虑第二天还要早起，就回家了。后来我们又自己租车来到 Jersey Shore Premium Outlets，那是后话。

三、大瀑布二日游（7 月 16 日凌晨 5 点~17 日晚 11 点）

从李超家到大瀑布一共也有三条线可以走，距离差不多都是 400miles。因为我们决定回来到康奈尔，所以没有选择中线而走上线。上线距离最长，时间却最短，主要是因为各条公路限速不同。美国人对限速控制得很严，一旦超速不管超多少，罚款和扣分是一样的。

我们原来准备凌晨 4 点出发，主要是为了避开纽约附近高速公路的早高峰，但开始出门时也已经是 5 点多了。李超在导航仪上选择了上线，从新泽西 27 号公路起步最先标注的地点就是水桥（Bridgewater）——也就是后来我在新泽西最后一天 Sarah 一家请我们吃饭的地方，到斯特拉博格（Stoudsburg）时已经是快 8 点了。我们在麦当劳吃了早饭，因为麦当劳有免费"WiFi"可以定位。后来的路就很漫长，沿途可以看到纽约州是在森林覆盖中，第一次感受美国地大物博。中间有一段在雾气弥漫的峡谷里，限速很低，车子挤在一起，好像还有一个收费站，不过费用很低也就 2~3 刀，不像国内动不动就是几十块或者上百，否则过不了关。

后来大家都昏昏欲睡，李超一个人开车，我不停地陪他说话，以免他犯瞌睡出问题。路上有点印象的是约翰逊城（Johnson City）。小城很古朴有许多老建筑。我们的车不知道为什么从高速上下来，穿城而过。沿着 81 号公路一路向北，应该到锡拉丘兹（Syracues）转向正西，但是在高速上没有印象，一直到水牛城（Buffalo）进到尼亚加拉大瀑布（Niagara Falls）的收费站。费用就收了 1 刀，不知道为什么。到这里李超告诉我们快到了，因为他是第二次来了。我们都醒了。目的地就要到了！李超在挺远的地方找到一个车位，我们步行沿着河一路向着大瀑布走过去。

从游船上看到尼亚加拉大瀑布

一路上河水碧蓝，水流很急，我们不停地拍照。开始小满可能有点中暑或者是时差没有倒过来，萎靡不振。一直走到路尽头，一边是尼亚加拉国家公园（Niagra Falls State Park），另一边可以看到通往加拿大的大桥。如果我们是美国人，就可以订位于加拿大境内的看大瀑布全景（Falls View）的房间，那就还需要一天时间。

到游客中心购买了游轮的票，也顺便看看对大瀑布的介绍。尼亚加拉大瀑布（Niagra Falls）是世界上最为壮观的三大瀑布之一，位于加拿大和美国交界处。一边是纽约州，另一边是安大略省。上游是在美国伊利湖，下游是在加拿大安大略湖。大瀑布是尼亚加拉河的一部分，河中央的山羊岛（Goat Island）将大瀑布一分为二，一大一小。小的是位于美国境内的美国瀑布叫美国大瀑布（American Falls），大的在加拿大境内的叫马蹄瀑布（Horseshoe Falls）。

买票后开始等上游船。那天很热，被晒得昏昏欲睡。好不容易下到河边，一人发了一件蓝色的雨衣，好像对面加拿大游船都是黄色的雨衣。一上船大家直奔二楼的船头，抢占了最有利的位子。船很快启动了，经过美国瀑布时，大家这时候感到雨衣的重要性，纷纷把头套戴上了，震耳欲聋的声响伴随着暴雨般的水汽直扑过来。我还赶紧拍了两张照片，到后面就没法拍了，赶紧把自己裹进雨衣里。河水从几十米高的悬崖砸下来，人们发出阵阵惊叫。

船已驶过美国瀑布，朝远处的马蹄瀑布驶去。马蹄瀑布要比美国瀑布大很多，靠近了如同倾盆大雨过来，船转到"马蹄"的深处，所有人笼罩在水雾中，那种被水包裹的感觉是从来没有过的。船很快地调了头，大家依然兴奋不已，的确这经历以前没有过的。经过这个"洗礼"，太太和儿子好像才真正缓过来。

然后排队下到大瀑布下面，我们到的时候已经较晚，排队人还是很多。据说人多时要排3~4小时，好不容易出了电梯，到了瀑布底下，看到美国瀑布的中央有个小岛，名字很美叫月亮岛（Lunar Island），它把美国瀑布分成一大一小两个瀑布。我们一路走，看到弥漫的水雾之中，一道彩虹近在咫尺。更妙的是这道彩虹的背后又出现了第二道彩虹。我在这里拍了几张很漂亮的照片。继续往上登阶梯，大家又戴好雨衣的头套，上面的平台瀑布冲下来。有人干脆仰起来头，让瀑布直接冲向自己。水是不会停歇的，一会儿他们就受不了了，因为身上都湿透了。好在是夏天，是纽约州一年中最热的日子。不知不觉我们已经走到了马蹄瀑布的旁边，站在高台上拍了许多照片。河两边都站满了人，加拿大那边景色更好看一些。能站在世界最好的奇观面前，我们都感到很幸运。

离开大瀑布时天色已经渐渐暗了。河边的灯光开始亮了，把河面照得波光摇曳。李超说，如果赶上周日或者国庆这类节假日，这些灯光是可以表演的，很是好看。我们回到水牛城的汽车旅馆已经是 9 点以后，房间很简陋，我们泡了方便面吃了，大家很快睡了。因为第二天要赶到康奈尔，之后要回新泽西。

第二天 8 点出发，免费早餐很可怜。在前一天晚上登记住宿的地方有一个咖啡壶，不记得有没有牛奶了，几个很甜的面包圈，很难下咽。我们要到康奈尔大学所在的小城伊萨卡（Ithaca），先到康宁城（Corning），有一点绕路。我们基本上是沿着中线走，一路向康宁城出发。这一段我开了有两个多小时，中间弯道下来在一个农场拍了一些照片。那个地方很空旷，和去的时候的东线一路森林大不一样。到康宁城主要是看著名的玻璃博物馆，李超以前来过。这个博物馆介绍玻璃的发展和一些有色玻璃制作方法还有美国的发明，包括爱迪生发明的灯泡和可口可乐的瓶子。现场可以制作一些玻璃制品，是哄小孩的。也没有什么可以买的，儿子买了一副国际象棋花了 27 刀加税（Mirrored Board Boxed Chess），还是中国制造，回国后不知丢到哪里了。除了玻璃博物馆，我们对康宁城（Corning）一无所知，但看名字应该和玉米有关。

从康宁城出发，我们赶到康奈尔大学所在的伊萨卡小城已经是中午吃饭的时候。后来故事请看后面的《康奈尔的大草坡》中的描述。那天天气很热，开着车把康奈尔转遍了。我们没有赶上康奈尔大学钟楼开放的时间，就无法在康奈尔大学的最高处去领略这个著名大学的全景，也无法看到远处的五指湖（Five Fingers Lake），有一点遗憾。

下午 4 点左右我们从康奈尔出来。康奈尔大学在山上，下来就是一条双向单车

道小路，我开车，前面有一辆 Slow Car。由于道路比较弯曲，限速很多，经常在 35 miles 以下。最前面的车严格按照限速行驶，后面跟着几十辆车慢慢走。由于对面不断有车，我们也不敢贸然加速超车，开得火急火燎，没有任何办法。持续了有 40 分钟，那车终于进了加油站，后面的车像松了绑似的一会儿就散得没影了。老美就是这么好玩，这么守规矩。后面一直是李超开，快到宾州时遇到堵车，我们看到一个 Outlets，想下去看看，顺便吃饭，希望过一会堵车会好一点。可惜下去一看，人家 8 点开门，到当时还有半小时，只好再上高速。后面李超开车不断走走停停。因为新泽西是丘陵地带，道路上上下下，李超的脚不停刹车，下车后抖个不停。到家已经是 11 点了，比预想的晚了两小时。

算起来，这趟大瀑布之旅来回 800 miles，加上绕路去康奈尔应该在 900 miles 左右，三天租车费用 300 刀，汽油费不会超过 150 刀，住宿一晚两个房间 100 刀，其他费用不会超过 200 刀，总计也就 750 刀，每人也就 150 刀，实在是便宜，即使折算成人民币也不算贵。后来发现还有更便宜的，这也许是美国人爱旅游的原因之一吧。

四、一赴华盛顿（7 月 19 日上午 8 点 ~ 7 月 20 日下午 6 点半）

本来去华盛顿特区的安排，我认为是最为妥当的，因为和下面去南部的路易斯安那衔接得很好。但是，结果是这次最失败，原因是多方面的。

最初是旅游公司和导游不够尽心。我是在"途风网"上预定的，"2 + 1"方案就是两个大人带一个小孩，付两个人的钱，共计 153 刀，小费另算。合同中写明每人每天 6 刀，也就是我们还要付 36 刀的小费，合起来也就不到 200 刀样子。两天一晚三个人，很便宜。便宜就要忍受便宜带来麻烦的成本，这是均衡，微观经济学这么说的。

19 日上午 8:45 金门超市门口（511 Old Post Rd，Edison，NJ 08817，Kam Man Food Inc），一大早 8 点刚过，李超把我们送到爱迪生市的候车点，他去上班了。我们就此别过，要过近 10 天后再见，大家说了声保重，他就开车走了。等车的人陆续多了，有一个华人老先生和一个女孩一起等车，就和他聊聊，知道他们家住在 Short-hills，也就是合作教授颜安家那里，估计他的孩子应该有不错的工作。果然他儿子学的是计算机专业，但在金融部门工作，最近和自己老板一起跳槽到另外一个公司，收入颇丰。女孩是他的孙女，今年要到哥伦比亚大学读生物专业，看来也很优秀，今天是陪爷爷外出转转。

大快朵颐的自助餐店

大概 9:15 来了一辆车，老人和女孩都上去，他们都拿了一个乘车单，事前在家里打好的。我没有打，太太儿子都有些不满，反复核对，这辆车没有我们的名字。导游说还有其他公司的车子，等一下吧。心烦气躁地等到快 10 点，车子总算来了。导游没有任何道歉，招呼大家赶快上车。迟到了一个小时还不是最糟的。我们的座位是 13－14－15。那天很热，更糟糕是我们坐的位子旁边窗子上的遮阳窗帘坏了，直接晒进来，本来就热，这样就更热了。车上没有任何空座位，只能忍着，一直到下午把几张报纸粘在窗子上，这才好点。也许这些都可以克服。但是车子开出新泽西不久车胎爆了，这是我们没法克服的。好不容易客车挪到一个停车场等待救援，我们就在一个停车场里的小超市躲阴凉。一直弄到 11 点半以后才重新上路。

到费城已经是下午两点了，导游让大家在一个小型餐饮城里吃点东西。以后就是例行参观，自由钟、独立博物馆等等。时间可以缩短，项目不可少，否则会被投诉。开始对这个导游很反感，后来听他讲自己的经历，感觉大家都不容易。导游姓陈，江苏大学学外语出身，讲起来以为是老乡，但是老家不是江苏的，也就在江苏读书而已。导游是他的兼职，除了中国人共同有的毛病外，倒也没有其他恶习。因为车上除了一家三个印度人外都是华人，所以他是中英文交替着说，如果是华人提问题，都是用中文回答。

离开费城应该是三点半了，车子一路狂奔，要赶在华盛顿 DC 的自然博物馆闭馆之前赶到。当我们赶到博物馆时，离闭馆还有半小时，大家一路边看边跑，我也是不停拍照。到二楼珍宝馆时，已经没有多少时间，也就是惊叹和遗憾几声，就离

华盛顿的方尖碑

开了。这为我们后来租车重返华盛顿留下伏笔，但是后来的结论验证了那句老话："相见不如怀念。"

出来就到吃晚饭的时候了，导游让大家选择一起去中餐馆，多少钱我已经记不得，我们没有去吃，自己到超市卖了牛奶、水和面包。太太对我们的决定很得意，因为第二天的早餐也同时买好了。我们吃东西时，也看到几个没有参加团餐的中国人自己找东西吃，同车印度人一家买了比萨吃了，导游好像没有管他们。这为第二天的冲突留下了隐患。

晚上住的旅馆离城市蛮远。第二天一早要赶到航空博物馆，它就在昨天参观的自然博物馆的斜对面，九点开门。我们八点半前到的，博物馆没有我上次在邵捷那里看的航空博物馆大。那个在杜勒斯机场附近，是一个新的航空博物馆，需要买门票，好像是 40 刀一辆小车，不管人数。这里是免费的，所以人很多。这个博物馆东西比较旧，包括莱特兄弟发明飞机到航天飞机都有。大家都会去拍照的是一块来自月亮的石头，开始那里人很多，一直到我们离开，我才有机会靠近了看。

出来来到宾州大道上，东边是国会山，我们没有过去，西边就是华盛顿纪念碑，应该是华盛顿 DC 最高的建筑。华盛顿纪念碑的北面就是白宫，我们还在白宫前面拍了一个集体照，陈导给了我们 Email 地址，说回去发给大家。我回到新泽西后给他发邮件，到现在也没有收到。这也是中国人的毛病之一，你不说大家也就算了，说了不做我现在还在记恨你。

其他就是参观韩战纪念碑和越战纪念碑。韩战就是我们的抗美援朝战争，纪念碑上记录在战争死亡、受伤和失踪的人数。没有对这场战争的评价，整个墓地呈现放射状，每一个士兵表现出不同的战斗状态。我觉得设计者用放射状暗示枪口发出子弹的状态来演示战争的残酷。我不知道我的理解是否对，但是这让我想起来 5 月到阿灵顿国家公墓看到那些被人尊敬的老兵的情景；还有满山的墓碑，朝着不同的方向，代表不同时代军人的荣誉。

韩战纪念碑对面的越战纪念碑就完全不同，用黑色花岗岩做成。据说设计者是林徽因的侄女林璎。林家在福建是大家族。我不懂设计，不过这样的纪念碑还是第一次见到，上面什么也没有，就是镌刻阵亡和失踪将士的名字。可以看到有些人名下面放一些鲜花或者其他东西，就是这个阵亡者的亲朋好友来祭奠他。我后来想起来在纽约世贸大厦的"911"纪念碑也是在地上很矮的一个半环，也许是同一个原理。美国人希望对"义举"的行为要有客观的评价。我甚至有时候乱想，林璎是否是在控诉美帝国主义的罪行，所以到今天许多美国人希望对伊拉克战争立个碑，国会一直没有通过，不知道以后真有这碑会是什么样子。

最后到林肯纪念堂。没有来之前，纪念堂的样式早已熟记，没有什么意外。这种营造样式来自古希腊的帕蒂侬神庙（Parthenon Temple），我在伦敦的大英博物馆见识过。我们北京的毛主席纪念堂也是如此。林肯的座像和南京中山陵孙中山类似，只是大一些，两边刻着林肯签署的最重要的"解放黑奴"法令。林肯在美国人心目中的地位无疑是至高无上的，甚至有人认为超过华盛顿。尽管华盛顿纪念碑是传承古希腊的方尖碑的样式，而且在整个华盛顿特区是无与伦比的最高建筑。但是，他仅仅是一个象征，不如林肯这样被供奉在神殿里让人们形成直接的敬畏。随着时间的流逝，美国的开国三杰，林肯和在阿灵顿肯尼迪家族墓地安葬的约翰·肯尼迪总统都是美国人不能有任何亵渎的圣人，至少他们的中小学教育一直坚持这个底线的。

离开华盛顿DC，我们很快到了巴尔的摩（Baltimore）。这里靠近海边，我们在游客中心可以看到一些资料。记得有一个工匠在做一条帆船模型，做得很精致。我对巴尔的摩的了解就是，这里有一所著名大学约翰·霍普金斯大学，他们的医学院很牛。我知道这个是因为南大与霍大共同办了一个中美中心。在这个中心里参观唯一的收获是知道巴尔的摩还有一条15miles长的地铁。市区仅有15万人口的小城市，为什么要修地铁？可以想象在上世纪50年代，美国也是一个疯狂投资的时代。

在巴尔的摩酷热的阳光下呆了45分钟就往纽约赶了。本来应该没有什么事情，就是快到纽约时，陈导开始收小费，因为合同中事先声明每人每天6刀。陈导一再说，他是没有底薪的，收入都靠小费，还要和司机分。虽然还是有人对陈导的服务不满，中国人爱面子也都给了。收到那三个印度人时，他们坚决不给，认为陈导的服务他们不满意。陈导把合同给他们看，他们不理睬，双方争起来。印度人说昨天

晚饭不安排他们吃饭，只顾给其他人安排团餐，因为有小费，还说了什么没有听懂。陈导说：我安排你们不去不能怪我。印度人争辩：你们吃猪肉，我们怎么可能和你们一起吃！双方吵了很久，印度人最后还是没有给。最后，陈导没法，也说了中国人经常说的一些诅咒的话。我估计对印度人没有效果，大路朝天，各家供奉各家神，各神各管一边。我后来想：印度人的确有点过分，事先说好为什么不履约？但是，转念一想，他们也说出了我们对陈导的不满，让他思量思量也好。我一直认为，小费是富人与穷人之间的合谋，是社会稳定的润滑剂。但是，轮到我们和陈导都是穷人时，小费就是一种杠杆支点了，要调节我们之间的相互评价。

傍晚七点半左右到了纽约的唐人街，我们大巴停在伊丽莎白街（Elizabeth St.）和赫斯特街（Hester St.）十字路口。我们正在找那个阳光旅馆（Sun Bright Hotel）在哪里，一转身看到赫斯特街，向里面没走 50 米就看到中文招牌"中兴旅馆"，英文却是"Sun Hotel"。我正在为自己订的旅馆这么方便而庆幸，上去一看完全不是那么一回事情。

五、一访纽约（7 月 20 日晚 8 点 ~ 7 月 22 日中午 12∶20）

到路易斯安那的飞机是 22 日中午 12∶20，我们要在纽约呆两晚，都是住在这个"倒霉"旅馆。"阳光旅馆"的门头在一楼，但是登记处在二楼，上去一看，这个旅馆有年头了。接待人是个亚裔，估计是华人，但是不说中文，英语也听不清只能猜，好在事先功课做得不错，小满又在旁边做翻译。他看了我给他在网上的订单后，要了我的护照，复印后还给我，然后就让我付钱。我用"美洲银行"借记卡付了，在网上订的特价 88 刀一晚，两天加税 208 刀，蛮贵的。拿了钥匙，他开了防盗门放我们进去。我们房间是最里面一间，拖着箱子一打开门，太太儿子不太满意，我也大吃一惊。房间仅有一张估计是 1.5 米的床，两个小箱子放下去，人就没法走了，房间里有一个小洗脸池，没有洗漱间，洗澡在外边一个公用洗澡间。这条件在国内很难想象，印象是我在 1985 年第一次出差到东北就是这样，以后再也没有住过这样的旅馆。

我忙和太太孩子解释网上看还可以，也没说没有洗漱间。反正太太儿子那两天就不太高兴。我也很生气：什么都是我来处理，你们还不满意！晚上好不容易洗漱完了，大家只好横着睡了。那天应该很累，但是一直睡不着。那个木板楼隔音又差，什么声音都传过来，过了半夜才迷迷糊糊睡着了。第二天早起我去买早餐，下楼一转弯看到一个熟悉的招牌——"香港超市"。这不是我们住在 Newport 时，经常来买菜的地方吗！巧极了。再往里走，看到国内常见的早点稀饭油条大包子，这是在李超家也没有吃过的。也不贵，一共 7.8 刀买了一堆，箱子里还有榨菜正好配稀饭。可惜弄上去，太太儿子都不感兴趣，很扫兴。

吃完早饭按照计划参观华尔街。那天比较热，太太孩子兴致不高。我还是按照我原先的想法，该玩到的一定要玩到。于是去看华尔街的金牛，克林顿城堡（Clinton Castle）稍微参观了一下。该城堡位于纽约曼哈顿岛的最南端，这里有许多图片说明城堡的来历。它是 1812 年美英战争期间建造，1855 年至 1890 年间，克林顿城堡用作纽约的移民中心。想象就在我们站的地方，当年有 800 多万人从自由岛通过甄别后涌入美国。城堡附近有一座移民者（The Immigrants）青铜雕像，表现了各族的移民痛苦经历。

克林顿城堡的东边是巴特里公园（Battery Park），也就是炮台公园环绕着克林顿城堡。巴特里公园有许多战争题材的雕塑。全球士兵纪念碑（Universal Soldier）最有名，中间是镂空的，设计者将纪念碑做成固定的"日晷"。这里也有韩战纪念碑（New York Korean War Veterans Memorial）。据说每年 7 月 27 日上午 10 时，即韩战结束纪念时刻，如果是晴天，阳光穿过代表为自由而战的士兵的头上，正好照到地面的徽章上。碑座上刻着韩战同盟国的国旗，我们中国人看了很不是滋味。巴特里公园南面有八座纪念墙，分两排。一是东岸纪念碑（East Coast Memorial）。这是二战中在大西洋牺牲的四千多士兵，有姓名、军阶、州名等，最高军阶是上校，好像没有将军。这里的纪念碑似乎比华盛顿 DC 的要正面得多，应该是美国人的爱国主义教育基地。"911"袭击后公园中立了"911"纪念碑，纪念碑是大火烧毁的变形圆球。地面上"长明灯"一直在燃烧。这和对面新泽西"911"纪念碑用三根世贸大厦烧弯的钢梁作碑体应该是一个道理。我们回来去看了"911"纪念馆和旁边著名的三一教堂。还看了看这边一个挺有名的百货商店，我们只是在比较上次在 Outlets 买的是否合算，最后啥也没买就出来了。

其他也没有什么看的，以后虽然又来过纽约，太太孩子再也没有兴致到华尔街这边。大概 10 点半多从巴特里公园坐地铁一号线，这次是太太儿子他们第一次坐纽

约地铁（Metro），儿子认为不如南京地铁。当然，纽约地铁建成于1908年，已经一百多年，肯定是比较差，特别是地铁下面没有空调，只有进到车厢才感觉凉快。坐到59街的哥伦比亚广场（59St.—Columbus Circle），大约有12～13站，从地铁上来就看到广场巨大的地球和哥伦布金色全身雕像，南边就是举世闻名的中央公园（Centrel Park）。我的办公室在56街林肯中心商学院13楼（56St-Lincoln Center Campus），原先是颜安所在金融系专给商学院院长的，院长基本不来，颜安就给了我和同事王翔，后来王翔去了加州，也就只有我有钥匙。进门老门卫（Doorman）没有难为我们，以前他经常会要我们填登记表，因为我没有办校园卡。上到13楼商学院，秘书苏珊（Susan）很友好。我已经很久没有来办公室，她还记得我。我介绍我太太和儿子，她很友好地打招呼。太太孩子一溜烟钻到办公室，再也不肯出来。中午我到楼下拐角处的威廉姆斯超市（Williams Supermarket）买了十二三刀的午饭，买了一大饭盒，主要是排骨和烤虾，还有咖喱饭，基本没有挑蔬菜，都是一个价6.99刀每磅——总是觉得吃肉更划算一些，真真农民本色！儿子吃了一些虾，太太基本没吃。

下午两点，我到办公室还有另外一个任务，就是把五月份同事张向阳带EMBA游学时放在我办公室的箱子，转交给她在马里兰大学培训的先生孙津。箱子里面主要是她女儿咪咪要到美国做交换生用的衣服。那天孙津没有过来，他和同事在Woldorf New York Luxury Hotel（301 Park Avenue New York），52街附近的一个豪华宾馆准备迎接省里领导第二天访问纽约。短信约好后，我拖着箱子下楼，也没人管。出去打的。纽约的的士都是黄色，起步价2.5刀，0.5mile以后每1/5mile1.5刀，很贵的。一般10刀以内加1刀做小费，有箱子另外算，每件1.5刀，司机帮不帮你搬都要给，一般是会给你搬的。距离不太远也就花了8刀多，实际上转个弯开几步就到了。但是，纽约是隔街单行道（ONE WAY），也就是假设56街左行，则55街就是右行。如果你要去的方向不对，就要绕一大圈。我就遇到这种情况，回来我走也就15分钟，开过去差不多25分钟。到了给约好的人打电话，他下来接我，拿走箱子，还给了我20刀。我说太多了，他说你还要回去呢。我也没有再推，不过我是走回去的，省了10刀多。

一直等到快5点钟，我们才从办公室出来。转到60街和5大道的交叉口就是苹果专卖店的全球旗舰店。这个店很多人描述过，我来过几次，感觉实在是貌不惊人。

特点就是每天 24 小时营业，最新的苹果产品第一时间会在这里展示，曾经也有过"果粉"彻夜排队等 iPhone4 的盛况。我原来以为儿子会流连忘返，他进去也就看看准备买的电脑和手机。人太多，坐的地方也没有，这种情况太太一般立马就晕，马上就不耐烦了，我们转转就出来了。在第五大道上一路向南，就是向下城（Downtown）方向走。这些地方我走了太多次，都是一些大品牌的旗舰店，我知道的也就是普拉达（Prada）、LV 等等，其他都不熟悉。我太太这方面也不在行，小满更不行。再向南就到洛克菲勒中心（Rockefeller Center），转到 46 街附近去看了看时代广场（Time Square），除了人多也没有什么特色。要比人多谁还能和中国比呀！实际上，加上中央公园、大都会博物馆和哥伦比亚大学，纽约也就这些东西。这次是来不及看了，天气又太热，再回到这里差不多是 20 天以后的事情。

转了一天回去，太太和儿子似乎对"阳光旅馆"不是像昨天那样反感了。一夜无话，第二天按照计划 9 点出发到 Newark 机场，我们步行到世贸中心乘到 Newark 中心火车站的新泽西地铁 Path，到 Journal Square 换车，到 Newark，然后转公交去纽瓦克机场。这条线我在改签证时已经走得很熟，所以一点不紧张。我们走得比较慢，中间还遇到纽约市政厅，我还拍了许多照片。我原来以为这是州政府，后来知道纽约州政府在奥尔巴尼（Albany），离纽约 225miles。这种错误犯了多次，在新泽西以为纽瓦克是州政府所在地，实际是在特伦敦（Trenton），还是丹尼斯告诉我的。不过市政厅的建筑还是很宏伟，有古希腊神殿风格，年头应该也不短了。

我们走得慢，上了 Path 时间就有点赶，换乘又不太顺利，到了纽瓦克中心车站（Newark Penn Station），时间就有点尴尬，65 路到机场的公交短时间又来不了。我们怕误机，不得不去打车。上了出租，司机是个黑人，块头很大，人蛮热情。上车后和他聊天，他说他是肯尼亚人，到美国已经十多年了，住在 Newark，是他叔叔把他弄过来的。听说我们是中国人，还说了几句中国的好话，就是现在中国人富了什么的，出来旅游的人多了。实际上两地方距离很短，我付了不到 30 刀。下车太匆忙，忘记问老黑要车票了，不是为了报销，就是为了留个纪念。

六、去南方—路易斯安那（7 月 22 日下午 4 点美国南部时间 ~ 7 月 27 日晚 8 点美国东边夏令时）

到机场 Check in 就不怕了，航班是 CO1539，是大陆航空公司。那天是星期五，

我们又遇到航空公司超卖情况，有人愿意出 300 刀，请人推迟到下一班走。要知道我们往返全价才 285 刀。我不知道需要几个人，另外在新奥尔良我同学要赶到机场接我们，要是我一个人一定答应了，好大的一笔钱。后来总结规律是，周五下午和周日下午的航班容易超卖，周五是为赶回家，周日是为赶上班。我们到了新奥尔良把这事情跟同学陆晓颖一说，她马上说，应该等下一班，不就是晚两小时，给她电话让她晚点到机场接就是了。因为她从路易斯安那的首府巴吞鲁日（Baton Rouge）赶过来也要一个多小时，虽然她在州政府工作时间比较自由，为了赶过来还请了假。由于家里另外一辆车给儿子开了，同在州政府工作的先生必须要搭别人的车回家了。她到新奥尔良时还去一个他们熟悉的店，买了几十个大海蟹，所以有点晚了。到机场时我们已经出关，在外面等她。

陆晓颖开着他们家的雷萨克斯（LEXUS）的 SUV，从新奥尔良国际机场回到他们住的巴吞鲁日，一路上看到美国南方的景色与东边截然不同，是一望无际的平原和大片的沼泽地。这里是美国最主要的农业区之一，也是美国人均收入最低的地区。当然美国最高和最低州人均年收入也就差 3000～4000 刀。可以想象这个地区农业机械化程度一定是很高，因为土地平整，太适合机械耕作了。

从机场到陆晓颖家 70 多 miles，大约一个小时，都是高速。他们家在 Copperleaf Dr，直译就是"铜叶大道"，Copperleaf 字典上译成"铁苋叶"。进到他们小区，因为南方那时正是雨季，草地整齐漂亮得像绿毯子铺在地上，太太一看就喜欢得不得了。他们的房子很大，有三个大卧室、客厅、饭厅、厨房，就一个平层，也没有地下室。陆晓颖告诉我们，南方地下水位太高，一般不做地下室，他们家院子有一个放杂物的小房子。另外他们空调一直开着，上班时也不关，因为是木结构房子所以必须保证房子的干燥性，房子的使用年限可以延长。我觉得不可思议：这么大的房子，整年累月开空调要用多少电？难怪美国人要用掉全世界 1/4 以上的能源。

我们坐下来没多久，我的另外一个同学贺帷和陆晓颖的先生老张就回来了。贺帷和陆晓颖都是北京人，陆先到美国，后来很巧拿到美国身份并进到州政府的环保部工作，一直到现在没有换单位，和丹尼斯差不多；贺帷来得比较晚，在路易斯安那台塑分公司工作，两个人在北京就要好，后来到美国居然在一个城市，而且是在街上买东西时碰到的。后来我们还去了他们第一次碰到的平价超市。两家从地图上看，在城市北部两边，距离也有十多 miles。又不在一起工作，能从北京到这里遇到，只能说是缘分。

贺帷还是像读书时那样开朗，一进门就说：你们准备到哪里玩？我说：到这里就听你们的。她说：我们明天去佛罗里达看真正的白沙滩。我开始有点吃惊，一点也没有想到，我说：不是很远吗？贺帷说，来回 10 个小时，我们明天一早出发，晚上回来。我说：谁开车？贺帷毫不犹豫地说她开车。陆晓颖说她车开得好，而且不累，本事很大。这一点我很惊讶。第二天才真正领略贺帷开车的本领。贺帷走后，我们吃陆晓颖在新奥尔良买的大螃蟹，真是很大，我吃了三个，太太孩子吃了一个就吃不下了。老张说，我们来的季节不巧，现在螃蟹贵了也不太肥，如果是 5 月来可以吃到国内的小龙虾（lobster），就是南京人最喜欢的龙虾。他们上次在贺帷家，整麻袋买来，煮出来倒在院子铺上报纸的草地上，那个吃的景象令人难以想象。老张说，现在龙虾开始贵了，当年他读书的时候，就是 2 ~ 3 毛钱一斤。南京也是一样，1974 年 5 月我们刚到南京那一天，妈妈到孝陵卫街上买了龙虾，就是 1 毛钱一斤。后来同车过来的叔叔说，这虾子有毒，是日本人放的，妈妈才很不甘心把虾子倒到房子边上的水库里了。很多年后，我们经常到水库边去钓龙虾，不知道是不是当年妈妈放生龙虾的后代。

第二天我们不到 8 点出门，贺帷带着她乖巧的小女儿一起出发。车子是国内也有的本田"奥德赛"MPV（Multi-Purpose Vehicles）（丹尼斯也用这个车，他称之为"Van"）。贺帷的车坐五个人很宽敞，车不太新，已经快十年，二十多万公里下来，车况还很好。主要是贺帷先生是搞机械的，贺帷说：有高级机械师定期保养，车子还会差吗？况且他先生喜欢干这活，那是一定干得好的。

从陆晓颖家出来到彭萨科拉海湾（Pensacola Bay）全程 270miles，开出去没多大会儿就到密西西比州了，半途经过阿拉巴马州，沿着一条直路一路向东开，路很好，车也不太多，中间不断看到海边、沼泽地的景色。贺帷很细心，每次到州公路边的游客中心，让大家停一会下来转转拍拍照。在密西西比州的游客中心，我们转散开了。太太他们遇到一对黑人老夫妇，看他们没车到处走，问他们是否需要帮忙，态度极绅士。上车后，太太谈到这些，颇有感慨。贺帷讲了很有趣的两件事情：一是现在南方人对北方人还是记仇，或者是看不起，认为北方人土。因为南方人认为，想当初他们过的是什么日子！南北战争开始时，州界几乎是在华盛顿附近，现在南方退到哪里了！我也记得，以前看有关黑奴的小说和电影，经常提到的城市叫里士

85

满，到美国才知道就是弗吉尼亚州的首府 Richmond，意思就是富庶的 Mond。那曾是南方重镇，也不知道国内为什么译成这样。现在南方已经远不如以前，南部已经退到路易斯安那附近，而且成为美国最穷的三个州。二是这里黑人非常有风度，但是不干活。他们认为这是政府对他们前人残酷行为的补

白沙滩和翡翠海水

偿，经常对政府提出各种各样的要求。这里的白人有时候打趣说："要知道今天他们（指黑人）这么难缠，想当初我们就自己摘棉花了。"这时候，我想到，今天我们对"农民工"的不公待遇，以后我们的后人也要补偿他们的后人怎么办？细想来无法替后人担忧，"我死后哪怕洪水滔天！"

到佛罗里达之前一路上雨雨晴晴，到阿拉巴马的游客中心时雨很大了，我们在中心躲了一会儿。但是，一进到佛罗里达就是阳光灿烂，看到一路的白沙滩。据说整个佛罗里达有 1800miles 的海岸线都是这样，上帝真是厚爱美国！我在新泽西看到

通向海边的栈道

的大西洋的沙滩已经非常好了，难怪我说到过大西洋的海滩，贺帷不屑一顾地说：那是海滩吗？人比人要死，货比货要扔，这是一点不错的。人的痛苦都是比出来的。

过了很长的彭萨科拉海湾大桥（Pensacola Bay Bridge）来到一个岛上，拐弯时候看到巨大的欢迎牌"Wellcome Pansacola"，以后一路都是白沙

滩，看得人很晃眼。沙滩是一段一段分割的，有公共海滩就有停车场和公共洗浴的地方。有一些是私人海滩，有简单的标志。我们去的地方是贺帷的一个台湾医生朋友的海边别墅，地点在 Beach Dr 附近，面对大海。平时周末是出租的，因为本周没有租出去，我们恰好可以来看看，看来还是蛮走运的。明天医生一家要过来，所以，贺帷让我们注意保持清洁。房子是典型的海边木结构假四层别墅，最下面一层是基本空的，只是几根柱子，有一个车库，这是海边建筑为防台风特有的设计。二层是厨房和会客厅，三层四层分别是客房和主卧室。房间很大，每一层都有很宽敞面向大海的晾台，最上面还有太阳房。从二楼做了一个很长的栈道（Deck），估计要 100 米以上。贺帷说，修这个栈道花了 2 万多刀。我没有概念，不过没有栈道，就没法直接到私人海滩上，中间是很刺人的海骆驼草，走过去会很扎人，特别是要去游泳的时候，穿得很少，光着脚板走过去很麻烦。

那天儿子又不知道因为什么不高兴，一直不说话。我也没有办法，让他们到海边看看也不去，那天儿子几乎没有拍什么照片，不知道他在哪里。我就一个人到沙滩上，一个中国胖子穿着大裤衩子独自到海边戏水，据说这是世界上最美的地方，应该算是暴殄天物了。还好过了一会儿，贺帷漂亮的小女儿穿着游泳衣下来，多少没有辜负这片美丽海滩。海水正如贺帷说的是翡翠色的，不断变化颜色，远近完全不同。我以前是没有看过如此漂亮景色，没有任何装饰地方。以前在云南香格里拉看到的，也没有如此纯净。国内人还是太多，没法看到没有人工干预的地方，美国这地方人少，想"破坏"都难。回到新泽西和李超周婧他们一说，他们也很向往，都知道佛罗里达是个好地方，靠旅游成了仅次于加州的富裕地方。

当然，好地方看时间长了也没有多少意思，特别是对我这样的土人。上来简单洗了一下，吃了点水果，过了四点，我们就往回走。回去的路上在一个越南餐馆吃了米粉就往回赶，到家已经过十点了，开得还算比较快。路上贺帷问我们想不想去德州休斯敦，因为她周一要到休斯敦移民局办些事情，也是当天来回。估计来回要10 小时，她说她办事情时候把我们放在航天中心（NASA）参观，回头来接我们回去。太太儿子立刻说不行，太累了，受不了。我说我可以，贺帷说只带我一人她不去，我们也就没有去成德州。没想到，贺帷这么个小个子，精力还那么好。

第二天到贺帷家做客，陆晓颖本来要带我们看看他儿子读书的大学，路易斯安那州立大学（Louisiana State University, Baton Rouge）。她儿子读精算专业，蛮优秀。

他本来可以到东部去读更好的大学，陆晓颖夫妇已经为他准备了读书的钱。但是，她儿子坚持在本州读，因为学费可以减免，加上书本和伙食补助，基本上就不用花家里的钱。美国孩子这方面算得很精，也很独立，认为读大学是自己的事情，不像国内，如果有北大清华上，家里就是砸锅卖铁也要供。后来我们和丹尼斯去普林斯顿高中了解情况时，他们介绍2010年354多个毕业生中有117人选择新泽西州立大学，就是罗格斯大学（Rutgers，The State University of New Jersey），69人上普林斯顿。上普林斯顿可以理解，学校在新泽西，又是美国前三名的学校；罗格斯也算名校，这么多人上主要是考虑学费减免或者优惠。陆晓颖孩子我们没有见到，他可能也不愿意见我们，只有一天早上回来拿东西擦肩而过。他已经完全美国化，不愿意麻烦别人，包括自己的父母，不愿意别人动他的东西。所以我和太太睡客房，儿子就睡在客厅里，没有睡在他儿子的房间。陆晓颖对此很抱歉，我们觉得打搅他们已经很不好意思，特别是我太太，很不愿意麻烦别人。我就不是，麻烦别人和被别人麻烦都愿意，有麻烦表示别人还记得你，你就有了存在的必要。

陆晓颖和先生老张为人很随和，对儿子也不苛求。他儿子游泳很好，可以参加到州一级比赛，考虑美国游泳水平整体很高，他儿子应该也是国内健将一级的水平。我和陆晓颖说，可惜没有机会和他儿子交流。她说没有什么可惜，他儿子中文不行，没法交流的，现在已经是典型的"香蕉人"。也是的，我的英语也很差，估计交流也困难。

我们离开陆晓颖家有点晚，正好路过路易斯安那州立大学。这是公立大学，资料说有800万平方米，合12000亩，是我们九龙湖新校区3700亩面积的3个大还多1000亩。当然这个大学不算最大，据说普渡大学算起来有我们九龙湖校区20个大。那是什么概念啊！所以从外边转了一大圈，没有进去。到贺帏家他们正忙着，贺帏做事情很仔细，正在化冻鹿肉，做盖浇面，还买了不少水果和点心。鹿肉是他先生冬天到德州打的两只鹿，放在冰柜，还没有吃完。贺帏的先生徐海波，我就叫他老徐，一看就知道是地道的老北京，人很好处，三句话就熟了，学机械出身，和贺帏在一起工作。

和老徐聊天很愉快。美国的男人可以做很多让我们羡慕不已的事情，有些事情国内再有钱也很难做到。一是打枪和打猎。老徐有两支枪，一支是霰弹枪，就是猎枪；另外是一支小口径步枪。他说，在美国买枪很容易，到商店看了猎枪合适当时就买了，小口径是订了一周以后通知他去买的，可能要到警察局查看他是否有犯罪记录。我问他为什么要买枪，他说家里有两个女儿加太太三个女的，必须要保护。这里虽然是高档小区，前一段时间不断闹小偷，必须防备意外。他把小口径拿出来给我看了，我不懂枪，直观看真是漂亮。他小女儿看到和枪一起拿出来的子弹夹，说要弹壳。老徐随即说，等一会我们到院子里放几枪就有了，被贺帷厉声制止才没这么做，看来他们还经常放枪的。上一年也就是2010年冬天他和朋友一起到德州的山里打了两只鹿，这是他第一次打到，还给我看了当时的录像和照片，很过瘾。打猎很便宜，只要交不到40刀就可以办一个许可（Licence），只能打一对，一雄一雌。其他就看运气了，每次总共花费不到1000刀。还给我看了藏在储藏室里的大鹿头，我说为什么不放在外面，多威武。他说贺帷不让。看来贺帷在家很有权威。二是自己建房子。我们下午到贺帷家的新房子工地上，刚打起了基本框架。我问了建房子程序是什么，老徐说自己买了土地，办了许可，在网上买一套图纸，就可以请建造商来谈价格。材料可以自己办，也可以请建造商办，整个房子从建造到装修要持续大半年。我们去的时候，老张和老徐不停地交流关于保温材料的使用问题，好像是用一种新型环氧树脂灌在木板中间做保温层。虽然不是全部自己亲自动手，建房子毕竟是一件大事情，要牵扯很多精力。我看贺帷两口子兴致很高，信心满满。不过老张他们从没有想过自己建房子，毕竟这是一个累死人的活。三是开大车。老徐的车子是GM的V8，4.8排量的皮卡（Pick-Up），后面有车斗，可以拖汽艇的那种，看前后保险杠像悍马似的。老徐一再说，他的车是朋友中比较小的，我问为什么要这么大的车，他说事情多了，5月份要去海边捉螃蟹、钓鱼和抓龙虾，就要后面拖一个汽艇。没有这么大排量根本拖不动。上次打鹿，需要一整套东西，帐篷还有野外餐具等等，没有车斗就没法装了。前面四个座位，家里四个人正好，就没有什么空地方。加上出去野营带的家伙等等，这样的车是必备的。看来美国男人没有国内有钱男人那么多花花草草的事情，有这些费劲劳神的活干是最主要的。把上面那些事情做好，还有一个院子要打理和两辆车要定期保养，小孩还要上课等等。一周也就休息两天，也就没有其他精力去忙那些不着边的事情。

在贺帷家还看到一件很有意思的事情。我们吃饭时，老徐用电脑转到电视上看国内很火的《非诚勿扰》。我很吃惊，这是前一天国内刚刚播出的，他们对女嘉宾的熟悉程度远远超过我们这些来自国内的人。我本来看得不多，加上半年基本上与

国内娱乐界隔绝了联系，他们说起来的事情，我茫然不知。难怪在新泽西李超他们经常在房间里看，可想这个节目的影响力已经远远超出我们的想象。回国后，我也开始有时间就看看，免得太落伍。

周日陆晓颖带我们参观她的办公室。她从1989年路易斯安那州立大学，就是他儿子现在读的学校硕士毕业至今，一直在路易斯安那州的环保部工作，满25年就可以退休，可拿全薪的75%。美国的公务员收入较低，但是很稳定，还有带薪假，算起来再有4~5年就可以办退休。当然不办退休也可以，美国没有强制退休制度，特别是公务员和教师，你只要干得动，多大都可以，只是职务和薪水不再长了。不过到了一定年龄所得税要减免，实际工资还是长的。我在Fordham University. 听课时，学校最著名的国际经济学教授萨尔瓦多（Dominick Salvatore）说他的母亲95岁，每周还到Fordham工作两个半天，免费而已。公务员最吸引人的是有固定退休金，只要不犯错误，都可以做到自己干不动或者不愿干为止。而且公务员人事上采取"先进后退"的原则，就是政府裁人是晚入职先被裁。我觉得这比较符合经济学原理，因为入职时间越长，"沉没成本"越大，专业化程度越高，转型越困难。前几年贺帷工作的台塑公司曾经找过陆晓颖谈过，希望她到该公司去作环境监测，她差一点就同意了。她说，好在当时没有同意，现在金融危机公司不景气，她很可能会被裁了。那样这边公务员的身份又丢了，两头不着就亏了。

另外，他们部门的弹性工作制度是最彻底的。我不知道美国是否所有的公务员都是如此。首先没有固定的上下班时间，每周四天半，每天6小时，共计27个小时，周三下午休息，所以她让我们周三下午回新泽西，就不用另外请假了。每天上班时间不固定，你可以早来早走，也可以晚来晚走，一切以打卡为准，时间满了就可以。甚至你可以不来上班在家里办公，但是到时间要在办公系统上上网报到，满一定时间后才可以下线，第二天必须提交报告说明前一天在家工作的内容和结果，给上级汇报核准才算数。陆晓颖他们都烦提交报告，所以都到办公室上班。另外，加班也是要得到批准，以打卡时间为准，加班时间可以累计为休假，甚至可以累计时间提前退休。这个很有意思。我知道，这样管理是建立在完善的首问负责制和项目个人负责制的基础上，所以在美国什么事情都是要严格预约的，否则只能听天由命了。这样做好处很多，可以缓解交通压力，尊重不同人的生活习惯，提高工作效率，很是人性化。我就比较喜欢这种方式。我早上基本上干不了事情，早起真受罪啊！

进到陆晓颖的办公室，是一个大通间，中间用挡板隔开。她不是什么官，相当于国内的高级工程师（Senior），资格应该是最老的，得到一个靠窗户的位子，算是对她的尊敬。因为是周末没有什么人，只看到一个人在加班。陆晓颖的先生老张也在这个部门，他是博士而且是男性，应该比陆晓颖职

停泊在密西西比河上的赌船

位高些。夫妻两人在远离祖国异国他乡，在同一部门一起工作 20 来年着实不易。陆晓颖工作的环保部虽然也是路易斯安那州政府的一部分，但是不在州政府办公，他们的办公室离州政府大楼不远。州政府大楼在他们办公楼的南边，靠近密西西比河岸边。据说这是美国最高的州政府大楼，1932 年建的。我们经过安检进了一楼，这是一个州历史博物馆兼大会堂，里面陈列着自 1803 年加入联邦以来所有州长的照片，早期的还有雕像。

陆晓颖指给我们看墙上一个弹孔，讲了一个特别有意思的事情。1980 年那一任州长贪赃枉法，利用法律漏洞，就是路易斯安那州法律规定不得在陆地上开赌场，所以这位州长批准在密西西比河中的船上开赌场，不算违法，居然也通过了。这引起当地民众强烈不满，有一人义愤填膺，在市政厅朝州长开了一枪，没有打中，留下这个弹孔。不过第二年州长就被查办，判刑 20 年，也算是罪有应得。所以墙上没有这位州长的照片。不过过了一会，我们还去了这位州长留下的遗产，开在密西西比河上的赌船，样式和澳门的老赌场比较接近，生意一般。美国人也有意思，"坏"州长开了赌船，州长被抓了，不是应该拨乱反正吗？但是，议会已经通过就不能简单废除，需要重新讨论。修正案一直没有通过，这个赌船也就存在了三十多年了，慢慢也成了密西西比河上的一道风景了。

一楼的右边是议会礼堂，就是州议员开会辩论的地方。我们参观时议会在休会期，所以没有人。每年有四个月州议会开会时，公众可以通过事先预约来旁听。走廊上有各届州议员集体照挂在墙上。我和陆晓颖说，我是江苏省政协委员，相当于这里

暮光之城的原景地

的州参议员，但是，我是业余的，没有任何酬劳。她说，如果你是本州的参议员，你就在这个楼里有一间办公室，每年至少 4 个月在这里办公，是有薪水的，比她们高得多，而且有专职秘书，权力很大。我家里有一张碟片电影《查理·威尔森的战争》（Charlie Wilson's War），汤姆·汉克斯（Tom Hanks）演绎了一个德州民主党参议员，标准的花花公子，酗酒嫖娼。但是，他居然和他的情人，加上一个 CIA 开除了的间谍，通过各种合法或者介于合法与非法之间的手段，帮助阿富汗人赶走前苏联人，后来直接导致柏林墙倒塌。这个电影基本上是真实的事情。后来威尔森还被美国国防部授予"反战间谍英雄"称号。可见，一个州参议员在美国社会中的作用是不容低估的。

整个参观由两部分组成，除了一楼以外可以乘电梯上到 18 层，再转换电梯上 4 层有一个露天走廊，可以看到四周的景色。比较有意思的是，朝南边就是密西西比河。州政府大楼在河北面，河南面是大量的化工厂和炼油厂，冒出大量的白烟遮天蔽日，这和我感受到的美国大相径庭。

我问陆晓颖：那是什么工厂？你们环保部门为什么不管？她说那就是世界上最大的石油公司"埃克森美孚"（Exxon Mobil Corp）在路易斯安那的炼油厂。这个公司是洛克菲勒家族的财产，在这里已经七十多年，你要它搬走，州政府赔不起。加上现在经济不景气，其他州还要争他们去，我们哪能管太多！毕竟它给本州带来税收和就业，这是硬指标。我们这些环保部门去查人家，如果没有 100% 的把握是不能随便进到人家厂里。一旦找不到证据，被人家反诉，政府可能要赔偿，你就可能掉饭碗。谁能保证自己的勘察是 100% 准确？那只能是多一事不如少一事。在上面没有明确指示情况下，我们肯定不会去查。这和我在新泽西与宁老师交流的基本一致，她在纽约金融监管部门监管保险公司，也是遇到相同的问题。明明知道这些保险公司有违规行为，却不敢擅自去查，这些部门防范意识很强，弄不好引火烧身。何况像埃克森美孚这样世界数一数二的公司呢！

更有趣的是，现任路易斯安那州州长是一个印度裔后代，民主党人，很年轻，不过 40 来岁，是前州长培养起来的。据说奥巴马总统曾经也看中他，希望扶持他

新奥尔良的著名教堂

到华盛顿工作。甚至有人认为奥巴马有意在自己两任结束后推举他参加总统竞选，还为他专门组织了一场全国性的电视演说，可这个老兄演砸了，结果华盛顿是去不了。但是，在下一年路易斯安那州州长竞选中，居然没有人愿意出来和他竞争，原因是这位老兄积攒的竞选经费已经超过千万，其他人还没有超过百万，不是一个数量级，没法和他竞争。他哪里来这么多竞选经费？还不是因为和这些公司关系好吗？我们从大楼的北面可以看到两个建筑：一个是州长官邸，估计 2012 年选举后，这位州长还会住在那里；另外一个是著名吸血鬼电影《暮光之城》（Twilight）第一部《暮色》的原景拍摄地。很有意思，两个地方只隔了一条十几米宽的马路。走出州政府大楼下台阶才发现，每个台阶上都有一个州名和它加入美利坚合众国的时间，最先的是新英格兰独立 13 州的第一州特拉华（Delaware，1787），最后一个自然是离美国本土千里之外的夏威夷（Hawaii，1959），也许这表示美国是一步一个台阶走过来的。

新奥尔良必吃的"甜油饼"

以后两天主要是陆晓颖陪

我们各处转转。先是去了新奥尔良（New Orleans），上次过来是从机场直接去巴吞鲁日，没有到市区。新奥尔良是路易斯安那最负盛名的地方，是密西西比河入海口，从这里汇入墨西哥湾，所以是一个大港口，仅次于纽约港（形成的规律是一样的），也是原先法国殖民者最初到达的地方，一个海河交界的地方。我去过法国，这里与东部纽约那边不同，有一点法国城市的影子。据说保留了法国路易十四时代的很多痕迹。这次去看了一些著名的地方，比较有印象的就是圣路易斯大教堂，我们去的时候好像还在举行什么仪式。以后就沿着一条商业街看看，最后在每个参观者到新奥尔良必去的地方，一个法式咖啡馆（Café Du Monde）小歇。陆晓颖给我们每人点了一杯咖啡，最好的是拿铁，要了几种非常甜的法国甜点"般尼耶特"（Beignet），正方形的、用热油深炸的面食，像甜甜圈，口感有点像中国的油条，但是不脆，撒着厚厚的糖粉，吃的时候要磕一磕除去多余的糖，否则甜得受不了。这家经营超过百年的老店是新奥尔良的象征。陆晓颖说，到了新奥尔良，没来这里喝咖啡，吃甜甜圈（Beignets），人们就会说你没有到过新奥尔良。所以，这个店虽然很简陋，但是人超多，络绎不绝。刚到时候还没座位要等一下，买了票也要等，吃一个再简单不过的茶点花了一个多小时。

我想当年糖是好东西，路易斯安那是糖产区，所以放得多，表示富有。而且那个时代人的饮食中热值不高，多吃点糖是有好处的。现在什么时代了，还放那么多糖！也算是一个陋习吧。美国人中肥胖率那么高，和他们饮食不与时俱进有直接的关系。他们科技比我们发达，但我们还是比较注意改进饮食方式。这种坚持传统是要亡国的！这和我们现在喜欢灌酒估计是一个原因，都是穷怕了。

当然，新奥尔良也有好的。我们在那里吃的一次海鲜自助餐（Buffet）是我在美国吃的最丰盛的一次。除了一般自助餐都有的吃食，各种生猛海鲜，虾类贝类鱼类蟹类，大大小小很多种，几乎所有你想吃的海鲜都有。新奥尔良靠近墨西哥湾，海鲜的确便宜，但是每人税前 7 刀，还是出乎我的意料。除了装潢一般外，价格在国内至少每人要在 300 元人民币以上。陆晓颖说墨西哥湾漏油事件后，海鲜现在还贵了一点，以前就 6 刀。

另外一个比较遗憾的事情，就是我们沿着密西西比河参观时看到一艘大游轮，就问陆晓颖这个游轮到哪里，她说到巴拿马、古巴关塔那摩和佛罗里达 8 日游，每人也就是 800 刀，管吃管住，每到一个码头可以下去参观，不用再办护照。要不是我们下面时间已经安排了到"黄石公园"旅行，否则真是要安排一次游船，那样我们的美国之行就算是圆满了。

回去的路上我们就开始了新一轮购物运动。陆晓颖家附近有一个 Tanger Factory Outlets Center，规模比新泽西 Outlets 还要大些，因为和其他大型超市"Sam"和"沃尔玛"在一起。在那里的苹果专卖店，小满买了苹果 iPhone 手机和电脑 iMax，太太买了一个 iPad，总共花了 2000 刀左右，是在一个百思买（Best Buy）中，也就是美国最大的电器专卖店。正好陆晓颖有一张卡，可能也是朋友的礼品，相当于国内的购物券，好像是 200 刀。后来还买了一堆 Coach 包，在 Sams 超市买维生素和鱼肝油等等，都是陆晓颖付钱。我们回国后付给她人民币，转给她在上海妹妹的账户，为她以后回国时不用兑换人民币。小满的手机遇到一个问题，就是需要改中国制式，商店可以改，要加 50 刀，也可以回国改。商店坚持我们必须在这里改，否则不卖，所以手机 599 刀，就变成了 650 刀。这些实际上是苹果真正赚钱的地方，没有成本都是净赚。加上那些配件，那个利润不低于 100%，弄得还像价格杀下来了一样。在路易斯安那买东西，需要护照，自然用我的。这里也犯了一个小错误，导致后来退税未成。

周二（7 月 26 日）就在陆晓颖家呆了一白天，哪也没去，把该洗的衣服都洗了烘干。在路易斯安那这么潮湿的地方，烘干机真是好东西！特别是加上蓬松剂后，衣服又软又有清香味，太太非常喜欢。我回国后一直也希望家里买一个烘干机，就是没有买上，很奇怪。

晚上他们两家请我们到本城最有名的意大利面馆吃饭。面馆不太大，很有特色，主人显然是一个枪械爱好者，进门的橱窗里，放着各种手枪和长枪。墙上挂了许多鹿头，和贺帷家类似，就是比较大。一面墙上还有不少鱼类标本，看来这个主人爱好不少，水平也不低。我们家三个，贺帷家四人还有陆晓颖两口子，拼了一个长条桌子才坐下。好像外国人不太像我们在圆桌上转着吃。还是每人点一份，自己吃自己的。小满闷头吃，别人问一句他答一句。贺帷在一边不断教导她两个女儿，老徐也不断劝她不要这样。不过贺帷这两个女儿真给她是生对了，长得漂亮不用说，特别是小女儿像洋娃娃一样可爱。大女儿教养极好，进退有度，很淑女的样子，虽然也就十六七岁，学习钢琴芭蕾，举止国内孩子没法比。虽然太太感觉贺帷管得有点

过，但是看到人家孩子的言谈举止，我们的确应该重新审视我们的教育方式。当然，看看别人容易，自己做就难了。吃完了就和贺帷一家说再见了。上次见面是 2009 年国庆，我们毕业 25 年在南京聚会，再上次就是 20 年前我到北京出差了。下次见面就不知道何时在哪里了。

星期三（7 月 27 日），我们是下午 3：47（美国南部时间）的飞机，还是大陆航空公司 CO1539。我们 11 点就出门了，在一个高速公路的休息区吃的快餐，类似 Kingburg，是南部的一个品牌，没有 WiFi，所以没法定位。这么早出来是因为有两件事情要做：一是要到上次看的 Tanger Factory Outlets Center 去转转。到底是心中有事情，没转多久我们就出来赶路。二是陆晓颖说可以到机场退税。路易斯安那州有政策，部分商品可以退州税。到了新奥尔良国际机场，我们事前已办妥了 Check-in，登记卡和座位陆晓颖在家里的计算机上就搞好了，她是旅行方面的"达人"。贺帷开车很行，但这方面都是求教于陆晓颖，甚至在华盛顿的同学邵捷有时候也请她帮忙。我拿着护照和登机牌去办退税，等了几个人，海关官员算了一下，好像要退四五十刀。回头看到我的护照的日期，马上说你不能退税了，因为你入境已经六个月了。规定只有入境在 45 天内的游客才可以退税。显然，如果当时用太太或者儿子的护照就可以省下几十刀了。陆晓颖说，没有想到，因为前面都没有像我这样待了半年的，也算是花钱买教训。

告别陆晓颖，我们很顺利到达纽瓦克机场，时间是东部夏时制晚 8 点。从机场单轨小火车转到机场车站，每人 13 刀。一张票转到 New Brunswick 站，还算比较快。周婧在车站接我们，李超病了，到家已经 11 点多了。美国南方之旅结束了，下面要到西部去了。

七、上黄石（7 月 29 日晚 7 点 ~ 8 月 6 日晚 8：20）

黄石之旅是我一直期待的，一是以后去很不方便，更主要是电影《2012》说得比较玄乎，希望看看到底怎么样。计划在太太他们来之前就做好了，在"途风网"上预定的 2 + 1，和上次去华盛顿是一样的，我们付两人的钱，给三个人的座位，晚上一个房间两张床。网上付了 860 刀，其他不算。当然，到了第二年，2012 年夏天，我作为领队，带 EMBA 游学团又重游黄石公园，路线不同，心情也不同。

　　原来准备和李超他们一起出发，因为他们要到拉斯维加斯参加一个展会，顺便玩一下，他们无论如何也排不出一周时间，我们只能是自己走。我们要在凤凰城转机到拉斯维加斯，每人机票是 408.8 刀，这是当时最便宜的。李超他们订得比较早，直航才不到 200 刀。的确，美国飞机票价格很难弄清，而且每天都变化，总体是订单越早越便宜。我们要在拉斯维加斯等从洛杉矶过来的团，也在这里停留，再从凤凰城转机返回新泽西。

　　7 月 28 日（星期四），我们有一天的空闲，就在李超家附近转悠，才发现这片小区很大。李超他们房子在最靠近公路的地方，还是比较吵的，向里面小区的环境还是不错，小区边上有个小河。小区已经建了三十多年，李超隔壁楼上有个单身老太，据说这个小区建成之初就住在这里。老太很开放很时髦，有一次上午阳光很好，她自己在院子里铺个床单，穿上比基尼晒日光浴。我们在院子里转得无聊，就跑到附近一个比较小的 Outlets，发现非常不景气，许多店都不开门，只有一个小百货商店稍微有点人气，也就几个顾客。里面的东西很一般，在国内我们也不会看得上，不知道他们靠什么生存。看来 Outlets 这种模式也未必都可以发展得很好，地点和品牌都是很重要的。

　　7 月 29 日（星期五），原先安排到丹尼斯家参加热气球节（Heat Energy Air Balloon Festivals at Solberg Hunterdon Airport）。丹尼斯家附近有一个小机场，每年都搞这个节日。但是，考虑第二天一早 6：45 的飞机离开纽瓦克，也就算了。另外要和李超协调如何送我们去机场。由于他们也是周六早上的飞机，如果送我们，李超太辛苦，而且来不及。于是，我们在前一天晚上赶到纽瓦克机场附近的旅馆。所以，当天定了 Ramada Plaza Hotel Newark Intl Airport，价钱是 80 刀，也就是人民币 500 元左右，现在网上还是这个价。第二天李超他们也要走，我们吃了晚饭就赶到 New Brunswick 站，转到纽瓦克机场，报地址给出租车司机看了。司机像是一个印度人，看了地址，急急地要我们上车，开了车就走。说实话，那天坐出租车是有点怕的。车子在一个完全不知深浅的地方跑，又是夜里。记得跑到一个很荒的地方突然转弯，我心里"咯噔"一下。如果出租车把我们带到一个地方对我们下毒手，我们也没有任何办法。这里毕竟是 Newark，美国黑人最多的城市之一，他们经常相互开枪。但是，表面上还要很镇静。谢天谢地，总算是到了。参照第二天大巴走的时间，前一天那个司机一定是绕路了，也许是我心理作用，多收点钱关系不大，只要不要命就行。

在登记处等了一会，我们按照网上预定的价格付了钱，拿了钥匙。由于有上次"阳光旅馆"垫底，我们什么样的条件都能对付。况且进房间时已经过晚上10点了，第二天4点就要离开，再怎样也就5~6小时。进门一看还是相当不错的。房间很大，卫生间条件也不错。价格还比"阳光旅馆"便宜不少，原因只有一个——位置（Location）。这是什么鬼地方？人家"阳光旅馆"位于纽约曼哈顿的最黄金地带！

7月30日（星期六），凌晨4点起来，泡了方便面吃了就到大堂（Lobby）等4:30的班车到机场，人还蛮多，车开了不久就到了，时间是5点一刻。人心情放松了，也就不觉得远了。我们不需要再去Check-in，因为在李超家已经把座位订了21D－E－F，这都是在陆晓颖家学来的。这次是美航（US Airways）245航班，飞机是空客A319，大概150人的航班。美航是美国经济型航空公司，全程7小时47分，2388miles的航程，不提供任何免费吃食，吃东西需要付钱买，仅提供饮水。

MGM 的金狮子

飞机很准时，6:45（美国东部夏令时）起飞，到凤凰城国际机场（Phoenix Sky Harbor Intl）是9:09（美国中部时间）。在机场转机时小满买了两块比萨，花了16.37刀。搞笑的是，账单打出来的时间是8:59AM——估计这个店的收银机时间很久没有调整，慢了有20分钟。转乘美航1503航班空客A 321小飞机，10:20飞拉斯维加斯，11:32（美国中部时间）到拉斯维加斯的麦克卡伦国际机场（Las Vegas Mccarran Intl）。我们要在下午2点前赶到米高梅赌场酒店（MGM Grand Hotel）等从洛杉矶过来的旅行团队，时间相当宽余。

在凤凰城没有出机场，倒也没有什么热的感觉，一到拉斯维加斯出了机场，热浪扑面而来。从机场是有巴士到MGM的。我们不熟，只好打车。距离不远，包括两个箱子和小费要了不到20刀。这里的哥是会主动帮你搬行李，但是，都是要钱的。拉斯维加斯就是一个玩钱的地方，什么都要钱是很正常的。到了MGM，时间还早。

大厅有个巨大的金狮子，估计是镀金的，除了登记住宿的，就是等旅行团的人。大厅里没有任何坐的地方。这个好理解：要坐就往里走，里面是拉斯维加斯最大的赌场，有 5000 个房间的赌场宾馆。每套赌具前面都有凳子或椅子，你可以坐下来赌钱，否则就没得坐。我们现在除了站着，没有任何办法。好在在新泽西 Outlets 买的箱子蛮结实，可以坐坐。

也就是 2 点左右，来了一个很结实的中年人，问我们是否是到黄石去。这就是我们团的导游老刘，以后我们要和他打七八天交道了。我们跟着他转到 MGM 后门，有个小酒吧，我们的大巴等在外边。人很多，自然不止我们一个团。上车后看到车没有完全坐满，还有一部分人要到盐湖城（Salt Lake City）才加入团。车启动，我们的黄石之旅才真正开始。

当天下午就一路狂奔到圣乔治（St. George），没有直接到我们住的 St. Geroge Quality Inn，而是一路向城外北边，进了一个中式自助餐厅（Buffel）。这个自助餐应该是我们这段旅行中最好的，价格公道，每人 11 刀，内容丰富，可能仅次于在路易斯安那陆晓颖请我们的海鲜自助餐。水果种类齐全而且十分新鲜，这是太太儿子最喜欢的。有很多西瓜，这么热的天，西瓜真是好东西。老刘还不停地说，要多吃水果，天气热，人水分蒸发快，需要大量补充水分，说得大家很感动。可能是因为这两天方便面榨菜吃多了，胃口实在好，一家子都吃多了（Overeat）。也许对这次自助餐太满意，下面就犯了一个主观主义的错误。一上车，老刘问我们对自助餐的感觉，当然大家都说满意。那他就要收钱，一共是七顿，包括今天，是九十刀。如果不交，到地方不一定能保证你吃上饭，你要自己去找。我们想当然地交了三个人的费用。后来发现，到时候临时交更加合算。首先价格是一样的，其次可以自己考虑是否吃。由于已经交了钱，不吃肯定感觉亏了。最后终于吃怕了，而且后来的自助餐水平真是王小二过节，一节不如一节。老刘已经在这条线跑了 18 年，对顾客心理摸得一清二楚。所以，我们后来完全在他控制之下运行。好在这个人还算敬业、专业和有职业道德，所有这些细节都是在可以容忍的范围内。何况他也挺替游客着想。第二年重返黄石时，还想可能再遇到老刘。

从 MGM 到 St. Geroge Quality Inn 也就 120miles，200 公里，本来两个小时就到了，老刘把我们拉到城外去吃饭，转回来到旅馆已经 6 点多了。犹他州的夏天到 8 点才黑。因为太热，小满不愿意出来，躲在空调房，洗完澡我和太太出来看看。旅馆在

公路边上，是典型的汽车旅馆。站在马路边上向北边看，远处有一个像教堂式的建筑，有一个美国女孩也在向那个方向看。她说那是印第安人的遗迹，有上千年的历史。我不太信，在这么个鸡不生蛋的鬼地方，印第安人在这里干什么？后来，回到拉斯维加斯去看那个倒霉的西峡谷，才知道这里过去真是生活过大量的印第安人。

7月31日（星期天），今天的行程是圣乔治（St. George）—北大峡谷国家公园（The Grand Canyon National Park North Rim）—布莱斯峡谷（Bryce Canyon National Park）—盐湖城（Salt Lake City）。这是整个黄石之行最长的一天，走一个很大"Y"型路线。为了赶早，我们每天差不多五点起床，六点出发，以后几天都是如此，要比其他团队提早半个到一个小时出发。开始我们不理解，后来才知道，在这条线高峰时候每天有十几个团同时出发，你来晚了，吃玩都会受影响，越拖越慢。特别是自助餐，前面的团队把饭吃了，你就要等饭店再做出来，既耽误时间又影响心情。

深不见底的北峡谷

北峡谷是我们这次旅行中最壮观的一个景区。早上我们住的 Quilety Inn Hotel 有免费自助餐，以后行程的所有酒店就没有这样的好事情了。美国大峡谷国家公园（The Grand Canyon National Park）位于亚利桑那州（Arizona）西北部的凯巴布高原上，由于地层断裂，雨水冲积形成科罗拉多河谷。大峡谷全长440多公里，和东非大裂谷并称世界最壮丽的景观，也是世界七大自然奇观之一。美国人将大峡谷最深最壮观的一段长约170公里划为大峡谷国家公园，1980年列入人类自然与文化遗产目录。我们这次旅行要看三个峡谷。第一个去的是人比较少的北峡谷，每年5月以后才开放，10月初第一场大雪就封山，也就5个月的游览时间。所谓北大峡谷国家公园（The Grand Canyon National Park North Rim），就是指大峡谷国家公园的北岸，回来去的西峡谷在另一边。

我们出来很早，到北峡谷有 150miles，也需要 3 个小时。可惜出来时天气有点凉，我们的大巴是专用于沙漠的，空调出风口在窗户下部的边上，不像一般大巴的出风口在车顶上，效果非常好，以后再没有见到这样的大巴。老刘说，这车专用于跑黄石这样的长途沙漠旅行，其他车都不行，要 15

诡异的红峡谷

万刀，差不多 100 万人民币。我看是值的。大家觉得凉就喊关掉空调，老刘要司机关了。不知道是否和这样做有关，关了不到半小时，汽车尾部冒烟了，赶快下来看，空调的冷凝管保护层烧毁了。车子停在一个风景不错的山边，两边都是高大的松树林。开始老刘不让下来，后来时间长了，我们都下去拍照，太太还站在一个倒下的树干上拍了几张照片，也算是一个收获。反正不知道老刘他们怎么弄好的，大概半小时多车子修好了。我们赶到北峡谷，这里是免票的。从一个城堡式出口一路往下走，太壮观了，两边陡立，像刀劈出来的。因土中高含铁，峡谷是绛红色的。不少

抓狂的西峡谷

松树长在崖边，峡谷边一半没有挡的东西，我们只好靠里边拍照，还是蛮影响效果的。北峡谷层次很清晰，是河流不断冲刷而成，很有质感。即使看不到的地方，他们都有很详细的照片解释，正对着你要看到的景观。以后都是如此，很方便。如果还要了解，美国公园都会有大小不一的博物馆供你学习

101

了解，当然也有相关书籍可以买，可以带在路上看，也可以上网查找。他们网上资料很丰富。

看看规定时间就到了，我们匆忙往回走时才看到，有不少老美坐在一个地方一动不动，盯着一个地方发呆，不像我们到处乱窜。这就是我们和老外的不同。他们大部分是住在我们看到的小木屋中，一待就是10天半个月，甚至更长，就为看清一两个地方，而我们恨不得一天把全世界都看完。所以，老外做事情细致一些，这种认真态度会出"妖怪"。这就是老外通常比中国人笨，但是做得比中国人好的原因之一。

从北峡谷出来一路向北158miles就来到布莱斯峡谷国家公园（Bryce Canyon National Park）。它位于犹他州西南部，俗称红峡谷，整个峡谷都是橙红色。当然，它不是真正意义上的峡谷，和前面的北峡谷不是一回事情，是高原地貌受雨水侵蚀而成的巨大窟窿。但是，这个窟窿有一些独特岩柱（hoodoos），由风、河流与冰侵蚀和湖床的沉积岩组成。这些柱子形成各种形状。我看到红色、橙色与白色的岩石，最初感觉像柬埔寨的吴哥窟。整个峡谷不大，我们快要走出峡谷时，看到一队人骑马从走马小径（horse trail）往下走——他们是在玩骑马转峡谷一圈的项目，这需要几天。我还拍了几张，其中有个近距离的美女拍得最精彩。在拍了几张彩虹门（rainbow gate）和峡谷名字来由的布莱斯点（Bryce Point）照片后，我们到了游客中心。在那里最大的收获就是第一次买到了黄石的石头，4.99刀一小布袋，含税5.44刀，你尽可能装满。石头颜色很奇特，有些颜色在我们国内很难见到。我们挑了1袋，以后到黄石公园又买两袋。回去亲戚朋友看了，都说我们买得很值。的确，国内这类的石头已经很少，按照单个价格核算是很便宜。尽管南京是以出产雨花石而闻名的，现在真正好的雨花石又少又贵。

从西峡谷出来已经是下午3点多钟了，一路向盐湖城赶，共有268miles，开了差不多5小时。到盐湖城已经是8点了，住在红狮旅馆（Red Lion Hotel）——在盐湖城的下城（Salt Lake Downtown）一个很旧的旅馆，靠近华人区，大家吃了自助餐洗洗就睡了。这一天跑了578miles，合起来就是924公里，快1000公里，人都要坐散架了。

8月1日（星期一）的行程是，盐湖城（Salt Lake City）—大提顿国家公园（Grand Teton National Park）—黄石公园（Yellowstone）。全天路程不算太长，

360miles，是整个旅程的核（Corn），也就是这个旅行项目的最大卖点。所有旅客都到了，全车 56 人，没有空位了。

早上依然是 6 点出发，我们从犹他的盐湖城出来，不久就进入爱达荷州（Idaho）。这是土豆之州，到处是整片的土豆田，开着淡白紫色的花，要不就是种牧草。我们在中间一个加油站休息时，车停靠近田边，一个同车的人说自己在国内搞农业，跑到田里去看。我问这地土质如何，他说要是国内农民看到美国人用这样的土地种草，一定会哭。这是多好的土质！肥土层至少有 70 ~ 80 公分，国内可能只有早些年东北平原的部分地区才赶得上。你看我们这一路走了这么远，278miles 后到怀俄明（Wyoming）的名城杰克逊（Jackson）都是如此。美国人说我们不公平竞争，这世道有公平吗？

我们在刚进杰克逊（Jackson）城门口，W. Boradway 的路边麦当劳吃完午饭，然后进城。杰克逊是一个滑雪胜地，也是美国北部最著名的城市。据说也是美国人最向往的城市。这个是否真实我不敢说，我倒觉得是最有特色的小城市之一。这里的房价很贵，几乎和纽约相当，原因一是这里有很多名人购买别墅，供冬季滑雪，更重要的是他们为了保护环境，立法规定 1980 年以后不再新建住房，不再有供给，需求倒是不断上升。因为 1996 年盐湖城冬奥会后，来这里滑雪的人每年递增。从路边就可以远远看到山上有几个雪道，夏天看就像是从山顶到山脚所有的树都被伐掉了。这里有一个比较有特色的鹿角之门，大巴从旁边开过，一个大拱门都是用麋鹿（Elk）或者驼鹿（Moose）的角搭起来的。这要多少鹿角呀！在这上面的每一对鹿角肯定是打死一头鹿得到的，想当年美国人在这里还不知道打死了多少鹿！

经过杰克逊时天在下小雨，我们没有去城西边的游客中心和湿地保护区游览。第二年再来这里正好是晴天，在游客中心和湿地公园可以看到远处的各种鸟和鹿，还可以看到杰克逊湖，但是现在，远处的雪山完全笼罩在浓雾中，什么都看不见。好在湖水也很漂亮，稍有安慰。第二年再来时，天眼开了，在我们到达这里的半个小时中，整个雪山全部展现在我们面前。因为已经是盛夏，远处雪山清晰可辨。据老刘说，大提顿公园可以看到全貌的概率不足 1/4，我来两次就看到一次全貌，算是运气很好。大提顿公园的雪山有名有两个原因。一是和著名电影公司"派拉蒙"（Paramount）有关。据说小洛克菲勒（Rockefeller）创办电影公司时，一直找不到合适的公司名字和标志，路过这里看到美丽景色，突发联想群星环绕的雪山景象，

黄石峡谷瀑布

就用 PS 过的照片做了派拉蒙公司的 Logo，意思应该是影星环绕的事业。二是又和《2012》有关，实际上大提顿公园不属于黄石公园，但是电影为了追求市场效果，将大提顿公园的雪山作为背景。所以，没有看到大提顿公园雪山的游客到了黄石公园，一定要找开始发现地壳运动的有火山口背景的高山在哪里。实际上，黄石公园里是找不到那座高山的，它在公园外边差不多 100 公里的地方。

从杰克逊到大提顿公园也就 26miles，而从大提顿公园到黄石公园的西门是 57.6miles，也就两个小时的路程。一路看到一条九曲十八弯的河，这就是著名的蛇河（Snake River）。老外很简单，像什么就叫什么。这条河在平原上时隐时现，到了山里就非常汹涌，不断看到有人在河里漂流，到平缓地方就有人在钓鱼。蛇河流经区域很广，是怀俄明州和爱达荷州的主要水源。后来到爱达荷州的蛇河水坝，知道当年两州民众是怎样利用蛇河为当地农业服务的。蛇河的主要水源来自第二天要去的黄石湖和周围山上融化的雪水，极其清澈。老刘说，这里的水可以直接饮用。

进到黄石公园，第一个必选项目是老实泉（Old Faithful Geyser），这是黄石公园的中心。老刘很有经验，到了之后马上问下一次老实泉喷发的时间，因为老实泉每 70 ~ 90 分钟喷发一次。如果刚刚喷发过就可以先去吃东西。下车的地方有一个快餐店，有麦当劳，当然也有其他吃食。说实话，这个地方太有名，之前听了看了很多资料，看后没有太多震撼。好像喷了两次，第一次可能有四五十米高。不过第二年再看，还不如上一年，喷了一次很小的就没有了。真是要"变天"了吗？人很多，坐在或者站在老实泉周围的场地上，靠着边缘有许多固定的凳子，要想看得清楚就

要早点占位子。老实泉
是在一个大池子里，从
上沿下去，最近也就
40～50公分。但是，警
告牌上写着严禁下到池
中，说有危险，而且面
临巨额罚款。我看池子
的温度，估计有些部分
下去是没有问题的。但
是，谁也不敢。主要是
因为在美国要是你违
规，惩罚的严厉程度和

黄石公园我们的小木屋

执行的严肃程度都是一般人不敢贸然触犯的。

看完老实泉就去黄石公园峡谷看瀑布。我们从上边一直下到最谷底，稍微有点危险。因为去过尼亚加拉大瀑布，这里就不好比了。不过太太儿子兴致很高，可能和上次在尼亚加拉很迷糊有关。第二年再来也就在一个平台上照照相，根本来不及下去。我们这次游玩得比较尽兴，前后有两个多小时，黄石公园的瀑布不算太大，但是很高，有90米，相当于30层楼，水量很大，因而在峡谷中响声震天，也算是比较壮观。

晚上我们住在黄石公园内的小木屋（Wood Cabin），这是本项目中最吸引人的地方。导游老刘说，因为1988年大火烧毁了近一半小木屋，黄石公园没有再建。所以为了保证公司旅游项目的顺利完成，每年一开春就要直接付钱订小木屋，都是付现金，不可以退的，晚了就订不上了。具体价钱他没说，估计不会便宜。小木屋本身的特色不用说，更重要的是可以住在黄石公园里面，第二天可以直接去玩黄石湖。否则就要像第二年来黄石那样，晚上要开车到黄石公园北门外的白野牛旅店（White Buffalo Hotel）那边住，除了没有特色以外，第二天还要开进来，很耽误时间。

当然在黄石公园里面住也不十全十美。手机没有信号，更不可能有WiFi，还好有热水可以洗澡。气温早晚都在十度以下，而现在可是8月初，每年最热的时候。我们不得不趁去买晚饭的机会，在黄石公园总店（General Store）买了两件"Made in China"的套头衫，花了不到30刀（12.45刀和15.25刀），质地一般。在那里又

黄石湖中的火山口

看到一大盆石头，太太孩子十分兴奋地装了两袋，5.99刀，袋子比红峡谷的要大一些，加税一共花了12.46刀，这里税很低。这里的水果太贵，小满买了一盒薄脆饼干花了3.70刀，差不多是国内的5倍价钱。回到小木屋，就是泡面就榨菜。我们一直带着我在新泽西带出来的小热水壶，非常方便。

房间不算太大，屋内两张床，因为太冷，我们开了空调取暖。很奇怪吧，8月开空调，那么最冷的一月份怎么办？只能是不来了。

住进小木屋时，天色已晚，没有看清屋子外边情况。第二天7点出发，我们早起半小时，在门口拍了几张照片，太太和我都穿上了昨天刚买的套头衫，还算比较合身。小木屋都是平房，用原木建起来，像是松树。因为黄石公园里面到处都是松树林，非常容易采伐，也很容易失火。说实话，离开小木屋还是有点不舍，时间太短，这个经历以后很难有。

8月2日（星期二）的行程是黄石公园（Yellowstone）—盐湖城（Salt Lake City）。这一天主要是看看黄石湖和各种火山泥浆盆。黄石湖的瑰丽就不用说了，鬼斧神工，关键是人家保护得好，不允许任何人在湖上活动，除非科学考察。同时，也可以看到黄石公园的厕所永远是要排队，他们不增加，原因就是要减少污染源。据说每天的垃圾加上人的排泄物都是要运回杰克逊处理，不是在黄石公园内消化。老外做事情很仔细也很认真，不许向河中扔石头等杂物，违者罚款5000刀，没有商量的余地，还要关15天。这里有很多穿制服的巡查员，一旦发现游客违章立刻处罚。违者面临的后果很严重。谁说国内来的人这方面意识不强？导游老刘反复叮嘱，大家想想5000刀是个什么概念！谁也不想和钱过不去。

另外就是看了《2012》中说的那个火山变化测量点，老刘指给我们看。说实话，如果不是他指出，谁也不会认为这么个普通死火山口有如此大的影响。老刘也说，十年前他看到的一些还在喷发的火山口，有不少已经干了。第二年我再来这里，比较一年前还是有些变化，就如同老实泉的变化一样。是不是会出大事情？但愿我们不要遇到。我写这个书的时候，2012年已经过去，一切都没有发生。我们真是劫后余生吗？要好好珍惜！

看完黄石湖和火山泥浆彩盆，据说是全世界最美的地方，没有之一。我看了两次仅仅觉得比较壮观，其他倒也没有特别的印象。我们就从黄石公园西门出来到蒙大拿州的西黄石市（166 S Canyon St, West Yellowstone, Montana）。这里就是第二年我们住了两个晚上的地方。实际上这是一个完全依托黄石公园生存的小镇，每年按照黄石公园开放时间，这个小镇也周期性存在。这里季节性用工很厉害。第二年我们住的旅馆"白野牛旅馆"（White Bullalo Hotel）的接待生是一个来自国内山东大学的研究生，他们是打暑假工：一是可以挣点钱；二是免费旅游；三是可以提高语言能力；四是可以增强适应力；五是可以增加申请到美国深造的机会。可谓是"一石五鸟"，很不简单。我和那个学生聊天，她说这个镇上有二十多个来自国内的学生，分散在不同的商店里做服务生，他们都是中介机构介绍过来的。年轻真好，可以到处闯荡。

我们在这个镇的麦当劳吃了饭，还自费看了一个环幕电影，是关于黄石公园的传说。内容记不清了，好像有一匹狼、一个印第安女孩和白人男孩的故事，没有什么情节。电影都是在我们一般不可能到的地方和季节拍摄的，加上专业化的镜头，拍得着实很美。不过那个故事不是太让人信服：黄石原来属于印第安人，后来怎么从他们手中用很少的钱买下来，完了又交给美国，好像很高尚。但是，前提是你高尚的条件是什么，指甲黑乎乎的。

电影院前面是一个博物馆，我们准备进去，但是人家要钱。这是在美国第一次遇到博物馆要钱，以后还会遇到第二次。要走的时候发现这里还有一个铁路博物馆，有点远就没去。匆忙和蒙大拿的标志——一个巨大的熊雕像拍了合影，我们就出发回盐湖城了。

从黄石湖到西黄石大约50miles，下一个游览点是蛇河水坝（Snake River Dam），在爱达荷州。在这里筑坝就是为抬高蛇河水位，为爱达荷州的土豆浇灌提供丰富和便利的水源。所以一路上可以看自动洒水机在田野里转着圆圈。老刘说，如果不人工洒水，爱达荷州的土豆是不可能稳产高产的。要知道整个美国麦当劳卖的土豆泥，

盐湖城摩门教总部礼堂中巨大的管风琴

油炸土豆条都是来自爱达荷州。所以，她是"土豆之州"。我们简单看了一下就匆忙离开。第二年我们在这里停了有一个小时，才知道这里有一个爱达荷州最著名的景点，甚至有人为看这个景点专门租一间面向水坝的房间，一看就是半个月，不知道能看到什么。

从水坝回盐湖城还有212miles 的路程，开了 4 个多小时才到盐湖城机场附近 Airport Inn。那天到盐湖城时是雨后初晴，到旅馆下车拿行李时，一道巨大的彩虹几乎挂到地上，很是蹊跷。不知道预示什么。

8 月 3 日（星期三），参观盐湖城（Salt Lake City）—大盐湖（Great Salt Lake）—宾汉铜矿（Bingham Canyon Copper Mine）—拉斯维加斯（Las Vegas）。

早餐后，参观位于城市中心的摩门教总部。开始我并没有注意这次旅游还会看到摩门教圣殿。我知道犹他州，大体有三个方面的原因：一是 NBA 的犹他爵士队（Utah Jazz）。里面有位不错的球星邮差马龙（Karl Malone），和我同龄，四十岁退役没有拿到一个总冠军戒指，很遗憾离开 NBA。二就是摩门教的一夫多妻制。关于它们主要争议是有关摩门教是否是邪教的问题，以及一夫多妻制的合理性。三是杨百翰大学（Brigham Young University，BYU）的歌舞团在 80 年代中期到中国演出，她的踢踏舞风靡国内大学。盐湖城是犹他州的首府（Captial），同时也是摩门教的圣城。在 1846 年杨百翰领着一群拓荒者从万里之外的伊利诺伊州的 Nauvoo，经过内华达州的 Winter Quarters，到达大盐湖山谷，建立盐湖城，于 1847 年 7 月 24 日美墨战争后划入美国成为犹他州，杨百翰是首任州长。

实际上在犹他州两件事情很颠覆我过去的判断。一是关于摩门教，我对宗教了解不多，也没有什么偏见。现有资料说它原先是基督教的一支，现在也称为耶稣基督后期圣徒教会（Church of Jesus Christ of Latter Day Saints），以后逐步形成自己独立的教规，也花了巨大的代价完善自己的理论体系，应该说做了大量艰苦细致的工作。我们到盐湖城的人，只要是旅行社安排都会到摩门教总部参观。我估计他们之间是有默契的，不管是形式上还是合同上。我两次跟不同的团到盐湖城，参观了两次摩门教总部。2011 年这次可能是因为时间较短，导游

犹他州州政府大楼

老刘比较有经验，只带我们参观了总部和对着犹他州政府的游客中心，大家拍拍照片就结束了。2012 年来时间就长了，我们导游和司机都是摩门教徒，带着我们参观总部，看摩门教的博物馆，几乎花了一天时间。

同时，盐湖城又是整个美国治安状况最好的城市。几乎没有什么娱乐项目，可能犹他爵士队的比赛应该是这里最重要的娱乐之一。晚上 9 点街上几乎没人，多少使我感受到多年前国内的某些迹象。当然，杨百翰大学不是以歌舞著称，它最好的专业居然是"会计专业"。我无权也无能力去判断宗教本身，但是，第一次领我们进入令人产生巨大畏惧的主教堂的中国女孩，是一位来自国内河南的女留学生，第二年再来做我们导游的是北京小伙子，都是摩门教徒。他们介绍摩门教的发展历程的态度表现得十分虔诚，对自己的工作一丝不苟。我们不得不关注摩门教对青年人的影响方式。他们要将自己全部税后收入 10% 以上无偿捐给教会，还要花大量时间做枯燥的工作，同时表现出极大的热忱。不光有华人，在摩门教的博物馆有一些志愿者，在不同岗位无偿给游客服务。我在博物馆寻问一位值更的老太太，估计有七十多岁，才知道她家在离盐湖城 30miles 的地方，每周两天到这里做志愿者，没有任何报酬，还要自己准备午饭。她认为这样做，是信仰的力量。

二是犹他州是美国最富有的州之一，而不是我想象中极其贫穷的地区，主要是因为犹他州自然资源极其丰富。我们出了盐湖城回拉斯维加斯路上，要去两个景点。先去大盐湖（Great Salt Lake）。大盐湖离市区不远。湖边除了巨量类似蚊子幼虫子

盐湖城的大盐湖

了外，寸草不生，景色尚可，也没有什么特点。很有意思，湖边还有几栋烂尾楼，说是几个阿拉伯巨富在这里投资建设的。看建筑上含有阿拉伯清真寺的元素，我认为是可能的。但是，由于湖水含盐量太高，不太适合人近水而居，项目失败了，烂尾楼就留在湖边。反过来，湖水盐含量很高，也就自然有了盐化工产业。这是犹他州的支柱行业。这些产业都是实体产业，受金融危机影响较小，最近犹他经济状况好于其他州，这是主要原因。

离开大盐湖，我们去犹他另一个支柱产业——金属采掘和冶炼业。世界铜产业中的巨人——宾汉铜矿（Bingham Canyon Copper Mine，12400 Copperton Circle，Bingham Canyon，UT 84006，United States）。从大盐湖到这里不太远，也就大约21miles，一路上可以看到山体呈现绿色，是被含铜雨水污染了。路上老刘介绍说，全世界有两个宇航员在外太空可以看见的建筑，一是中国的长城；二是犹他州的宾汉铜矿。可见这个铜矿的规模之大。这是完全露天开采的铜矿，从供游人参观的平台远远望去，一道道像梯田一样的盘山公路，从山顶盘旋到山谷，形成了巨大的人造峡谷。公路上的运矿石卡车像玩具车一样移动。老刘指着在平台上供人参观的轮胎说，这是卡车上的轮子，有5米高，每只3万刀，可以买一辆"宝马"车。你想想卡车有多大，载重五十吨！而在峡谷底部采掘面上的铲矿车的抓斗，一次就可以装满它，你可以想象这个铲矿车有多大！在宾汉铜矿自费观看了有关铜矿历史的电影纪录片，还参观了博物馆。我发现了真正美国货的风铃，如获至宝，一下买了三个。一个送给合作教授颜安的儿子豆豆，再一个放在家里了，第三个挂在儿子的房间。花了94刀，还是蛮值的。不仅有特色，而且美国景点的商品绝不会比其他地方贵，绝没有假冒或者以次充好，不知道他们是如何管理的。

这个矿是全世界最大的露天铜矿，1906年以来开采了6000多万吨矿石，就炼制出 1600 万吨铜，可见这个矿含铜量之高。由于重金属有伴生现象，会有大量金银和其他重金属出现。我们在展览馆看到了不少金银原矿，大块的金银块。它还是全球 500 强的上市公司，铜矿也构成了犹他州另一个主要税收来源。另外，就是他们有序的开采令人敬佩。已经开采了一百多年的矿山，

宾汉铜矿山的"铜锈"

次序井然，资源得到最大限度的保护和利用，很值得我们学习和借鉴。我后来想：我们在美国有那么多的外汇储备，为什么不用来购买这类公司股票？一旦收购成功，几乎就控制了美国的铜产业，何乐而不为呢？我们没有做到，一是因为我们企业的意识，二是因为美国政府的限制。

很多人都认为美国自然条件太优越，我以前也是这样认为。表象上看这个想法有道理，但是，到了犹他州，应该承认犹他州原来的自然条件十分恶劣。摩门教徒介绍说，比如一夫多妻制度形成，也是因为早期自然条件太恶劣，承受艰苦工作条件的男子死亡率较高，在青壮年就过劳死，他们的孩子和妻子需要人来照顾，所以他们去世丈夫的兄弟或者朋友承担这种责任。为了更好照管早逝亲戚朋友的后代，才娶了他们的妻子，这是摩门教一夫多妻制来源的主要原因。不管这个传说是否是真实，有一点是肯定的，美国人或者说摩门教徒早期的生活和生产条件也是十分艰苦的。另一方面，我们看到了摩门教对教育的重视。在回拉斯维加斯的路上看到一所中学，老刘说这是全美国建设费用最高的学校，花了 2 亿刀在沙漠上建起的中学。除了建设费钱，每年的维护费用也需要巨资。特别是在沙漠上要维持那些橄榄球和棒球的草地球场，花费巨大，摩门教的孩子是全美国平均受教育程度最高的。他们州最好的大学，有几个比较不错的专业也是理所当然的。当然，最好的是会计专业，这是否和犹太有点关系？他们精于算账和经营。如果不是身处内陆，这个大学的声誉一定蜚声海外。杨百翰创立大学之初对其投入也是极尽所能，对学生的思想教育

拉斯维加斯的街景

也是以他们创立的教义为主导，思想工作做得很有特色，是其他大学所不及的。据说，摩门教与犹太人有着千丝万缕的联系。别的不好说，但从对教育的态度而论，两个民族有相似之处。

从宾汉铜矿一路到拉斯维加斯，是 416miles。快到拉斯维加斯，我们又到了一个不错的 Outlets，Las Vegas Premium Outlets-North, Las Vegas，也就两个小时，太太孩子躲在"李维斯"（Levi's）店里，没有出来。在这里，我才真正理解为什么美国市场上有 45 万种货可卖，而中国只有 10 万种。就"李维斯"牛仔裤，有 30 多个系列，这个不可怕，每个品种内单个产品种类之全面超出我的想象。简单说，每个腰围都有相应 10 个以上不同的裤长，像我的腰围 2.8 尺，裤长 3 尺，在国内买裤子没有一次不裁剪的，所以国内工厂干脆裤脚不收，让你自己处理，这就归结成一个品种。这里就不同了，同一品种就有十多个不同产品，这个很可怕。不像国内找到合适腰围，长度都是靠二次加工来实现。可以想象，就这个牛仔裤可以分出多少种类的裤子！况且加上一些装饰，品种就不计其数。孩子买了两条裤子，可惜当时太合身了，回来不到一年就不能穿了。我本身不太喜欢牛仔裤，就在处理的架子上找便宜货，还真是找到一件很合适的牛仔短裤，价格才 19 刀，腰围材料做工都很不错，就是"Made in China"。

从 Outlets 出来到当晚住的老城 Four Queens Hotel & Casino 就不远了，这是拉斯维加斯最老的赌场酒店之一，非常有名，也很有特色。到了酒店休息时，不由想起路上的情形，开了将近 5 个小时长途，有意思的是，虽然犹他是沙漠之州，却没有沙尘暴，这应该是他们近百年艰苦努力的结果。他们将所有沙漠都种上类似仙人掌的植物，不让土地裸露。这些巨资投入基本完成，也就是犹他一个州的投资，仰仗的是盐化工和铜产业的巨大税源支撑，还有摩门教徒不懈奋斗的精神支撑。但是，拉斯维加斯所在的内华达州，自然条件更加恶劣。更加不幸的是，这里没有犹他州拥有的自然资源。那么这里改造沙漠就要另辟蹊径，他们就依赖博彩业。

8月4日（星期四），从拉斯维加斯（Las Vegas）—胡佛大坝（Hoover Dam）—西峡谷玻璃桥（Grand Canyon West-Sky Walk）—拉斯维加斯（Las Vegas）全程约520英里。

前一天晚上在 Four

胡佛水坝

Queens Hotel，就在拉斯维加斯老城中心的时光隧道旁边。到了旅馆稍做休息，我们到楼下去买点吃的。到了一楼刚要出去，发现手机没带，我就上楼，再下到一楼，怎么也找不到太太和儿子，手机也不好使。折腾了差不多半小时，才再见面。太太一顿责怪，说就这几步路，还把人搞丢了。不能怪我不记路，实在是这个一楼布局太复杂，全都是差不多的老虎机，稍不留神就搞错了。而且电梯之间不通，只要走错就要回到一楼重走。目的很明确就是要你在一楼多逗留，这样才能让你有更多机会赌钱。

走出旅馆到旁边楼里有些小店，也没什么可买的。儿子买了1个色子和4个钥匙链，3刀一个，送送同学，算是到拉斯维加斯的纪念。这里除了旅馆便宜外，什么东西都要贵一点，特别是税高不少。因为第二天要早起，也没有去赌场碰碰运气，洗洗就睡了。

第二天的西峡谷之旅是这次黄石之行中最"上当"的，上的还是自己人的当。早上6点半出发，前一天老刘收了每人90刀，合同中也说明这完全是一个自费项目，没有发票。内容包括一顿中餐，一个称之为空中漫步——从玻璃桥上走过，这些都是必选，另外如果要乘直升机看西峡谷等项目，都要另外加钱。除了在盐湖城离开团的将近十个人，还有三位女士没有参加（她们会在城里自己玩一天），回来的路上才感觉到这几个姐们是多么英明。

去的路上，导游老刘不断介绍这个西峡谷的来龙去脉，可能今天完全自费，他

也格外卖力。他说，这个西峡谷是原来印第安人的保留地，虽然，有研究认为他们和我们中国人是同一祖先，但是，几千年来进步的程度相差巨大。可是，国内来了一个姓杨的上海厨师在拉斯维加斯的赌场做小工，运气很好，赌钱一把挣了 20 多万刀。80 年代中期这是一笔巨款，杨厨师就开了一个旅行社，生意一般。在搞旅游过程中他认识了保留地的印第安人酋长，发现西峡谷是个好地方，于是把国内搞旅游的"坑蒙拐骗"的技巧都运用到西峡谷的项目上。我估计印第安人的酋长根本无法理解他的运作方式，就直接交给他运营，每年交多少钱给部落就可以了。只要你到西峡谷，你就可以看到国内旅游景点的种种劣习都在这里出现，而且有过之而无不及。

我们的大巴差不多 10 点不到就到了西峡谷的第一个转运站，所有到这里的游客无论是自驾游还是跟团走，在这里必须改坐西峡谷旅游公司提供的大巴，否则不得入内。他们提供的车又破又慢，大家还要在那里等。好不容易到了可以看到峡谷的地方，先是吃饭，每份 25 刀，中西餐各一种，没得挑，价格应该是外边两倍以上，做得难吃程度也是很高的。太太儿子都没怎么吃，我是心疼钱，努力多吃了一些。其次是那些人造景点，做成各种印第安人过去住的窝棚，旁边做个牌子说明一下，这就是一个景点，这完全是国内景点的做派。美国人旅游尽可能原汁原味，这种劣质人造景观我在美国再没有看到过。再就是价格，我回去的路上老刘给我看到一个价目表，说明每人 80 刀，而对我们收了 90 刀，我问为什么。可能老刘也是第一次被人问到这个问题，马上打电话回公司问，公司的解释说因为要把我们送到这里，所以要额外收费。但是，很明显这里由于没有发票，收现金，里面的名堂还是很多。因为，老刘打完电话把我的价目表要走了再也没有还给我。我和他要的时候，他反复说这是公司资料不对外，显然这里存有问题。这是我们中国人的问题。

最可笑就是那个人造景观——玻璃桥，被称为"空中漫步"。大家原来满怀期待，进去一看，都很失望，其做派更使我们感觉上当受骗。大家排队进去，所有相机等物件都要放在指定存储箱中。玻璃桥是在空中做的一个悬臂半圆形封闭透明环，全长也就是 30 米吧。太太是做结构的，认为难度不大。下面说是 1000 英尺的峡谷，没有说明书介绍上说的几乎横跨峡谷，离对面山上老远了。你走上去看下面有点害怕，上面有景点的工作人员不停给你拍照，以后你出去可以拿照片，30 刀一张，多要可以还价，很有中国景点的味道。

实事求是地说，西峡谷本身的景色是没问题，很有特色和震撼力，是科罗拉多河的另外一部分。这里寸草不生，与北峡谷完全不同。我也拍了不少感觉不错的照片，站在最顶端看科罗拉多河浑浊的河水，多少有与黄河相似的感受。但是，游览结束时大家为什么都不满？核心问题是旅游公司和西峡谷有合谋嫌疑：为什么会带到这里？自费项目没有任何票据，完全由导游确定。这一天全部自费，价格几乎是全程价格的四分之一，与全程相比显然不值。二是缺乏竞争，西峡谷所有服务都是都由杨厨师一家提供，没有竞争。据说也有人提出异议，杨厨师利用保留地的特殊政策优势保护自己，这也是我们国人的一大特点。三是服务质量差，而且巧取豪夺。上面说的在玻璃桥上拍照，不容许你自己拍照。更令人费解的是不让别人开车到景点附近，而他们提供大巴又不能保障游客需求。我们下午回去，从2点半开始一直等到4点才上了车，也就是20分钟的路程，硬要分成两段。看来不管在什么制度下，只要是垄断经营，高价格低效率都是并发症。

回拉斯维加斯我们走的是新西部高速，是小布什总统（George Walker Bush）在任时修的，也称为布什公路，全长有4000miles，全部免费。道路条件应该是与国内最好的高速公路不相上下，要比美国东部和南部高速好很多，因为是新修的。高速路上只能远远看看胡佛大坝（Hoover Dam），"911"袭击后不再允许大巴从坝上的公路通过，据说是因为根据研究满载炸药的大巴足可以摧毁坝体，使得大坝以下城市面临灭顶之灾。按照老刘的说法，胡佛大坝与拉斯维加斯有着千丝万缕的联系。胡佛是1929年大危机时代的总统，胡佛大坝是20世纪世界十大工程之一，包括旧金山著名的金门大桥（Golden Gate Bridge）和帝国大厦（Empire State Building），美国至少占了十大工程中的六个，其中三个和大危机有关，也是为缓解大危机导致的消费不足而采取的措施之一，增加政府在公共设施中的投入。实际上在科罗拉多河上还建了其他十几座大坝，只是胡佛大坝最有名而已。可见上一次大危机时，美国也通过大量的政府公共设施投资缓解危机带来的问题，无意中也为我们解决危机提供了一个样板。当然，今天美国很难再用此法，因为美国现在可建设的余地已经不大了。

另外一个是巧合。据说当时有五千多工人在大坝工作，周末休息没有事情干就赌钱，经常闹事。当时州长来大坝工地视察，认为与其让工人在工棚里赌钱闹事，不如政府允许在城市开赌场进行管理，于是立法通过在拉斯维加斯合法开设赌场，

周六晚用车将工人拉到城里赌钱，周日晚送回来，最终成就了拉斯维加斯博彩业的发展。大坝建成为流域周边的城市发展起到巨大作用，直接造就了拉斯维加斯。大坝形成的蓄水池就是著名的密德湖（Lake Mead），也是西半球最大的人工湖。其景色优美，灌溉庄稼和水力发电。胡佛大坝的发电功率高达 1345 兆瓦，为太平洋沿岸的西南部城市和乡村的发展提供足够的水源和电力，同时缓解了科罗拉多河的水患，应是一举数得。

说实话，虽然对西峡谷的旅行安排有所不满，但是，如果没有这一天的真实感受，我也不会知道为什么中国人在美国总有些格格不入。的确我们的行为与西方人传统模式存在隙地，不知道是我们应该入乡随俗，还是要彼此适应。

8 月 5 日（星期五），拉斯维加斯（Las Vegas）—巧克力工厂（Hershey and M&M Chocolate Factory）。这是整个黄石之旅的最后一站，也是很无聊的安排。早上 8 点出发，到了拉斯维加斯附近的 M&M 巧克力（玛氏巧克力）和好时巧克力的工厂店，里面仅有卖巧克力和一个小型热带植物博物馆。我们除了品尝了几个指定品种的巧克力，随便看看然后等着回去。上车后，我们每人交了 49 刀的导游费就和老刘再见，应该是不可能再见到他了。大巴把我们送回拉斯维加斯 MGM，这是我们出发的地方，黄石之旅就算结束了。

我们冒着酷暑，应该是 40℃ 以上的高温，从 MGM 出来沿着 East Tro Picana Avenue 找到我们当晚住宿的旅馆，美国最优小店（Americas Best Value Inn）。其实就是一个汽车旅馆，价钱很便宜，就 38 刀。住下来马上和李超他们联系，他们当时住在 MGM，因为他们的会展在那边开。现在拉斯维加斯正在转型，从主要依赖博彩业开始向博彩业与会展业并重升级。约了李超他们晚上到 MGM 见，下午我们就沿着到市中心的大道边走边看，外边酷热，不断要进到商店躲一躲。其他印象不深，就是有一个租车商店门口放了许多顶级车，看了一下价格，兰博基尼（Lamborghini Sports Car）这样的超级跑车也有，1200 刀两小时，钱倒不算过分，不知道到哪里去开。至少他们服务业的宽度和深度是我们无法比拟的。

晚上我们在 MGM 见到李超周婧夫妇，他们刚刚从圣地亚哥回来，和朋友租车出去，玩得很爽。我们在老虎机上试了试，开始太太赢一点，很快就输了，后来说李超赢了几十刀就收手，最后是挣钱离开，已经是很不易了。我在路易斯安那时，陆晓颖先生老张教了我怎么玩 21 点，他说在拉斯维加斯靠这个赢了四百多刀，那是神人。我估计不行，也就没试。

拉斯维加斯的博彩业是全世界最著名的，他们的管理水平没话说。特别是定价，就是赔率制定合理，在56%左右，不是我们想象的那么高，这样保证有足够吸引力让游客参与，细水长流。管理十分细致，刚来的时候儿子和我一起站在边上看一桌人玩克萨斯扑克（Show-hand），大约看了10分钟，一个类似警察的人走过来要看儿子的护照。我马上意识到儿子未满18岁，是不可以看人赌博的，赶紧让儿子离开去旁边看动物表演之类的活动。再者就是各个赌场之间的有序竞争。我在老城区住过最老的赌场旅馆"四皇后酒店"。每个旅馆都有设备完备的赌场，甚至在机场候机楼都有老虎机，据说MGM是最大的，也是设备管理最新的，生意红火，是拉斯维加斯的标志性建筑和赌场。第二年我住在金字塔酒店（Pyramid Hotel），这里赌场很冷清，都说这里风水不好，宾馆是一个呈现大"A"型黑头罩住赌场，游客赢不到钱，生意就不好。但是，没有看到赌场采取什么恶意竞争的措施。也许是因为内华达州立大学的博彩业专业是全美国最好的，知道恶性竞争带来的后果，其研究是名至实归。

8月6日（星期六），拉斯维加斯（Las Vegas）—凤凰城—纽瓦克—纽约（New York）上午9:50~11:01（美国西部时间）。早上一起来就往机场赶，在机场儿子在Burger King吃早餐，买了一个三层Burger花了10.37刀，在机场里面还算便宜。从拉斯维加斯经凤凰城转机，原来想吃比萨，人太多，又吃了Burger King，价格差不多，12.29刀，又买饮料花了7.11刀，一顿中饭20刀，两个州税差不多。从中午12:35（美国西部时间）起飞到晚上8:19（美国东部夏令时）到纽瓦克机场，全程2388miles。再从机场转到纽约上城136街我的同事小顾的租房，差不多11点，整个黄石旅行结束。

简单盘点了全部费用，机票1200刀，旅游票850刀，西峡谷300刀，小费150刀，其他自费吃住估计200刀。全部就是粗略计算应该在2700刀。如果扣除我们到西部机票的费用也就是1500刀左右，这应该是非常低的费用。如果我们选择从洛杉矶走，既可以玩一玩加州，机票可能还可以降一降。这是我最初考虑不够周全。当然如果西峡谷项目不去，也是可以省不少。不管怎样，美国的旅游价格与国内相比便宜很多。另外，没有太多额外费用。尽管这次有一个自费的西峡谷项目，但你是可以选择的，而且事先都是有说明，包括小费在合同中也讲清楚，也就没有什么放得上台面的理由可以争辩的。这些都是国内旅游需要借鉴的。

八、二游纽约（8 月 6 日晚 11 点 ~ 8 月 8 日下午 8 点）

原来计划安排是在纽约住一周，参观大都会博物馆、自然博物馆、110 街哥伦比亚大学和在 14 街的纽约大学（NYU）以及时代广场等，到周末回新泽西李超那里，然后去大西洋看海豚，而后再去波士顿参观哈佛大学、MIT 和耶鲁大学，结束后去丹尼斯家住一周回国。可是，后来计划全部打乱了，才有了我们租车在新泽西闲逛和二赴华盛顿的乐趣。

在纽约住在同事小顾那里，是我 5 月份到哥伦比亚大学时和小顾商量过的，计划确定时又和小顾确认过。小顾在哥伦比亚大学经济系访学，拿的是教育部资助，时间是一年，比我稍早几天到。小顾租的房子说是 60 年代黑人维权运动，就是金博士（Dr. King）发动向华盛顿进军运动后，政府为解决低收入人群的住房问题，建设了一批解困房，算起来至少是 40 年以上的建筑。房子是三室没厅，共用厨房和卫生间，有一个长走道。小顾和上财来的老师各住一间，另外一间是一个老美住，没有见到过。很巧上财老师 7 月底结束半年访学回上海，而我另一个老同事胡老师的孩子，也是我的学生要到哥伦比亚做交换生，说 8 月 20 日后要来。小顾是胡老师的博士生，胡老师委托小顾关照他儿子，同时事先为他安排一个住处，小顾正好把上财老师这间房租了下来，这中间正好有 20 天空档，我就请小顾帮忙安排我们在纽约住一周，小顾很爽快就答应了，我们二赴纽约有了安身之所。

住在这里离哥伦比亚大学、中央公园等我们要看的地方很近，再者有个熟人各方面都方便，也节省了一笔费用。想想上次"阳光旅馆"的经历，如果住一般旅馆也要过百刀，住在东大 EMBA 游学住的 Central Park Hotel 就要 300 刀一晚上，住一周也是一笔不小费用，能省就省了。我们从 33 街坐地铁到 132 街站出来，小顾在那里等我们。在纽约上城（Uptown）晚上 11 点，还能见到自己的亲人，不容易啊！拉着两个箱子，进到小顾的宿舍，电梯有两道门，需要自己动手拉上。印象是在老电影，特别是在新中国成立前老上海电影中才有，在国内我是从来没有见到过。到了四楼，小顾把我们引进当晚住的房间，一再说条件比较差。我和我太太都很不好意思麻烦他，要不是很熟的同事，真是不好意思开口。

我们住的房间比小顾的稍小，小顾的房间应该是 600 刀，这间好像要少 100 刀。

但是，有个细节我忽略了，就是房间没有空调。这就要命了，8 月的纽约是最热的。我 5 月来的时候温度不高，对这个没有留意。现在没有空调，晚上三个人睡在 10 平方米的房间里，够呛吧！我能有什么办法，又不是故意的。记得厕所灯是在房间中间的拉线开关，国内一般家里也很少用了。这样的房子和我们 2000 年前住的筒子楼很像，想想也就是 10 年前的事情。小顾说，不要看这样的条件，住这里的中国人基本上都是在哥伦比亚学习访问的，不乏达官贵人的子弟。他们在国内锦衣玉食，到这里只能这样了，就入乡随俗吧。我说也是。介绍我认识李超的曾嬿也是富家之女，还不是在新泽西开着破得不行的二手车，和其他学生竞争学校的公寓，就是为了便宜和学习方便！到人家美国，你有什么可以摆阔的！

简单洗洗就睡了。因为比较热，我们就把窗子开着，凉风不断吹进来。纽约是在美国北方，和国内一样，晚上还是比较凉快的，心静静就睡着了。这一天长途跋涉 2400miles，一口气从拉斯维加斯的小旅馆跑到纽约上城的解困房，也够累的。

第二天起来，小顾已经出去。我们吃了早饭，锁了房间。锁是挂锁，我们现在很少用了，蛮亲切。以前门上的锁都不行了，不知换过多少房客了。这房子折旧应该早已经提完了，几乎没有成本，每天都是净收益，而且价格还不低。按照计划我们要去大都会博物馆。可是到了那里一看，因为是周末又是假期，排队的人很多，已经在门外一两百米，又是在阳光下。太太儿子一下子就怕了，就说不看了。我说就到自然历史博物馆吧！要横穿中央公园，我们就边走边看。有些表演挺有意思，特别是来自英国的小合唱团水平很高，唱完很多人给钱，和他们合影，有点街头卖艺的架势。中央公园是纽约一大特色，在市中心地带有如此大公共公园，功能完整，环境优美，纽约人引以为豪。我这么一说，太太就说，南京玄武湖不是也在市中心吗？规模也不小。要是这么抢白也说得过去。

到了自然博物馆已经是下午 1 点多了，人也不少，但是和大都会博物馆还是不能比。一是这里要钱买门票，价格还不低，成人 19 刀，儿子可以买学生票 14.5 刀，三个人花了 52.5 刀。二是我没有进去过，不知道里面内容如何。进去以后一看大失所望，展品大都是人工制作，哄小孩子的，与华盛顿不要钱的自然历史博物馆没得比。看来美国也不都是免费午餐。真午餐更不免费。我们还在博物馆里吃了一顿蛮贵不好吃的快餐，特别是自己装盘的食物要 11.99/lb，一顿饭花了 36.48 刀，这就太贵了。我们学校林肯中心下面的 Willison 超市，才 6.99/lb。这里是 79 街，我那边

是 56 街，我看又是垄断惹的祸。

吃过午饭我们就到 110 街的哥伦比亚大学。我以前来过，就带太太儿子看了著名的图书馆，看了哥伦比亚的老虎。儿子对这些没有兴趣，这对我打击挺大。这时候我们讨论明天回新泽西李超那里，再决定如何玩，初步想租车出去玩。回到小顾那里，在他家附近 Mi PAIS 超市买了牛奶可乐罐头等一大袋也就 18.72 刀，比较中午饭，超市东西还是便宜。

晚上回到小顾那里就和他说了，我们准备明天回新泽西。小顾很不好意思地说，这里就这样的条件。我知道麻烦人家已经很不好意思，特别是太太孩子觉得很不方便。我觉得奇怪，为什么和李超他们就没有这个问题？那里厨房和卫生间也是共用的，还睡在客厅里。人和人之间的交流感觉是有所不同的，也许太太孩子就像许多美国人一样不喜欢纽约。第二天早上和小顾告别，我们就出来了。这次别过一直到第二年初，我们才在东大的校园里再见。至今还是很感谢小顾当时的关照。

因为李超他们要下班后才能到火车站去接我们，所以，我们又到我的办公室那边呆了蛮长的时间。由于不赶时间，没有按照来时的路线去坐地铁，就从小顾的房子的另外一边街走出来。不知不觉走到一个公园，虽然这里已经是 136 街了，中央公园实际上延伸到这里。据说这边很不安全，即使白天，也很少有人单独穿过公园。特别是靠河边的地方经常出事，估计此生很难有机会故地重游了。

坐地铁到 56 街我的办公室，坐到下午 2 点多。然后我们出发回新泽西。我们二赴纽约就在这几乎一无所获的情况下结束了。太太儿子对纽约的印象很差，说再也不要到纽约了。对他们而言也许是真的可以做到，但我是没有什么选择，第二年夏天又回到了纽约。

九、8 月 9 日~8 月 15 日驾车在新泽西—马里兰—弗吉尼亚—华盛顿—新泽西

8 日晚上是周婧来火车站接我们。我们等得急死了，她到 8 点多才到车站，我们整整等了一个多小时。来了她告诉我们加班了，中间还不断有事情，所以晚了。现在大家都很熟了，说说就到家了。在等得无聊时候，观察来接乘客的车型。美国真是一个民族大熔炉，但是，来接人的人和被接的人基本是相同种族，而且车的档次多少反映他们的消费理念。其中最高档车是一个高个子男性黑人接一位年轻女性

黑人，是劳斯莱斯的 SUV，很大也很豪华。据说黑人喜欢开豪车可能真是如此。看那个黑人的个头也许是位篮球运动员，新泽西网队的主场就在我们过来的 Newwark 啊。

回到李超家开始商量后面的行程。按照我原来的安排是到波士顿，参观哈佛、MIT 和耶鲁，太太孩子对此没有多少兴趣。可能我们去了不少学校，我们自己又是来自高校，再加上现在要订去波士顿的旅行票，网上价格已经和一个月前完全不同，2+1 的优惠没有了，价格也是全年价格中最高的。有了优惠的体验，再买全价票，心里总是不舒服。于是去波士顿的计划就取消了。以后儿子是否还有机会去波士顿就看他的造化了。

离我们约定到丹尼斯家的时间还早，太太认为最好就在丹尼斯家待四天，也就是 16 日以后过去，那么还有一周时间干什么？儿子强烈要求重回华盛顿。但是，再跟一次旅行团实在是太搞笑了，租车就成了唯一选择。8 月 9 日整理了一天内务，洗了不少衣服，因为第二天要租车，也就没有跑远，晚上去打了网球，美国的生活也还蛮充实。

8 月 10 日（星期三），一早去租车。我在丹尼斯家就要太太让同事把国内驾照带过来，并在朋友的指点下请美国律师翻译成英文，做了证明，花了 35 刀，还是比较公道。就是那个律师显然是台湾人，对大陆的省市区街道概念不清，翻译得驴头不对马嘴，我只好和他说怎么译，那家伙很和气，你怎么说都可以，我不知道这些家伙在美国怎么混的。不管怎样人家有执照，有他的签名就可以。给的是 PDF 文件，通过 Email 传给我，我打印了就可以。他们也不怕造假，我拿着复印件给租车公司，他们也没有任何异议，就签了租车合同。租车价钱很便宜，是一个起亚 1.8AT，五座三厢车，也就开了 5000miles 多点，准新车，每天 35 刀。车子蛮宽敞，比李超他们的小"本田"要大不少，三个人坐绰绰有余。保险费死贵，太太胆子很小，我们保了最贵的一种，出事双方都赔最高限额 100 万刀。李超说，这个足够了，如果一百万还解决不了问题，也就不需要解决了。保费每天 51 刀，总计每天就要 86 刀，如果我们像李超他们那样有保险，每天的保费也就 12 刀，这就便宜多了。

租上车就像有了腿，一切都不同了。回来后还不到 12 点，就到大中华超市（Great Wall Supermarket）买了一堆蔬菜水果。其中一种大恐龙胆（Dianosau Plum），就是一种李子，因为要过期，放在处理水果的摊子上，我挑了四个，就 0.79/lb，总

共 1.38 刀，因为已经熟透了，回去就吃了，真是好吃。回国后，太太不断提起此事，真是捡了一个"李子"。不过以后再也没有遇到这样的好事情。即使我们买全价的李子，也没有上次的好吃，一是价格，二是心情。看来意外之喜，即使很小也会让人记忆很久。

下午睡了一会又跑出去，就带着太太儿子在李超家附近乱转。跑到普林斯顿大学差一点迷路了。下午 5 点左右，转到一个 Stop&Shop，这是美国人的西式超市，里面很整洁，不像中国超市那么乱。太太很喜欢，买了 2 袋"玛氏"巧克力，也就 10 多刀，已经很便宜了。发票背面还有各种优惠券和广告，比萨、房地产和投资咨询等等，蛮有意思。

8 月 11 日（星期四），一早我们就迫不及待离开新泽西，开始我们的自驾游。一路向西南，我们用李超给我们的导航仪，儿子看路我开车。虽然地图上有不少收费路段，但是我们一直到费城以后过大桥时才交了第一次费。我向收费员要票据，她很惊讶，可能很少有人这样，不过她很友好。后来的收费就没法要票了，要你用二十五美分（a quarter）的考特，自己往一个漏斗里扔，也就是三五个，够了栏杆就起来。我一直在想如果没有考特怎么办。好在李超他们走之前一再说，我们要事先准备好。路上的风景不用说了，有山有水有树，路极宽，中间加了很宽的隔离带，说是为了避免车祸对对面行车的影响。我想还是美国土地比较富余才能这么干。隔一段就有一个通道把两边连起来，但是，有标志不允许普通汽车在这条特殊通道上通过，经常看到有警车停在中间，估计是他们在两边执勤的紧急通道。美国限速很低，东部和南部一般是 65miles，西部可以达到 75miles。开车蛮规矩，但是车祸不少，堵车也很严重，我去华盛顿三次，两次遇到车祸堵车，好在不在我们这边。

我们在阿伯丁（999 Beards Hill Road, Aberdeen, MD）下了高速吃午饭，已经开了 120miles 多了。一份套餐，有一杯中咖啡，一份大汉堡和大份的土豆条，总共 7.50 刀，儿子吃了，我和太太吃了昨天超市买的水果，休息一下。又开了一个多小时，67miles 就到马里兰大学。因为以前来过，没有多费劲就找到孙津的宿舍。他是我同事张向阳的先生，在江苏省省级机关干部马里兰大学硕士学位班学习，张向阳也正好过来学习。我 4 月份到华盛顿前，曾在这里住了一晚上，和孙津聊到下半夜。这次我们在他们住的宿舍见了面（Phelps Rd, Langley Park, Maryland），我给太太和张向阳一起拍了照。儿子吃了不少樱桃，现在都叫车厘子。我们聊了个把小时，到

4 点我们就离开去今天最后一站，弗吉尼亚我同学邵捷家。晚上住在她那里。

　　告别马里兰大学，转上高速，也就 36miles 就到了邵捷住的小区（Bent Tree Cir-cle，Centreville，VA）。有地址有导航很容易就找到她家。这是一个比较高档的小区。邵捷在一个机场安全管理公司工作，他们公司负责弗吉尼亚的杜勒斯机场和华盛顿的里根机场的安全管理，却是一个私人公司。这个很让我们意外。想想美国的体制也不奇怪：美国什么重要的事情不是控制在私人或者私人公司手中？何况机场。邵捷自己的家在新墨西哥，他先生在那里一个国家实验室工作，4 月份到华盛顿时见过，一起吃过饭。他们俩出国前我们就认识，上次也在她家住了一晚上，然后第二天在华盛顿唐人街和李超他们一起吃饭后，我坐李超车回的新泽西。当晚我们一家还是住在邵捷租的房子里，一室一厅，有 70～80 平方米，在三楼，设施齐全，邵捷收拾得一尘不染。小区蛮高档，从她家门口望去，两个很漂亮的网球场，邵捷说这是免费的，我没看到有人打球。

　　晚上邵捷做了几个菜。其他记不清了，但是，邵捷煎三文鱼的做法对我们启发很大，这直接引发了我们尝试各种三文鱼的做法。这里三文鱼很便宜，也就 6～7 刀/lb，鱼腩更是不到 2 刀/lb。在李超家最后的两天，老干妈红烧三文鱼腩就成了儿子下饭的主菜。回国后，我们还是不断尝试这个做法。晚饭后，邵捷带我们去了会员制的超市 CostCo。这个名字也很直接，就是成本价超市。邵捷介绍说一种伊丽莎白雅顿（Elizabeth AR）打折，原价 19.99 刀，现价 14.99 刀，很便宜，国内人很认这个牌子。我们一次买了八个。还有就是玛氏巧克力豆（M&MP nut）和好时巧克力，大包 3 磅才 8.89 刀，这个价钱仅仅是国内价钱的 1/3，而且是在原产地。这些商品在国内属于奢侈品，而美国在大超市中却价格很低，所以代购成风。代购价基本上是成本价的两倍，还是比国内价格低 1/3。

　　8 月 12 日（星期五），我们去华盛顿参观，主要是为满足儿子的愿望。上次去自然博物馆时间太短，无法尽兴。邵捷告诉我们华盛顿停车很难，最好将车子停在离她家不远的地铁站，坐地铁去，我们说看具体情况。开到车站附近，我们发现很不方便，干脆就开到华盛顿去算了。华盛顿现在被称为"堵城"。为避开早高峰，我们晚一点从弗吉尼亚出来，距离不到 30miles，一个小时就到了。我们在靠近白宫的后面找了一个停车场，后来发现停得太远了，下午回来时几乎走不动了。

　　参观的路线依然是白宫——国家自然和历史博物馆，就是上次半小时参观的博

物馆。这次进去仔仔细细看了所有的展馆，儿子对里面的矿物很感兴趣，这使我很担心他以后学习专业的选择。上次看的时间短不够不尽兴，这次时间足够也没有多看什么，看来时间不是问题，主要是效率。看完后时间还早，又去看了美术馆。还是有不少精品的，特别是莫奈等人的印象派大师比较多。另外看到一个老太太在那里临摹，十分专注，很令人感动。那么大岁数，显然不太可能成名了，除了热爱，还有什么能解释她的行为呢？华盛顿是一个规划出来的城市，依托 Potomac 河，将最主要街道，就是樱花大街全部规划为博物馆区。除了自然和历史、美术，还有印第安人、航空和航天博物馆。这些博物馆都是免费的，由基金会负责支付巨额费用，很让人惊叹。博物馆西边是纪念华盛顿总统的方尖碑，东边是国会山，我认为其寓意一边是历史的起点，另一边是不断书写新的历史，中间的博物馆就是承载这些历史的地方。

转了大半天，不到 4 点就往回走，小遇华盛顿堵车。一般美国人开车心态很好，车子之间距离有两三辆车宽，从来没有看到插队的。特别是从主干道到匝道，一般是速度从 65miles 降到 40miles。进匝道的车有时候会排几百米长，车子都很守规矩，按序进入匝道，从没有像我们国内经常看到的在匝道口加速插队的现象。不得不佩服他们汽车文化的深厚。不过想想丹尼斯开车的风格，不只他一个人，是他代表了美国开车人的普遍理念。就这一点我们只能望其项背。中国离真正工业化国家差距还很远，汽车作为工业文明最重要的标志，对汽车的理解基本代表一个国家的工业文明程度。

8 月 13 日（星期六），一早邵捷给我们准备了丰富的早餐，稀饭包子小菜。这在美国是不容易吃到的。上次还是第一次去纽约，在香港华人超市买的。吃完我们就从她家出来，以后再见不知是什么时候了。现在邵捷已经从原来公司辞职回新墨西哥州她先生那里，以后即使去美国也很难到那边见面了。

按照前一天邵捷介绍，我们到她家附近的一个 Outlets 看了看。开出去不久发现要加油了，在 Nucleus 公司的加油站（1320 Old Bridge Road，Woodbridge，VA）加了 9.8 加仑，花了不到 34 刀，很便宜了。我的一箱油已经开了差不多 300miles，也就要到 500 公里了，费用算起来和国内差不多。另外，美国各州对谁来加油也有不同规定，新泽西必须是加油站人加油。就为这个新泽西人没少被外州人嘲笑，美国人还有一个类似中国的歇后语，说你蠢得就像新泽西人一样，油都不会加。其他州一般是自己加。可用信用卡或者借记卡，不可以用现金。美国卡的应用范围比现金要广。我不会自助加油，还请一个女士教了一下。她很友好，帮忙弄好。最后我抽出来油枪时，手还压在开关上，喷了不少油出来。我的确是新泽西来的！

在加油站附近就是邵捷告诉我们的 Outlets（2700 Potomac Mills Circle，Woodbridge，VA）。这个 Outlets 的特点是所有商店都在室内，呈现一个"Y"型。里面很大，旁边还有 Sams、沃尔玛和 Costco，我们也就转转。太太买了一个 Coach 包，儿子和太太买了 Levi's 的经典牛仔裤，我们在里面吃了快餐。不到两点，出来一路向东往回赶。本来没有什么事情，进入特拉华州时，导航仪不知道为什么把我们引进收费的高速公路。来的时候没有走这条路，一下开了一个多小时，开出收费路段。我很担心，不知要收多少费。到了闸口，递进去入口纸片。收费员说得很快，我以为是 20 多刀，心想这下亏了。儿子在旁边听得清楚告诉我说，是 2.75 刀。呵，还是很便宜的！东部最贵的收费就是纽约的进城费，才 8 刀，哪里来的 20 多刀！到了新泽西就比较熟悉了，不到 7 点就到李超家。商量明天去蒙哥马利教堂礼拜，见一下丹尼斯夫妇，然后再去 Shorthills 颜安教授的家看看他儿子豆豆。

8 月 14 日（星期天），早上从李超家到蒙哥马利教堂（Montgomery Evangelical Free Church），也就 5miles 多一点，不太远，路不太好走。我们 9 点多一点到那里，丹尼斯他们已经到了。介绍丹尼斯夫妇，海伦还是一如既往和每个人拥抱。我把太太和孩子介绍给台湾的古先生和太太，他们马上问我们何时回去，我说我们周六（20 日）回国内。他们约我们周二中午到他们家吃饭，我们答应了。回头见到宁老师，她是一个人过来，听说我们本周就回国，说很遗憾没有时间请我们到她家聚聚了。还有几个好长时间没有见到的朋友，大家都问我最近到过哪里，我说带着太太儿子逛美国了。我说了整个行程，他们都说很了不起，在这么短的时间跑这么多地方。正说着礼拜开始的时间就到了，我们和丹尼斯夫妇坐在一起。整个仪式还是老样子，因为参加了很多次，也就没有什么新鲜的感觉了。太太儿子应该是第一次参加正式的礼拜，似乎儿子对此有点感觉。到了例行捐款的时候，金盆传到我们这里，儿子问我，我们是不是应该捐点款，说得我很惭愧。我在这里得到大家很多帮助，却没有捐过钱。在这样总是受别人照顾后，自己不自觉地感到应该为别人做点什么，希望有机会回报他们。

礼拜结束，我们和朋友们告别，与丹尼斯约定好到他们家的时间，就往颜安教

授家住的 Shorthills 去。路上要经过丹尼斯家所在的 Somervile，以及后来和 Sarah 夫妇吃饭的 Bridgewater 的 Outlets，距离是 36.7miles。我们到了颜安家附近，儿子要求先吃饭。我们在 West Orange 附近的麦当劳（554～572 Rte 508，West Orange，NJ）吃的，吃完就到颜安家了。朱艺老师不在家。她去超市买东西，一会回来了，专门给我们买了一种黄色车厘子，是一种樱桃，非常好吃。后来我们在超市中也看到，要比普通樱桃贵不少。我们把在宾汉铜矿买的风铃送给豆豆。小家伙很高兴，一拿到就不肯放手。小孩就是小孩！

　　本来我们聊天都用中文也没什么，中间朱艺他们的邻居来拜访，好像带了给豆豆的书。来了就坐下聊聊。这是一个估计在 40 岁以上很瘦的女士，长得不太好看，蛮有风度，说话不紧不慢。朱艺语速很快，她看出太太听得很吃力，不断将自己和女邻居的话翻译过来，中间不断变换中英文，用词还十分讲究和准确，没有任何语病和磕巴，实在令人敬佩。以后太太不断提到朱艺的中文水准也不是一般人能达到的。我见识过朱艺英文的水准，也没有感到意外。

　　倒是她们俩人的对话引起了我的兴趣。这个女邻居是朱艺他们购买这个房子的中介（Agance）。这个女中介讲了一个很有意思的观点，说她介绍人买房子不完全看他出价，要看买房人是否热爱所买的房子。如果买房人不是真心爱自己所买的房子，他们出价再高她也不会同意原来房东卖给他们。我问她为什么与人们传统的观点不同。她说，如果你不爱你买的房子，就不会善待它，房子的品质就会下降，从而影响整个小区品质，也就会影响到其他房子的价值，最终会影响她的生意。我说这样思考问题在我们国内是不可能的。朱艺说这个女邻居是犹太人，做中介已经二十多年，很有本事，他们买这个房子完全交给她操作。这个房子的上一个东家是一对韩国夫妇，也是 MIT 毕业。朱艺的 MBA 是在 MIT 的斯隆管理学院读的，算起来也是校友。但朱艺说，人家是本科，不一定会认我们，再说也没有必要说这事。中介一定会为你争取最大的利益，他们都是靠口碑挣钱的，不会为一笔生意毁了自己的声誉。当然我们也是按照行规处理，也不可能少给他们佣金。他们专业化程度很高，会帮你将可能省掉的费用都告诉你，听取你的选择。聆听两个女专家聊天也很受用，只是我过去很少遇到国内有这样水准的女专家而已。

　　我们离开颜安家，我把办公室钥匙还给颜安，感谢他和朱艺一直以来的关照。好在我们的学校之间的长期合作关系已经建立，我们会经常见面。从颜安家回到李超家路上，我们又去了大中华超市，又买了恐龙蛋水果，是全价的 1.69 刀/lb，很不好吃，很涩。到李超家已经是快 8 点，我们准备第二天再去 Outlets。

十、8 月 15～20 日——告别

这是我们在美国的最后一周，15 日（周一），我们又去了上次去过的 Jersey Shore Premium Outlets。一通狂购，买了很多送上车，又去买。显然是不理性，现在还有不少 T 恤衫没穿。主要是感觉价钱便宜，还有就是商家不断给你现金抵扣券，弄得你欲罢不能。不过每次出国都会有这种情况，主要是国内外价格差太大。19 日和丹尼斯一起去 Costco 又买了 4 个伊丽莎白雅顿和 4 袋 1500g 装"好时"巧克力等等花了 343.09 刀，真是便宜吃穷人。

在 Outlets 差不多待了一天。我们回到李超家，路上又买了三文鱼回去用老干妈烧。第二天一早应该是还车时间了，李超有事情，不能把我送回来，周婧陪我去的租车公司。我们出来有点晚，周婧对那一带不太熟悉。我们加满油准备还车时，错过了还车点。周婧打电话给李超询问，等到我们到还车点时，前面又有一个人办事很慢，我们比规定的 10 点钟大概晚了二十几分钟，油也差几公里未满，为这些租车公司罚了我 51 刀，够狠的！这些我在搬家时领教过，虽然心中不爽，也能接受：谁叫你违约在先！

租车一周的体会就是人们经常说的，有车和没车是不好比的，但是 QQ 和 Benz 是可以比的。

晚上我们就在李超家等丹尼斯他们来接我们。我们整理了五个箱子，丹尼斯如约开着他的 Van 过来，海伦也来了。我们把行李装上车空间还是有点富余。到丹尼斯家吃过晚饭，丹尼斯问我有什么要求。我说想去看看普林斯顿高中和蒙哥马利高中。太太要看看这里的房子怎么建的，因为最近她在关注木结构房子。我希望看看自由岛和自由女神像。这些都在前文《我的房东丹尼斯》中描述了，不再赘言。

在去丹尼斯家前后这两天还去了两个朋友家吃饭，16 日（周二）中午是在复活节去过的古先生家，是在她家里吃的。他小女儿在家，和我们一起吃饭交流。太太认为台湾家庭的家教比我们地道不少，从古家小女儿的举止很容易判断。18 日（周四）晚上我在新泽西的球友 Sarah 夫妇请我们到 Waterbridge 的 Outlets 吃意大利饭，

他们都以为我们会点比萨，因为这里比萨很有名。我们都点了意大利面，味道很不错。吃完后到她家聊天，他小女儿在家温课准备医学院硕士资格考试，出来陪我们聊天。我们送了国内带来的檀香木扇子，他们都还是蛮喜欢的。聊天中知道一些关于当年台湾留学生的事情，很有启发。

Sarah 的丈夫在我们来往的 Email 中称姓 Lu，我不知道是陆还是鲁。他们都是台湾交通大学的，是前后届。Lu 先生是 1985 年到美国留学，他说这是台湾留学潮的最后一批，因为这一年台币大幅度升值，美国大学大幅度减少了给台湾学生的资助，转给大陆来的学生。后来大部分留学美国的都回去了，留下来的要不就是混得很好，没法回去；要不就是混得很惨，没脸回去。更有趣的是，出国回去的都在为当年没出国的人打工。我估计再过 10 年，国内也会如此。他认为他们混得不好，我看还好。Sarsh 是博士，在 AT&T 工作，Lu 是硕士，现在在为苹果写程序，有房子有不错的车 BWM 的 SUV，每周去打网球，两个女儿都已经本科毕业，小女儿还要上医学院的硕士，算是上中产阶级。Lu 说压力太大，税太重。我问他们什么时候开始适应美国的生活，他们说工作了 2～3 年才适应。Sarah 说得更有趣，那时候台湾人一来就到学校里找校友，就在一起讲中文，英文一直过不了关。一直到工作后，整天和老外在一起，没有办法，英文才逐步过关。在美国拿博士况且如此，何况我们！不过他们是学工科的，对语言的要求低一些。Lu 说，美国也在改变。例如，以前门前的草坪稍有不整齐或者斑秃，都要赶快处理，最近缺水，Township 也不太追求这些细枝末节的事情，大家日子都不好过。

告别他们，我知道我们以后几乎不可能再见面了，虽然我们现在有时候发发邮件相互问候一下。在美国这半年多，遇到许多人和许多事改变了我对人生许多固有的看法，是我一生中非常有价值的 232 天。而陪太太孩子这 39 天和其他 193 天又是两个不同的感受。写此长文以示纪念。

（2013 年 2 月 16 日星期六凌晨 3：30 匆忙于南京江宁文枢苑家中，第一稿。2013 年 2 月 23 日星期六凌晨 2：30 根据太太意见修改于南京江宁文枢苑家中，第二稿。）

纽约，纽约

导读：纽约是一本大书，不是靠几千字的短文可以说得清的。但是，如果你能厘清她发展的轨迹和路线，是可以说出一些别人没有注意的东西，也许你就抓住了这个城市的"魂"。就如同当年我写《扬州那些事》的时候，虽然许多人写过，我自己写出我自己喜欢的意境，这就是我感受到的纽约。

没有来纽约之前，总是在想纽约会是什么样。这个在世界大都市一直名列前茅的城市，好像是有许多令人神往的地方。如果你对金融市场有所了解，就知道华尔街（Wall Street），知道纳斯达克（NasdaQ）。这里成就了多少人的财富梦想！如果你对最流行的时尚痴迷，第五大道（5ᵗʰ Avenue）聚集全世界最顶尖的品牌，到了这里你只能恨你自己钱少。当然如果你来纽约一定会到百老汇（Broad Way）和44 街（44ᵗʰ Street）交汇的时代广场（Times Square）看看。因为我每次从学校的60 街（60ᵗʰ Street）走到33 街（33ᵗʰ Street）乘新泽西（New Jersey）Path 地铁回家时，这里总是人头攒动。操着不同语言的人们，在色彩斑斓的屏幕中寻找自己的影像，不时发出"嗷嗷"的欢呼声。

难道这就是纽约？但是，随着我一天天走进纽约，感受她每一天的生活，再回顾在纽约曾经经历的那些事儿，不免有所感慨：一个城市原来可以这样走过来！

一、纽约的起点

到纽约的人几乎没有不去华尔街（Wall Street）的，去了几乎没有不失望的。一个引发无数人财富梦想的地方，也就是几条十分平常的街区，除了一条铺了鹅卵石

129

的步行街有一点特色外，就是没有什么规则到处林立的有点古旧和新潮的高楼。由于我两周前还徜徉在伦敦古典的街区中，这些似乎难以引发更多的兴趣。但是，当我快走到哈德逊河（Hudson River）边的主体公园（Battery Park）前时，看到了西印度公司（West India Company）纪念碑，看到鎏金的碑文：

ON THE 22ND OF APRIL 1625 THE AMSTERDAM CHAMBER OF THE WEST INDIA COMPANY DECREED THE ESTABLISHMENT OF FORT AMSTERDAM AND THE CREATION OF TEN ADJOINING FARMS THE PURCHASE OF THE ISLAND OF MANHATTAN WAS ACCOMPLISHED IN 1626 THUS WAS LAID THE FOUNDATION OF THE CITY OF NEW-YORK.

我开始意识到，这里应该是纽约的起点，理解纽约应该从这里开始。我们知道哥伦布（Christopher Columbus）在1492年证明自己找到了新大陆，在以后的一百多年时间里，欧洲的青年人就如同今天崇拜比尔·盖茨（Bill Gates）一样，对那些冒险家们顶礼膜拜。

但是，为什么是纽约而不是其他地方？就这一点克鲁格曼（Paul Krugman）也没有给出很好的答案。他在新地理经济学（New Geographic Economics）也承认，这套理论可以解释城市的兴起和繁荣，但是无法说清城市的第一颗种子是从哪里来的。美国有一个著名的漫画刊物弥补了他的理论的缺陷。它描述一颗大树种子被哈德逊河边（Hudson River）水草挂住，很多年后长成了参天大树。

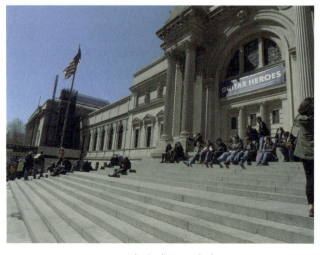
大都会博物馆外景

而当地的土人追逐野兽来到这里，被裸露的树根绊倒，于是就招呼自己的同伴一起来这里休息。漫画最后的结论说，这就是最初的纽约。但是，麻省理工（MIT）的阿西莫格鲁（Daren Acemoglu）却有一套截然不同的观点。他在谈到大西洋贸易的兴起时，大胆假设北美殖民地的形成是和大西洋的季风密切相关。这一点的确是非常智慧的考量，又比较符合自然规律。我们住在靠近哈德逊河（Hudson River）边上的新港地区（Newport）要比我的合作教授颜安住的远离河边小山地区（Short-hills）附近风要大得多，而你到哈德逊（Hudson River）河口风就要更大。在主要依靠风力的帆船时代，船只一定会比较容易被风吹向这一地区，这里就是纽约。

二、规划的城市

回顾 400 年以前的纽约，还是一个河网纵横的平原，有一点类似上海。但是，当荷兰人买下曼哈顿后怎么样了呢？现在我们看到的纽约就是荷兰人规划出来的城市。以曼哈顿岛开始，将整个地区按照棋盘样式进行分割。纵向就是南北向分成 12条大道（Avenue），最靠近 Hudson 河是 12 大道；横向是街（Road），从华尔街的下城（downtown）到时代广场附近 40 街中城（Middletown）到 fordham university 附近就是上城（uptown），以后再向上就不知延续到多少街了。中国驻纽约总领馆就在12 大道与 46 街的交界处。

纽约的街道留下了纽约不同阶段的历史痕迹。首先是 Wall Street，我们今天看到的华尔街实际就是当年荷兰人圈的墙隔成的街。也就是说，最初是临近河边的优势，造就了这条贸易街。从简单的堆货场，到露天的贸易市场，到为纽约周边的工厂提供羊毛的贸易行，最后才有今天的金融界。但是，金融街自"梧桐树协议"后二百多年，屹立不倒，只能说明它一直位于产业链中的顶端，下游产业是很难撼动它的，尽管因它而产生了一个个危机。

其次是大街（Avenue）的变迁更令人感叹。想当初 12 大街毗邻哈德逊河，120 多个码头

百老汇大街上的"海尔"大厦

131

中央公园看到的双塔

是怎样繁忙的景象！不管是从 33 码头上岸来自欧洲的贵族，还是像丹尼斯奶奶和爷爷那样寻求新世界的青年，都是从这些码头上来往的。即使到了上世纪 50 年代初，朝鲜战争期间，这里运出了全部美国参战兵源的一半以上，可想当年的繁荣景象。今天，这些码头的喧闹已经不复存在，产业的转移无情地告诉纽约，一切皆有可能。现在我经常想到我们今天在大规模建设的港口，也许不用 20 年，就会出现纽约的现状。纽约的转型使得与服务业相关联的大街保持繁荣和发展。例如，5 大道变成全世界最时髦的大街。其他街道只要不和 Broadway 相连的地方都开始衰落。

纽约的百老汇（Broadway）是很有特色的部分，我没来纽约时就知道百老汇是纽约的核心。来了之后发现从 33 街到 Fordham 的 56 街的办公室，就是要沿着百老汇大街一路走过来。看到纽约的规划大部分横平竖直，为什么会有这么一条斜街呢？回来想通了，只能是因为地铁。纽约地铁的主干道就是沿着百老汇大街，从华尔街一直到皇后区，几乎贯穿整个纽约市的南北。今天看来这条街就是为地铁开挖建设的。当年没有现代的盾构技术，必须是开膛破肚式的建设。那是上个世纪初，建设完工后，自然形成了今天的百老汇大街，我们今天看到纽约的地铁很浅，说明当年为了减少开挖量，不得不浅挖，通风口就在马路边上，像我们的雨水下水道一样。更有意思的是，沿着百老汇大街，基本上可以看到纽约最繁荣的地段。百老汇大街的起点就是华尔街自不用说，14 大街有纽约大学（NYU），33 街是纽约中央火车站（Penn Station），44 街就是时代广场，60 街就是哥伦比亚广场，连着 5 大道的是中央公园和林肯艺术中心，110 街就是哥伦街比亚大学，甚至到皇后区的百老汇大街，还有这里最重要的公共运动场法拉盛美国国家网球中心（Flushing Meadows – Corona Park），每年举行四大网球公开赛之一——美网。

很有意思就是开始纽约是规划出来的，随着城市的发展，人们不自觉就把自己规划进去了，这是什么力量导致的呢？

三、城市的融合

纽约应该是世界上各民族各种族的大熔炉。每天在时代广场聚集的人群，其构成可能是最复杂的。我可能到过"时代广场"不下几十次，每次路过时，总是想什么力量把这么多不同肤色、信仰和追求的人聚集到这里？纽约的魅力到底是什么？

首先河与海的融合。纽约靠海更靠河，哈德逊河和大西洋造就了纽约，使得纽约带有海的印象，又有河的性格。就像新奥尔良是墨西哥湾和密西西比河的产物一样，兼容并蓄是这些城市共同的体征。海洋带来的贸易，河水带来的沃土，都是养育这些城市的基础，形成今天纽约快捷多变不拘小节的风格。尽管今天到这里来的游客多半是从肯尼迪国际机场（JFK）或者纽瓦克转来，纽约的风格没有改变，就是海与河的融合。

其次人与人的融合。在纽约开埠的四百多年中，最初的荷兰人、西班牙和葡萄牙人，都是九死一生来到这里，纽约包容他们。同样，美国移民潮时代，像丹尼斯和海伦的前辈都是在纽约找到了自己最初的家，开始繁育后代，家族不断成长。我们学校的金融系，就有来自印度、土耳其、中国、俄罗斯和英国等不同国家的教师。有时候，我对在我们学校附近的大街上经常看到很多漂亮的女孩不解。颜安告诉我这些都是来自东欧的模特儿，因为我们学校靠近林肯艺术中心。当初国内很红的歌星费翔也是在百老汇的歌剧院实现自己的梦想。丹尼斯和海伦的后代，已经没法说自己是乌克兰人还是挪威人，只能是美国人。

最后是文化与文化融合。纽约是世界文化的中心，每年的时装周、电影展

大都会博物馆中的中国官窑瓷器

一直引领着世界产业的潮流。来自不同国家和民族的文化在这里碰撞，有经久不衰的《妈妈咪》，来自英国《魅影》和中国的《大红灯笼高高挂》，各种文化在这里寻求知音，找到生存的土壤。这就是融合，一个长期未受战争袭扰，不断演化的纽约，从没有自己的风格和印迹。

我永远不拥有你们，我即拥有了一切。

(2011 年 5 月开始于 15 Judge Thompson Somerville NJ 08876-3723 的 Dennis Gudz 家，2012 年元旦初稿完成于南京四牌楼家中，2013 年寒假修改于南京江宁江宁文枢苑。)

在普林斯顿温润的春光下睡去

导读：这是一篇游记，来自自己一天的感受，对一个有着 250 年历史的大学发自内心的赞叹。自己在那么美好时光中能徜徉在全世界最美的校园里，更能感受这个使无数人陶醉的校园的内涵。普林斯顿的魅力难以抵挡，我只能在她温润的春光中睡去……

虽然从 4 月初到新房东 Dennis 家之前的周六（4 月 2 日），我和李超（我在新泽西的朋友，我的博士生曾嬿在 Rutgers University 认识的朋友）两口子一起在普林斯顿大学的校园里转了两个小时，那次主要是去她的博物馆，看看有些什么陈列。虽然李超他们在这之前对这个博物馆大加赞扬，因为我这几个月连续去了大英博物馆、剑桥大学和牛津大学的博物馆，前一两天刚刚去过纽约的大都会博物馆，所以看了以后的确有些失望。加上时间较短，仅仅对普林斯顿大学留下简单的印象。

房东 Dennis 夫妇到华盛顿去了，因为他们的小儿子 Stephen 从肯尼亚回来，要在两个月后去另外一个国家。老夫妻思子心切，也是为把儿子要用的小车送过去，周日（5 月 8 日）上午一早就开车去了华盛顿。走之前就说好，我周一一早搭 Paul（Dennis 两个养子中的老二，他在普林斯顿大学的动物中心做饲养员）的车去普林斯顿，晚上在普林斯顿大教堂 ESL 上课。结束后搭另外老师 Jone&Hennim 的车去李超家住，周二晚上在李超家请 Paul 和 Gideon 哥俩吃饭。不想周一晚上上课时我那个班的老师 Bob 说他也来，我就要多准备一些了。这些都是后话。

5 月 9 日上午 6 点，我的闹钟准时响了。昨天和 Paul 约定时间是 6 点半走，本来还有时间吃个早饭。刚刚洗漱完，Paul 就进来说："Are you ready?"因为昨天东西就收拾好了，我就说"Ok, we will leave at 6：30. Let me have breakfast."Paul 马上

说："We will start at 6:10, only 5 minutes. We will have breakfast in Princeton."我只好拎着小满的背包往外走。一路还是比较顺利，快到普林斯顿时有一点慢，主要是单车道，前面有一个车开得慢，大家都快不了。Paul 就把这个叫 "traffic jam"，还说这才哪到哪，就算塞车了？你是没有见过塞车！反正不到 7 点就到了普林斯顿大学外边的一个早餐店。Paul 买了早餐也帮我买了一份，是夹着鸡蛋和培根（Bacon）的面包。因为是现做的，味道不错。我本来要自己付钱，Paul 一起付了，我只好谢谢。好在不太贵。我自己带着茶，他还要了咖啡和一瓶饮料。吃完就到 Paul 工作的 William Street 的 Green Building 实验室口，我们约定中午在这里再见面，一起吃午饭。从现在早上 7:15 到晚上 7:00，差不多 12 个小时就要在普林斯顿大学的校园闲逛中度过了。这次有机会可以长时间近距离仔细看看普林斯顿大学。

我玩一个地方，比较喜欢的方式就是瞎逛。我一般不是先看地图，把什么地方找到，直奔主题而去，而是乱跑，跑过以后再去看地图，看看自己到底去过什么地方。

我是学经济学的，自然就会想到先去经济学系看看，况且还有著名的 Paul Krugman 在那边，多少抱有一点幻想。在这之前浏览过普林斯顿大学经济学系的网站，知道经济学系在 Fisher Hall。但是，真正到了普林斯顿，Fisher Hall 在什么地方，还是不太好找。好不容易找到了普林斯顿的地图，大致知道了 Fisher Hall 的位置，就一路找过去。但是，没到经济学系之前，先进了后来知道是国际经济与事务学院大楼 Robertson Hall。在里面很巧看到了 Krugman 的照片，没有什么特殊，就是按照姓的字母排序，照片下面表明是教授，再也没有其他说明，更没有说这是诺贝尔奖获得者。还看到国际经济中大名鼎鼎的 Grossman 也在其中，自己觉得很奇怪：为什么他们都在这个学院，而不是在经济学系。转出这个大楼的旁边就是 Fisher Hall，推门进去看到经济学系教师办公室的目录。看得出来经济学系很小，旁边就是政治学系所在的 Corwin Hall。在 Fisher 三层里转了两遍，也没有什么收获，倒是稍不留神就转到了刚才来过的 Robertson Hall 四楼，这三个建筑之间在地下是通的。恰巧 Krugman 的办公室在 414，没有什么特别，就是在办公室门口放着两大纸箱的书，估计都是出版社送的。经济学系中搞金融学的一帮人搬到旁边一个楼（Bendheim Hall）办公。总体的感觉经济学在美国大有江河日下的感觉。这是在这边上上下下转了一个多小时最直接的感受。后来想想 Krugman 他们也不在经济学系干了，跑到国际经济与事务学院，搞金融学的一帮人又另起炉灶，可见就是普林斯顿大学这所以理论研究见长的学校，也对纯理论研究开始翻白眼了。经济学还有什么前途而言？更谈不上"图钱"了！不过看了他们开的课，很受启发。他们没有一门课是我们所谓的正规课程，都是针对现实的理论研究，这和我过去对普林斯顿大学的印象大相径庭。看完经济学系就没有什么硬任务，开始正式闲逛。由于手上没有地图，所以看到哪边可以走，就向哪边去。走了一天，最强烈的印象是普林斯顿大学的"乱"。

如果仅仅来普林斯顿大学参观，会觉得怎么这么"乱"！感受最强烈是普林斯顿大学的建筑真是乱。好像是毫无规划，到处乱建。校园的路除了主干道 Washington Road 外，就没有什么正式的路。当然华盛顿路也不是直的，几乎所有的路多半是先有人走，再铺成路的。唯一可惜的是，不是我希望看到的那种石块路，像在澳门大街上看到那种。我仅仅在几个老的学院建筑内的小路看到一些我理想中的路。她的所有建筑似乎都没有规律，更没有一样的建筑。这是我们国内学校最不同的，显然是故意为之。这里没有一般意义上方的或者圆的房子，即使是一个比较有规律方形的 Robertson Hall，就是 Krugman 在的国际经济与事务学院的大楼，直观看是一个长方形，但是内部也搞得歪七扭八，门廊上罗马立柱也是像女模特的细腰，感觉撑不住大楼似的。

上午在刘易斯图书馆看了一个多小时的书（是为晚上 ELS 上课准备材料），还睡了一会（早上起得太早）。进门时就没有搞清楚这个建筑的门朝哪边，也不知图书馆是什么形状，在里面看书时看图书馆的天窗，依然无法知道设计师到底是要做成什么形状，从不同角度看你以为是不同的建筑。在校园里看到建筑学院的大楼倒也还规矩，不知道普林斯顿的建筑都是谁设计的。如果看校园（Campus）的平面图，各个建筑形状千奇百怪，不过看到下午，总算是大体知道普林斯顿的建筑的规律。大约以 1960 年为界，在此前共有 207 座建筑，但是都是规模比较小，建筑是古典样式或者叫风格，建筑大体和英国的古典建筑相似。在这里比较老的学院，像神学院、大教堂和大学图书馆（Firestone Library）以及最早几个建筑，都可以在剑桥和牛津大学的照片中发现相似的甚至相同的建筑。

1960 年以后的建筑风格就完全不同，共建了 117 座建筑（截止到 2000 年，现在应该不止，最近又在老体育场边建设一个规模很大的神经和心理学大楼（Neuroscience and Psychology Building），面积达到 248000 平方英尺，折合 23029 平方米，规

模较大。在学校的偏南区里，看了几个最新的建筑——化学实验室和生物实验室，外观古里古怪，大厅（Lobby）也是风格迥异。在生物实验室大楼的 lobby 里，有一个自习用的流体型小木屋，有几个学生在里面做作业。即使是室内体育馆，外观也像是个巨大的自行车运动员的头盔，但是她是向地下的五层。我和门口的 Doorman 聊了一会，问她网球场在哪里，她带我到电梯向下，不是我们正常的 1、2、3、4、5 层，而是 A、B、C、D、E，网球场在 E 层，里面有六片场地，条件一般，是普林斯顿大学大学校队的主场训练地，但是没有看台。下午去 Lenz Tennis Center 才知道，室内主要是校队下雨或者冬天的训练场。

同样，如果你仅仅看地图，你会遇到的问题是，这些建筑都是干什么用的？因为在普林斯顿大学的建筑上，一般没有特殊说明这个建筑的用途，是以 Building（应该是大楼）、Hall（也是办公楼），多个 Hall 和 Building 组成 College（学院），少数是 Department（系），另外还有许多 Field（运动场）和 Parking Lot（停车场）。但是，这些学院、系和各个大楼与办公楼，没有一个是用学科来标明，只有两种表述，就是数字和名字。除了 Parking Lot 是按照数字顺序编的外，其他都是捐赠者的名字，或者哪一级（Class）学生集体捐助的数字。现在普林斯顿共有 6 个学院，他们的特征很明显，就是建筑的风格和颜色是一样的。比较大的 Wilson 学院都是由一些深褐红的建筑组成，又有多个 Hall 组合而成，学院里包含很大的学生食堂（Canteen）、图书馆和独立的系或者研究所，一个学院就是一个独立的研究部门，每个建筑又有自己的名字。

粗略算了一下，普林斯顿大学有 56 个系和研究所，这是他的核心，几乎涵盖所有专业。与经济学直接相关的有三个，就是经济学系、金融研究中心和国际经济学部。61 个学校组织，主要是体育、文化和艺术的学生组织，以及国家、宗教和民族等专项机构。26 个图书馆和资料室，隶属于不同院系。校级图书馆就是最老的 Firestone Library。18 个运动场，主要集中在西北区，设备先进，功能齐全。在主田径场，我看到跑道上有专门为专业比赛用的摄像导轨，各种专业场地一应俱全，篮球等不要说，橄榄球、棒球、网球等都是带看台标准场。各个场地上都有各个队 2010～2011 年度联赛的日程表。可以看到 Harford、Yale 和 UNY 等学校的比赛日程，可惜时间都不合适，要不然可以过来看看。42 个停车场，这与我过去认为普林斯顿大学内不能停车完全不同。68 个办事机构和服务部门，涵盖吃穿住行医保等所有方面。但是，我还是找到了校长办公室在最老的建筑 Nassau Hall，这是普林斯顿大学最初的三个建筑之一。如果你对英美传统大学熟悉，就知道另外一个就是教堂（Chapel），实际是小教堂，如果你进去参观就发现这个教堂也是不小的。还有就是图书馆了，当时应该还兼有博物馆的作用。最后就是上面已经说过的那个很有名的博物馆了。这些都在 324 个建筑里，而这些建筑是从 1758 年，普林斯顿大学从纽瓦克（Newark）搬到普林斯顿的最初的三个建筑开始的，历经 250 多年逐步形成，所以有点乱是可以理解的。但是，这里的学生为什么也这么"散"？

我到普林斯顿大学是 7：15，对于大学而言，应该是学生熙熙攘攘出来吃早饭的时候。但是在校园里转到 9 点半，才看到学生陆续出来。有趣的是在经济学系走廊的长沙发上，赫然躺着一位老兄，旁若无人般酣然入睡，他的同学从旁边走过，看来是常有人如此，也就见怪不怪了。在刘易斯图书馆差不多 10～11 点，陆续看到学生到图书馆来，穿什么都有，不少男孩穿着拖鞋就来了。在图书馆的 lobby 里，没有一个学生正襟危坐。不过那个图书馆稀奇古怪的样子，着实让学生没法好好坐。下午到各个学院乱转时发现最多的是躺在草地上抱着手提电脑的男男女女。

我不知道他们什么时间学习。我和 Paul 是在 Washington Road 路边的 First Campus Center 吃的午饭，食堂很大，各种餐饮都有。Paul 向我介绍日本菜，主要是冷藏的太凉不敢吃，学生教师络绎不绝。晚饭我在 Wilson 学院吃的，也还不错，就是没有中国饭。学校的伙食不错，而且比较便宜，所以在普林斯顿街上的餐饮没有我想象的那么发达。你想 2000 年普林斯顿大学毕业了 4556 名本科生和 1735 名研究生，估算起来，全部在校学生应该在 20000 人左右，在美国这是一个庞大人群。不过普林斯顿大学的食堂对外开放，不会便宜太多，可能是比较方便。

最有趣就算是她的门了。普林斯顿大学原则上是没有围墙，只有靠近普林斯顿镇的主马路 Nassau Street 有一些象征性的围栏，街对面还有几栋房子产权属于普林斯顿大学。不过从哪边你都可以出去和进来，普林斯顿大学大部分建筑随便可以进入，包括各个图书馆。东边我没有到最边上，西边是一条一直到通往华盛顿的人工运河，叫 Lake Carnegie，就是卡内基湖，据说是 200 年前挖的。我走了很远才看到。第二天我见到 Paul 说，我跑到了湖边，他说："You are Crazy！"显然他认为一个人跑那么远去看湖显然是疯了。那湖美得让人心颤，洁净得让人难以置信。如果不是在照片可以看到桥和学生的皮划艇（Canoe），你很难相信这是美国人口最稠密州的

一条人工湖的景象，国内我也是在香格里拉这样的地方，才可以看到这样的景色。我拍了许多照片，马上就当桌面。很巧出来到公路边上，看到林中一头很大的鹿，以前没有这么近看到过，连续拍了三四张。那鹿还是被照相机的声音吓跑了。但是，Paul 说这还不是景色最美的时候，如果是秋天，颜色更加丰富，那才是真美。西边还有一个小火车站，通往 Princeton Junction，从那边可以直接去纽约 33rd Street 的 Penn Station。门口的路边有一个标牌，显示这里离纽瓦克 32 英里，也就是说普林斯顿大学是 250 年前从 32 英里外的那边搬过来的，搬到这个偏隅小镇。也许是这种开放和求变的理念，才使这个身处小镇的名校，不断发出令人惊讶的光芒。

在普林斯顿大学的校园漫无目的闲逛 12 个小时是什么感觉？几乎美得没有感觉！只希望自己在普林斯顿温润的春光下睡去！

(2011 年 5 月 13 日星期五于 15 Judge Thompson Rd Somerville NJ 08876 – 3723 Dennis Gudz 的家中第二稿。)

寂静的普林斯顿——默默的爱因斯坦

导读：在经历 5 月纽黑文耶鲁（Yale）的惊异的阳光，波士顿的哈佛（Harvard）和 MIT 的匆忙人群，到 6 月马里兰大学的湿热（muggy），再回普林斯顿会寻找什么？寻找 269 年寂静的普林斯顿和 79 年来默默的爱因斯坦。于是沿着普林斯顿大学的外围，沿着爱因斯坦常常散步的路径，去寻找另外一个普林斯顿。

爱因斯坦纪念（EMC）广场

清晨 7 点（美国东部时间夏时制，正常时间就是 6 点）的普林斯顿是什么样子？顺着 Nassau St 向西南方向而去——实际上 Nassau St 是一条斜向的路，所以感觉一路向西实际是向西南，在上次吃早饭的意大利小卖部吃了 Paul 买的鸡蛋火腿三明治，就去寻找我心目中真正意义上的普林斯顿。是什么造就了普林斯顿大学？走了不到 1 英里（mile）就看到我一直在寻找的东西，普林斯顿的爱因斯坦。

爱因斯坦的雕像（Einstein Statue）在 Nassau St 和 Bayard Lane 交界西北面的广场上，这个广场称为 EMC Square，没有找到说明，应该是爱因斯坦纪念中心广场，即 Einstein Memorialized Central Square。由于这个广场本身不是正南北向，所以爱因斯坦的纪念碑方向调整向正南方，感觉上像是斜的——看来美国人还是比较看重南北向。纪念碑上按照时间顺序简要介绍了爱因斯坦的生平事迹：最上方特别突出用 $E = MC^2$（1905）这个著名公式作为事迹介绍的起点。第二行刻着爱因斯坦的名言：Imagination is more important than knowledge. Knowledge is limited，Where as imagination

embraces the entire world. （想象力比知识更重要，因为知识有限，而想象力可以拥抱整个世界。）碑体四面分别介绍爱因斯坦的身份，正南介绍他是物理学家（Physicist），这是爱因斯坦的本行，没有什么可说的。东面说他是教育家（Educator），倒也没有听说后来哪些著名科学家是爱因斯坦的学生，不过毕竟在普林斯顿大学做了 20 多年教授，说是教育家应该没错。西面说他是人道主义者（Humanitarian），这个评价和我们在国内了解的差不多，可能主要是基于他对战争的态度，以及后来对美国使用原子弹的抗议。北面有点出人意料，刻的是其移民身份（Immigrant），不知道这是为说明美国开放的态度，还是说明爱因斯坦特殊的身份，也就说爱因斯坦一直没有加入美国籍。这个纪念碑是为纪念爱因斯坦逝世 50 周年，在 2005 年刚刚修建起来。光顾的人很少，我问过去过普林斯顿的人大多数都不知道这个纪念碑，可能是建的时间比较短的原因。

在广场的边上就是普林斯顿的镇协会（Township）所在的行政大楼（Princeton Borough Hall），只有一层，与周边的环境比较协调。这个广场另外一个重点就是普林斯顿战役遗址纪念碑（Princeton Battle Monument），这是为纪念在 1778 年 1 月 3 日华盛顿领导的大陆军在普林斯顿战役中牺牲的将军 Hugh Mercer 而建的。这个纪念碑最初建于 1908 年，1922 年扩建，2006 年普林斯顿市长 Joseph O'Neill 完成这次改建。巨大的碑体讲述当年华盛顿领导大陆军在普林斯顿附近击败英国军队的事迹，上边刻得都是一些警句，讲述自由和独立对美国人的重要性。现在看来美国人很多都忘记了。

旁边共有四块小的纪念碑，第一块纪念新泽西为保卫自己的土地和领海在 1775～1781 年独立战争中牺牲的新泽西前辈们，特别纪念在 1778 年普林斯顿战役中牺牲的上尉（Captain）Daniel Neil，他是在前面提到（Brigadier General）准将 Hugh Mercer 领导下的东泽西炮兵（East Jersey Artillery）中服役。第二块是一张旧图，上面描述了华盛顿与法国将军 Derochamreau 最后取得独立战争胜利的宿营地（Campsite Of Army Of Louis XVI King Of France Commanded By General Derochamreau During Their March To Victory At York Town August 31 1881）。当年如果没有法国人的援手，美国人要想在很短时间内打败英国军队也非易事。从另外一个角度看，现在看来，美国这个殖民地的丧失，使英国人开始重新寻找新的殖民地，才有了后来对中国的战争，因为英国当时过剩的生产能力必须寻求一个新的市场。第三块是纪念一位为国捐躯的上校（Colonel John Haslet）的生平和事迹。此人生于爱尔兰的伦敦德里郡（Londonderry county），毕业于苏格兰的格拉斯哥大学（The University of Glasgow），1757 年移民美国，受邀出任长老会教堂牧师（Minister of Presbyterian Church），1758 年在宾夕法尼亚州（Pennsylvania）的军队中任上尉，参加了签署独立宣言的大陆会议，组织了特拉华州（Delaware）军队参加独立战争，并在准将（Brigadier General）Hugh Mercer 统帅下参加了普林斯顿战役，被英军子弹击中而牺牲。很耐人寻味的问题是，这个人刚刚离开自己的祖国二十多年，就不惜生命为一个新国家而与自己的祖国战斗，可见当时英国对异教徒（主要是新教徒）的迫害是十分严重的。第四块是给独立战争中的水兵（MARINES in the REVOLUTION），表彰他们在华盛顿领导的军队在 1778 年 1 月 3 日开始的普林斯顿战役中浴血奋战而献身的精神（Dedicated To The Continental Marines Who Fought With General Washington Troops During The Battle of Princeton January 3 1778），从画面上像民兵，字面上是水兵。看来美国人也把当年摆脱英国人控制当做革命，至少是一场大变革。

离开 EMC 广场，向前看到 Morven 园艺博物馆（Morven Museum of Garden）。远远看是一栋拥有巨大花园的古典建筑，从介绍看是 1840 年开始修建，提供了两幅 1870 年前后的风景画。普林斯顿就是这样，随便一栋房子一般都有 100 年以上的历史。博物馆周三到周六开放，可惜我是周二去的。沿着 Nassau 路还有许多十分有趣的房子，Nassau 路 65 号是 Aquinas Institute（阿奎奈研究所，阿奎奈是意大利中世纪神学的显要人物）在普林斯顿大学的天主教的校区（Catholic Campus Ministry At Princeton University），这是一个图书馆和研究机构的综合体。但我只能匆匆而过，我真正要寻找的是我心目中圣地——爱因斯坦的故居。

爱因斯坦小屋

一路打听一路走，在 Stockton 街与 Bayard Lane 的交界处遇到一位遛狗的中年女子，她告诉我爱因斯坦故居在 Mercer 街上。走到 Mercer 街上遇到一对老人，看上去像是普林斯顿大学老教授夫妻俩早上遛弯，正好看到我手里拿着地图在寻找什么。听说我来找爱因斯坦故居，他们指着 Mercer 街与 Edgehill 街交界斜对面的房子说，那就是爱因斯坦住过的房子。我告诉他们我来自中国，他们十分高兴，祝我在普林

斯顿参观愉快。最后那个女主人用中文说"再见",我十分惊异——也许中国人来得太多了。当然,没有当地人告诉你,你是很难知道那栋不起眼的小屋(House)就是爱因斯坦的故居。

爱因斯坦小屋是极其普通二层楼的 House,和所有殖民式(colonial style)建筑一样是白墙黑顶,房子呈细长型。小屋面对 Mercer 街有一个 50~60 平方米的小院,用小灌木冬青隔着,院子小铸铁门上挂着一个明显的牌子"Private Residence"(私宅)。也就是说,我来之前抱有幻想进去参观的可能性没有了,只能站在外边看看。房子应该在 100 年以上,由于周边房子很多,有粉丝将 Einstein(爱因斯坦)的名字喷在临街的路面上,为了让人们不要搞错。实事求是地讲,如果没有人指点和印在地上的名字,我们很难想象这样一个普通的房子会与爱因斯坦这个伟大的名字联系在一起。

在房子周围转了 20 分钟,就是为了留个影,可惜 Mercer 路上的汽车来来往往,就是没有人路过。一直等到一个像是去上课的学生,请她拍了一张和垃圾袋在一起的照片。当年爱因斯坦在这样一个寂静的城市,住了差不多 22 年,将后半生大部分时间都留在这里。从 1933 年起,爱因斯坦的主要生活就在普林斯顿大学附近这个小镇,在这个小镇上极其普通的民宅中思考。他经常会徒步走到离他的旧居有一定距离的普林斯顿研究院,开始他后来称为"统一场"的研究。十分遗憾的是自 1921 后,爱因斯坦再也没有什么惊人的成果。当然从 1905 年到 1921 年,每一个成果都足以让他拿一次诺贝尔奖,尽管他只拿了一次。而他得奖的成果居然是"光电效应",这个成果相对于狭义或者广义相对论,以及上面提到的质量能量转换应该说是一个"相对"比较小的成果。爱因斯坦一直是静静地对待这一切,就像这个寂静的普林斯顿小镇独自面对 269 年普林斯顿大学的风风雨雨。

卡内基湖的静谧

爱因斯坦是可以选择更加喧嚣的生活的,而普林斯顿离世界上最大的都市——纽约仅 50 英里的车程。爱因斯坦为什么选择这里?

我没有去他生前工作过的普林斯顿大学研究院,据说这里奇才齐聚。它的最初的创始人就是著名华裔数学家——陈省身先生。而它的第一任院长是塔克,后来和他的学生兼合作者库克，一起找到了塔克—库克条件，那个在线性规划里极其重要的最优条件。当然，许多人记住这个地方，还是因为爱因斯坦在那里工作到生命的最后一息。

但是，实际上爱因斯坦在这里的研究和生活并不平静。作为 20 世纪或者说人类历史上最伟大的物理学家，希望在自己的生命历程中完成科学史最伟大的"一统天下"。但是像几乎所有抱有这样幻想的科学家一样，"统一场"是否存在是一个值得深思的问题，所以研究一直没有实质性进展也是可以理解的。可能爱因斯坦在教书育人方面远没有他在研究方面成就突出，似乎后来没有哪位著名科学家自称是爱因斯坦的学生。但是，作为一名人道主义者在美国的日子却十分繁忙，40 年代前期，为使美国能够赶在纳粹德国研究出原子弹之前造出这个毁灭性武器，他全力支持"曼哈顿"计划。可是当美国在广岛和长崎投下原子弹，他又投身反战同盟。差一点就被"麦卡锡主义"的支持者们列为共产主义者分子，后来的行动都受到限制。作为侨民，他还差一点被选为新成立的以色列国的总统。但是，可以想象一个伟大的思想家需要一个静谧的地方去隐藏自己最为"柔软"的梦想。这个地方在哪里？

从爱因斯坦故居向东南方向沿着 Alexander St，大约走 1 英里（mile）就到了卡内基湖（Lake Carnegie）。湖边被茂密树林遮掩，据说这是爱因斯坦最喜欢散步的地方。在湖的南边还有一条和它平行的人工渠叫特拉华拉里坦渠（Delaware Raritan Canal），以前每次从 Dennis 家到普林斯顿都要在这个渠边开很长的时间。这个渠据说修于二百多年前，十分有名。美国广播公司（ABC）做过一个专题片介绍这条人工渠。当时它的主要功能是把粮食从新泽西运出——新泽西在很长时间是美国东部重要粮仓。我问过 Dennis 谁修了这个渠，Dennis 说专题片上没有说，我想不需要太多思考，肯定是黑人或者其他外来劳工。这条渠今天依然保持良好，按照时间算已经成为文物。在湖和渠之间有一条很长很长，不知道从哪里开始到哪里结束的纤道（Tow Path），从字面上的意思就知道这条人工渠是干什么的。想一想在完全靠人力的时代，这条路上会有多少辛酸和眼泪。

今天看到的是孩子在上面骑车的身影，远处皮划艇的点点桨叶，我在新泽西的小朋友李超的太太还在上面看到许多小乌龟，在湖面渠边来回游动。我不知道 60 ~ 70 年前这里是什么景色，但是爱因斯坦可能在这里找到了属于自己的天地。我回到

上一次到普林斯顿之旅唯一重合的地方就看到了将普林斯顿大学一分为二的华盛顿路（Washington Road）。远处依然水天一色，通往美国最长的免费公路——1号路那座石桥依然告诉你，这里不是我们的圣地——香格里拉，而是爱因斯坦最爱的普林斯顿。

卡内基湖79年来依然静谧，像过去的269年，似乎远离喧嚣的尘世程度要远远超过普林斯顿远离都市的距离。不知道什么可以阻隔人间到"天堂"的距离，我也希望有一天我们大学的九龙湖也会有卡内基湖这样的静谧，我们的大学也会像普林斯顿一样远离喧嚣的尘世，还我们一块净土。

（2011年7月11日星期一凌晨1：23初稿于3500 Barrett Drive Apt 1G Kendall Park NJ 08824，李超家。）

康奈尔的草坡

导读：这是一时心起之作，算是向康奈尔的致敬，也是对大瀑布之旅的补充。虽然在康奈尔的时间仅仅是几个小时，康奈尔已经刻在我的骨头上，特别是这个大草坡。

去康奈尔大学（Cornell University）是在从尼亚加拉大瀑布（Niagara Fall）附近的布法罗（Bafflao）回新泽西（New Jersey）的路上经过的。上午从布法罗出发，先到康宁城（Corning）看了玻璃博物馆（The Glass Museum），然后绕了一点路到了小城伊萨卡（Ithaca）。康奈尔是常青藤大学中最年轻的大学（那也有快 150 年了），不像普林斯顿是 18 世纪中叶就有，比美国历史还长。不过康奈尔是常青藤中最大的大学，学校建在一座山的平台上。是不是当年纽约州长站在山上说"看得见的地方都是你的"，于是康奈尔的校长有点像中国的山大王，占山为校了？在国内很难想象，在这么一个远离都市，周围都是悬崖峭壁的地方（下面照片可以看到桥架在悬崖上），怎么能办出一流的

大瀑布上的彩虹

瀑布边的满山的"河鸥"

大学？但是，康奈尔做到了，美国的很多大学都做到了。

到康奈尔时是中午了，同去的朋友在网上确定了吃午饭的地方是中餐馆"状元楼"，说是为我儿子中考成功庆贺。到了很失望，只是一个十分普通的中餐馆，没有任何特色。基本上是为这里的中国学生开的，只有盖浇饭，我们五个人自己点的，也就是西红柿炒鸡蛋这类吃食。儿子倒是对"状元楼"的麻婆豆腐情有独钟，在后来近40天在美国走南到北行程中，一直念念不忘状元楼的麻婆豆腐。

吃过午饭就在校园里转。进康奈尔时，看到校名刻在地上很矮的一块石头上，不像其他学校那么显赫。学校的确是建在一片被峡谷隔开的平地上，想当年把现在进出康奈尔的桥改成吊桥，谁也不可能随意进出了，那么这个学校的确独立了，应该是"孤立了"。我对康奈尔的直观印象像是一个"大一号"的普林斯顿大学。学校的建筑风格几乎一致，特别是学生宿舍、教堂、图书馆，都是殖民风格老学校，多少可以看到剑桥牛津的影子。但是，

康奈尔大学著名的"自杀"桥

康奈尔有一个钟楼处于学校的最高点，过去应该有防卫报警的用处。钟楼与下面的校舍之间是一个巨大草坡，据说每年都有滚草坡活动，估计草坡最长应该在 100 米左右，有些地方超过 45 度。从这样的坡上往下冲，不仅需要勇气，可能还需要有点

康奈尔的钟楼和草坡

运气。每年都有为此受伤的，看来每个学校的学生都有宣泄自己情绪的方式。

今年纽约州比较干旱，草坡比以往要黄很多。而且正好是暑假，长时间没有修剪，草有些凌乱。但是，大草坡的气势依然，我可以想象数百学生一起向下冲的奇景，一旦有人摔倒，其后果十分可怕。那天天气较热，学生很少，我们在一棵应该是 3～4 人才能合抱的树下躺下，聊聊我们未来会是怎样。

许多有趣的事情使我们有太多的联想。首先是我们何时还会再来康奈尔。我的朋友在三年前刻在那棵树上的他当时的女朋友、现在他妻子的名字，是不是还能找到？儿子是否可能到康奈尔读书？我在新泽西的房东的小儿子在这里读了农经的硕士，而另外一个朋友的儿子去年到康奈尔来读建筑，似乎康奈尔对我而言十分有缘。我们明年学部的培训很可能也选在康奈尔。

我们带着点遗憾离开康奈尔，这也许是再回来的理由。

（2011 年国庆节写于南京四牌楼家中，第一稿。）

怎么理解美国式的衰退？

导读：美国在近十年经济状况发生了巨大的变化，似乎已经江河日下。但是维持这个国家的基本要素是否已经动摇？或者说最有可能超越美国的中国是否已经找到超越的这个"密码"？

我们如果借用尼摩（Philippe Nemo）对今天"西方"形成的基本路径去推论美国和中国的未来，可以得到这样的结论：当一个民族很有"礼貌"地拒绝比自己优秀的文化和传统，因为他们认为那些民族早已经被征服，从这一天起，她才真正面临本质性的衰退。似乎当今的美国，我们可以找到一些表象性的证据，因为他们的民众永远抱有一种对过去辉煌的怀念，而这种怀念充满着优越感，这就导致构成社会主体的各个器官功能减退甚至出现障碍。这就是我理解的美国式衰退，一种无形的、长期的和难以逆转的周期性衰退，就像当年的大英帝国。他们太富裕和安逸使他们再无法感受竞争对手的压力，无法超越自我，也就失去最后一点进取之心。

当然，中国要真正实现超越美国也许是 50 年以后的事情。我们必须有足够的耐性。因为按照尼摩的观点，只有我们全面了解他们，接受他们先进文明的"沉淀"，才可能最终战胜他们。而今天我们在产业中数量上的优势，仅仅是和平时期征服的开始。我们十分关注的技术也仅仅是工具，我们不必为这小小的胜利而沾沾自喜。当我们全面融化了他们文明之核，"西方"真正转到我们手中之时，那才是我们的时代。

到美国两个多月，见到的人都说，现在的美国江河日下，正在走下坡路，不管

是新移民华人还是土生土长的美国人，只要经历了克林顿时代的黄金八年，都会对今天的美国垂头丧气。就这么短短十年时间，为什么美国会落到今天这个地步？想不通。所以才有最近关于"美国真的在衰退吗？"[①] 的争论。一批美国一流学者，包括历史学家、社会学家、经济学家和政治学家，自然也就有我们熟悉的克鲁格曼，他永远都会在最热闹的地方。但是，看了有关讨论个人感觉十分失望。原因很简单，现在讨论美国的衰退依然是一些老套，无外乎 GDP 的增长率、政府负债、失业率、政府支出、医疗卫生和军费开支等等，这些我们都可以想象的数据，据此能证明美国的衰退与否吗？显然是不可能！如果这样就可以证明，那么问题岂不太简单！无外乎我们达成一个表征衰退的指标体系就可以，或者说如果这些数据达到了某一标准，美国就不衰退了吗？

今年的 4 月 24 日是西方人的重要节日——复活节（Easter Day）。上午在一个中国朋友家，她是一个基督徒。吃早饭前，也许她是希望说明什么，给我看了一份报纸，上面谈到法国哲学家菲利普·尼摩（Philippe Nemo）的名著《什么是西方？》（What Is the West）。书中将西方文化的来源总结为五大方面：古希腊民主制、科学和学校；古罗马法律、私有财产概念、人格和人文主义；《圣经》的伦理学和末世学革命；中世纪"教皇革命"将雅典、罗马、耶路撒冷融合到一起；启蒙运动的自由民主改革。全书是按照西方传统历史叙事方法，按照时间顺序，将作者心中的西方做了一个历史的回归，指出今天的西方从哪里来。

"五月花"号

对于尼摩的东西，本人有一点概念，因为

---

① http://cn.wsj.com/gb/20110425/opn072235.asp? source = newsletter。华尔街日报 2011 年 04 月 25 日 07：21。

读过他的一点东西。但是，今天在美国的语境下再读他的著作，感受却明显不同。他的叙述方式，使我想起来另外一本名著，就是韦伯的《新教伦理与资本主义精神》，从叙事方法和研究轨迹都有相近之处。况且尼摩本人也是欧洲工商学院的哲学教授，而韦伯的这本书也是他在剑桥大学讲经济哲学史的讲稿。他后来不幸染上西班牙流感，在 1919 年去世后由他的遗孀整理后出版了德文版。我们读的是由芝加哥学派的开山鼻祖弗兰克·奈特译成英文后转译为中文的版本。

但是，尼摩在书中强调的一个核心就是：历史上西方的征服者来自不同的民族，带有不同的文化和传统，也就是拥有不同的文明程度。罗马人、高卢人、拜占庭人甚至维京人，他们大多在其征服西方时，文明程度落后于甚至远远落后于被征服者。有一点尼摩描述得十分清晰，当时的征服者可以用强权征服西方，但是控制和在西方延续下去却是另外一件事情。所以要使征服者的种族、文化和传统真正延续下去，必须接受先进的思想和文化，并加以融合和传承下去，即使这些思想来源于那些被征服者，否则征服者也会被历史抛弃。所以，作者推论出能够传承下来，一定是最优秀的文化或者文明的符号，包括制度、文字、文学作品甚至风俗习惯等等被永远地传承下去，不管这个民族是什么时候或者以什么方式被别人征服。也就是说，像作者的祖先高卢人也曾经征服欧洲，但其文化水平远远落后于被征服者，他们也就毫不犹豫地抛弃自己原有东西，全面接受被征服者的罗马人甚至更前的希腊人文化内核，这才有了今天的法国人，也就保住了高卢人本身命脉。也就是说，各路豪强可以靠一两个英雄去征服西方，但是如果不接受被征服者先进的遗产，要成为构成西方文明内核的"西方"是不可能的。这一点，使我想到曾经征服过汉民族的蒙古族和满族，由于两者在对于比自己先进的被征服者"汉民族"采取完全不同的方式，最终未能保住其本身命脉，当然对构成今天中华民族内核的贡献也是不一样。这也同我经常强调的汉随秦制，唐用隋律而成就一代辉煌一样。

特别强调的一点是，我本身对他们两人的观点中关于文明的演进路径有一些不同的意见。但是，上述的理论逻辑我是十分赞成的。也就是说，西方的文明实际上是一个"原创性"思想不断出现，而这种原创性的思想，可以是文字、制度或者是文明范式。只有这些可以经历历史考验而依然遗传，才是真正先进的文明，无论这个文明是谁创造的。但是，另外一点，创造这一文明一定会在历史上领先其他民族而最终被其他民族征服，可以肯定成为历史的一部分留存下来。这是一个十分有趣的悖论。

如果按照尼摩的学术观点，似乎美国可以认为是西方文明的最终集大成者。其全球公认领先于世界的国家大学制度和科研水平，以及似乎已经"无懈可击"的民主制度，在以《独立宣言》为基础上建立的人权、产权和公正

远去的女神像

的基本逻辑，以及全世界最多的基督教徒，移民国家的多宗教和种族的融合，早已实现"教皇革命"时的理想，最后可能就是其从美国内战（Civil War）的解放黑奴（1864），到给予工人权利（1931）和妇女权利（1934）以及黑人权利（1963）等，这些都是给予不同社会阶层以近乎平等的权利，一直是美国民主运动的源泉。如果以此为基点，你可以找到需要修正的任何东西吗？没有了，似乎尽善尽美了。我不知道尼摩是否就是参照美国模式来写这本书，但是，以法国人的骄傲是无论如何也不会承认美国是他理论模式的最佳实践者。那么，美国为什么还会衰退呢？

到了上世纪 70 年代，美国真正的黄金时代来临了。就像我的房东 Dennis Gudz 告诉我的，那个时代工资在高速上涨，物价却在下跌，似乎买什么都不费劲；现在他们家里主要东西都是那个时候置办的，包括房子和主要家具等等，如果以他现在的收入无论如何也支撑不了。也是说，从亲历者角度看，那是他们经历的最好的时代。那时候美国应该是到了历史的顶点，而不是我们通常说的 2000 年的网络泡沫破灭之前。

但是，有一点尼摩一直没有关注：为什么这些所谓"先进的民族"会被打败？仅仅留下了一个好名声，而没有使自己真正成为这个文化永远的载体。实际上，我们知道似乎没有一个民族会一直领先于其他民族，这就是本文需要强调的。最有意思的问题是，所谓的先进是需要代价的，维持这种先进需要的代价更大。但是，十

分滑稽的事情是，每一个所谓最先进的国家为了维护自己的最先进，最终将自己断送了。也就是说，历史经常是一些比自己落后的民族最终战胜比自己先进的民族。我对西方的历史不太熟悉，可以借用中国历史来说明，为什么中国的历朝历代都是在其盛极之时而危机四起，无论秦汉、隋唐还是宋明，加上我们最熟悉的清朝。这就是所谓"领先者危机理论"中领先者难以自我超越的逻辑。

如果说美国还有什么弱点，那就是她似乎已经没有弱点，已经近乎完美。如果按照尼摩的理论框架，她已经是一个完备的体系，至少他们一直是这样认为，即使有些问题也是机体周期性反应，过一段时间就会过去。她经历了大萧条，躲过两次世界大战，淘汰了英国，战胜了前苏联，化解了日本的挑衅，她几乎战无不胜。但是，正是基于此，可以判别的是这个国家走到了历史转折时刻，是该交出"接力棒"的时候了。虽然，今天的征服不会像历史上的征服那么残酷，那么血腥，征服的时间也会很长，可能没有刻意要被历史记载的人物，如果我们一定要记载，也许是孙中山、毛泽东和邓小平——这也是我们今天真正需要纪念辛亥革命100周年的真实意义。美国也是在1776年独立后，差不多100年后的1864年才真正找到自己的中兴之路。后来的美国，我们似乎感到不断得到历史的眷顾。实际那是一个错觉，因为那时候，她已经从被征服者转为征服者了，"西方"已经到了北美。

那么最后一个问题就是，"西方"真正会转向"东方"，而且接收人就是中国吗？如果仅仅从尼摩的构架中，东方的印度似乎更有希望。这就是一般西方人虽然对中国感兴趣，但是从本质上无法接受中国，即使像我的房东 Dennis 这样善良的人，也许他可以接受我这样的个体，但是要他全面接受中国是十分困难的。

也就是说尽管美国的部分政客和学者不断警告美国国民，中国将成为他们在历史上最强大、最顽强和最长久，也是他们最难理解的对手。但是，据我所知这些政客和学者大都不是美国的主流。我们交流中谈到一个笑话：说有一个美国国会的议员在二十多年前就提出，要开放对中国的军援，可以消除中国在军事工业上自主研发的能力，就像控制台湾一样控制"红色中国"。当时由于此议员本人的人品不被人称道，所以他的提案也备受质疑，后来一段时间被当做笑话流传，甚至有人怀疑其动机。二十多年后，此议员重提此事，许多人扼腕叹息：早知今日何必当初！但是，所有人都知道即使今天提出也不可能被通过，仅仅是有不一定当着笑话来谈的进步。

虽然他们将中国确立为新的对手，这些大都是少数人个体盲目的行为，大多是盲人摸象或者隔靴搔痒。其实美国人没法也难以承认中国这个对手的优点，即使承认也是"礼节性"的，难以激起美国民众的最后一点激情。绝大多数美国人难以接受今天中国真正变成自己的对手，因为他们认为中国应该还在"水深火热"之中，就如同 40 ~ 50 年前我们

Hoboken 站废弃的铁轨

所认识的"西方"。他们似乎了解了中国的一切弱点和缺点，这是他们媒体和教育每天都在灌输给美国国民的理念，甚至大多数的美国知识分子对于中国的了解最多停留在上世纪 70 ~ 80 年代，因为那是他们所希望看到的中国，这一点我可以从每天新闻中明显感到他们的倾向性。也就是说，我们早已放弃的出于意识形态等方面考虑而采取的行为，在今天的美国依然盛行，当年盛极一时的"麦卡锡主义"在美国至今阴魂不散。这很出乎我的意料。他们最不能接受的是，中国在如此糟糕的政治和社会环境下，怎么能保持如此高速的经济增长！这是他们最不能接受的。

所以说大部分美国人不了解中国人的本质，可能也懒得花气力去了解。与之相反，中国人却急于了解美国，这一点与 150 年前正好相反。那时候中国的知识分子几乎无法知道西方是什么。而当时西方的知识分子却用各种方式了解中国。我的房东太太，将近 70 岁的 Helen，是挪威维京水手的后裔，他的外祖父当时靠帆船环游世界，现在家里还有帆船的图片和记述环球过程的书，描述了他们到达东方的喜悦。今天完全相反，每年都有 12 万 ~ 13 万人来到美国学习，在全世界留学的中国人每年应该在几十万人，如此庞大的队伍积累 20 ~ 30 年将是一个构成中国"王者归来"的主力，就像中国懂英语的人要比美国会一点中文的人多成百上千倍一样，这些应该是构成我们未来赶超的基石。美国人似乎也没有太多的兴趣去认识中国，因为要理解中国实在太难，就如同学习中国的汉字。同时他们认为，美国在与英国、前苏

自由岛移民博物馆外景

联以及日本的竞争中不断胜出，战胜中国应该也没有问题，胜利只是时间的长短而已。

所以，我要说，讨论美国式的衰退不是根据数据，而是一个民族整体性的变迁的问题。美国有没有可能避免这种衰退？应该承认美国已经是现代国家体系中自我修复能力超强的国家，这一点用尼摩的理论分析应该是不错的，美国在过去 150 年中真正得到了"西方"之核。否则从上世纪 20 年代末大危机开始，经历两次世界大战，到战后 70 年代在石油危机、21 世纪初"911"到 2008 年金融危机——在如此沉重的打击下，美国依然能坚持，说明赶超美国并非易事。从这个意义上说，因为我们的对手不了解我们，从内心藐视我们，这才是我们的真正机会。只要中国依然保持低调，努力使他们认为自己依然是不可战胜的，当我们将其所有优势逐步化解之后，我们才会呈现自己的优势。所以，我们要做的是依然让他们难以认清我们真正的优势所在，当他们的器官真正衰竭到难以修复的时候，才是我们最终胜出的时刻。我们必须等待属于我们时代的来临，我们已经守望了 100 年，不在乎再等 50 年。

谨以此文纪念辛亥革命 100 周年。

（2011 年 4 月 28 日星期四修改于 15 Judge Thompson Somerville NJ 08876 – 3723 的 Dennis Gudz 的家中，第二稿。）

美国式的奢侈和浪费

（The American's style of extravagance and waste）

导读：本文通过一些微观现象的描述，说明美国人在生活习惯、公共设施、精神文化以及教育等方面，已经形成难以抑制的奢侈和浪费。由于这些都是关乎基本选民的利益，这个奢侈和浪费是刚性的，难以逆转的。本文无意评价这种奢侈和浪费的合理性，只是希望说明美国现有庞大国家债务的微观基础，并借此表述我对中国大量拥有美国国家债券的担忧。

一包餐巾纸

要谈美国式的奢侈和浪费，先从一件小事讲起。每一个在城市生活的中国人出门必备的东西是什么？不是手机，是手纸，也就是一包餐巾纸。否则，你或许会碰到难以想象的尴尬，更何况你是要到十万八千里外的美国，随身带上一包应该是很自然的事情。但是，如果我告诉你这包餐巾纸现在还在我的箱子里，原封未动，估计我8月回国还会随着箱子带回去，你可能认为是我忘记了，或者故意为之。说实话，真不是故意的，是真正不需要。到过美国的人，都会发现在任何地方都会有充足的卫生纸供你使用，不管是学校、车站、商店、餐馆还是在教堂。一次去 Fordham 的路上，去了在33街的 JC-PENNY 的洗手间，除了卫生条件没有话说外，其卫生纸品质优良程度令人费解。

记得在读博士时，导师刘志彪教授不经意说过一句话，估计当时在场其他同学都忘了："南美洲的热带雨林都到了美国人抽水马桶的下水道去了"。当时，刘老师

157

刚从美国访学回来，有此感想，我们同学当时对此都没有概念。我到美国这三个月，真和刘老师有同样感受。除了餐巾纸，在 Fordham 到处可见的打印纸，摆在教室、办公室走道以及会议室实验室的边上，无人看管随便拿。据说，刚到美国的中国学生开始也多拿手纸或者打印纸，回来发现没有必要，到处都是，也就逐渐不拿了。参加 Fordham 金融系每周一次的 Seminar，合作教授颜安一般都会把电子稿提前发给大家。但是，每次正式开始前，还是会打出多于参加人数的打印稿便于大家阅读。但是，一讲完，我看他们很自然就把打印稿直接丢到垃圾箱。这不是这个学校的特例，是美国各个学校的通病。

今年复活节（Easter Day），我在普林斯顿附近中国人家里住了两天。男主人老韩，女主人宁老师都是来自西安，为人十分热情豪爽。在我的要求下，他们带我参观他们儿子曾经读书的中学，WEST WINDSOR – PLAINSBORD HIGH SCHOOL NORTH。虽然这是普林斯顿附近一所普通的公立中学，建校是 1997 年，不过 13 年时间，现在也就一千五百多名学生。我问韩老师对学校印象最深的是什么，她告诉是他的孩子在这里读高中（HIGT SCHOOL）四年（美国高中参照大学一般是四年），除了这里极其完备和先进的设施外，他们作为学生家长，来做义工（volunteer）时感觉学校的复印机好像永远不停，没完没了地装订各种各样的学习资料，就是他们主要的工作。这仅仅是新泽西 1714 所公立高中的最普通的一所[1]。

五百个公园

昨天 4 月 30 日听美国之音（VOA）的一个特别节目，说到纽约市（NYC）有五百多个公园（Park）。我自己在纽约待了两个多月，虽然没有跑很多地方，但是就自己直观的感觉，估计没有那么多。于是上著名的维基网查了一下，有资料可查的公园共有 92 个[2]，好像证明了我的直觉是对。但是，我又将问题提交到 google 上去，得到的答案是，纽约市有 1700 个公园和 3300 个私人庭院，覆盖了 29000 英亩，约占纽约市总面积的 14%。我估计 VOA 说的是比较大的公园。在纽约有时候可以看到，像 33 街到新泽西 Path 地铁入口有一个巴掌大的地方也叫公园。但是里面竖着纽

---

① 数据来源：http://www.publicschoolreview.com/。
② 数据来源：http://en.wikipedia.org/wiki/List_of_New_York_City_parks。

约市印刷工会（TYPOGRAPHICAL UNION）的第一任主席 HORACE GREELEY 大型坐姿的雕像，所以这个地方自然就称为 GREELEY SQUARE①。公园虽小，倒也十分干净，进口处都有明确的公园守则，告示游客什么不可以做。由于这个地方靠近那个朝鲜屯（KOREATON），所以可以看到不少韩国人随意坐在公园里的铁椅子上休息聊天。

美国公园系统与国内管理有相似地方。在纽约有一个专门机构管理，叫纽约市公园和娱乐局（New York City Department of Parks & Recreation），管理多种资产和设施，包括 2600000 棵树（这些树都有登记，有不少树有数百年年轮，非常高大粗壮）、14 英里海滩、800 个田径场、1000 多个球场（我看到大部分是棒球或者垒球场）、13 个标准高尔夫球场、550 多个网球场、17 座自然中心、1200 多处古迹和 22 家博物馆②。我不清楚高尔夫是否收费，但是其他球场，包括网球、棒球和垒球场大部分是免费的，据说节假日需要预约，可能怕来人太多。

在纽约市最著名的公园自然是中央公园（Central Park），几乎是从纽约上城（Upper Town）最繁华的地段 60 街开始紧邻第五大道（5rd Avenue），一个似乎与世隔绝自然原始领地。我没有仔细研究过中央公园的来历，可以肯定它在相当长一段时间一直是曼哈顿的边缘，就像南京现在玄武湖公园几乎在市中心地段一样，想当初她也是在城市的边上一二千年。不过到过中央公园的人都有这样的感受，就是在极尽奢侈繁华的第五大道旁边居然有这样一块净土，让人很难想象，在寸土寸金的曼哈顿保留下 843 英亩（合 3.4 平方公里）公园实属不易。但是，我没有想到的是，中央公园在纽约市的公园面积上仅排第五位，最大的是纽约最北端的布朗克斯区（Bronx）Pelham Bay 公园，有 2765 英亩（合 11.2 平方公里）。由于这是一个海湾公园，又在城市的边上，仔细想想大一点也不足为奇。

1300 座教堂

我的房东 Gudz 夫妇是虔诚的基督徒，每天早起都要像其他基督徒一样颂一段圣经，每顿饭前都要做祷告。每周日上午除了极其特殊的情况，例如在外旅行不方便，

---

① 资料来源：http://wiki.worldflicks.org/greeley_square.html。

② 数据来源：http://wiki.answers.com/Q/How_many_acres_of_parks_in_New_York_City。

都会去做礼拜。他们去时，我一般也跟着去看看，了解美国人的宗教。我认为这是一个民族文化的基础之一，也是他们的"核"之一。他们最近5~6年去的教堂，叫蒙哥马利福音免费教堂（Montgomery Evangelical Free Church，以下简称 MEFC，他们的资料也是这样要求免费的）。他们是这个教堂的会众，好像房东先生 Dennis 还是这个教会的长老（Elder）之一，不过没有收入，仅仅是一个荣誉。

从 MEFC 提供的资料看，这个教堂始建于 1965 年，与普林斯顿大学附近动辄上百年，甚至二三百年的教堂相比，这算是一个很新的教堂，而现在的教堂的整体建筑是 1997 年重建的，所以看上去比较新，其设备和规模也是很一般，但是十分完备和现代。这一点有点出乎我的意料。在伦敦参观著名圣保罗大教堂（St. Paul Church）、牛津剑桥学校内的大教堂和伦敦国王学院（King's College）的主教学楼内的小教堂，虽然没有看到礼拜的全过程，但是，从内容到形式和我们过去对教堂的了解相差不多，比较传统。而在 MEFC 牧师布道都是用投影仪来讲解，PPT 也做得十分现代和新颖，音响设备效果看来也比较高档，尽管都是宣传基督教的内容。

MEFC 的建筑面积也有 8000 平方米以上（估计），一个礼拜堂估计可以容纳 500 人没有问题，还有不到 20 个的小教室，中间居然还有一个标准篮球场，也是为了吸引年轻人来这里活动，外面有一个可以停 100 辆以上车子的停车场。可能考虑教堂的容量，4 月 24 日复活节的活动，就不是通常 11 点开始一次，而是在 9 点和 11 点两次，每次都是 1 个半小时。通常每周日的礼拜中，都会提供下周教堂完整的活动安排。一般是固定的，包括年轻人、女性和男性成人圣经学习班以及其他各种活动，一般都是免费。

这样的教堂管理十分有序。显然在美国已经形成了一套十分完整的教堂管理体系和运行制度，几乎所有的教堂运行规律基本相同。例如，根据 MEFC 的资料①，教堂的主要成员包括：牧师（Senior Pastor）Brian Cooper。这个牧师我的房东 Dennis 介绍我们认识，他居然在伯利恒（Bethlehem，我不知道是否是耶路撒冷的伯利恒，还是美国有个叫伯利恒的地方）做了 13 年的牧师，使得那里的教堂的会众规模从 250 人提高到 750 人。这是了不起的成就，他好像就是去年才到 MEFC，按照 Dennis

---

① 资料来源 http：//www. mefc. org/default. aspx

的说法，这边还是比较传统的教堂模式。音乐主管（Director of Music）Mark Hahn。Dennis 告诉我，他们也是 5～6 年前转到这个教堂，主要是这个教堂的音乐比较传统正规，这应该和音乐主管选择有关。据说现在美国一些教堂为了吸引年轻人来，将教堂音乐进行改革，加入很多现代元素，老年的教徒就不喜欢。还有青年部主管（Director of Youth Ministries）Eric Couch、行政主管（Administrator）Shelley Mathisen、行政助理（Staff Assistant）Denise Loock、教堂司事（Sexton）Dan Homan。可以查到他们的基本简历，一般都是在与基督教有关的学校学习过，但是从学历角度看大都是高中毕业，或者不太正规神学院。这些人是由会众提供工资收入。我向教徒中的一些中国人询问得知，这些神职人员一般是专职的人员，他们一般拿州平均收入。按照新泽西去年的水平，也就不到 6 万刀。他们靠此维持生计，网上还公布了他们的家庭状况——应该说他们也是公众人物。其他人员包括像 Dennis 这样的长老（Elder），以及其他服务人员都是免费的。

根据这样的简单测算，每个教堂的运行费用基本要在 600 万美元以上。其中一半作为这些神职人员的工资支出，另外是维持这个教堂的基本费用，还不包括土地费用和教堂各种设施以及自身的折旧。从这个方面考虑，我们住在 Newport 时，那边的教堂被废弃，也是可以理解的。如果没有会众的支持，一个教堂很难维持。所以美国教堂之间的竞争也是很激烈，这方面的内容另文详述。但是，MEFC 仅仅是美国免费福音教堂协会（Evangelical Free Church of American）将近 1300 个成员之一，而他们仅仅是一个教派的教堂体系。我在 Newark 看到各种教堂遍及整个城市，即使在纽约第五大道这样繁华的地段，教堂依然是不可少的。我们一直在问美国人靠什么支撑他们的思想教育体系，教堂和他所维系的意识形态起到不可替代的作用。

我们对这一点的研究是很不够的，还是带着很强烈的意识形态的"有色眼镜"看待他们。我个人认为必须了解别人，才能战胜别人。我想这应该是姚明在"博鳌青年领袖论坛"中发出"我们缺少的是信仰"的呼吁的原因之一。当然这种美国式信仰的维持费用是巨大的，其效果在青年中影响也不是十分明显。就像 Dennis 的两个养子 Gideon 和 Paul，从来没有和他们一起去过教堂，即使像复活节（Easter Day）这样重要的节日活动也不参加。当然，Dennis 自信地认为当他们阅历不断增加，会逐步认识这个问题，也就会走到正确的道路上。

11 万多所中小学

在 Dennis 家讨论最多的还是美国的教育。Dennis 是 1964 年毕业于纽约市立大学（The City University of New York，简称 CUNY）。年轻时 Dennis 虽然成绩突出，但是由于家境贫寒，所以就上这个被称为"穷人的哈佛"的纽约市立大学的电信工程专业，这在当时是最好的专业了。毕业后他在 AT&T 工作差不多到退休，如果不是工作的部门分拆出售，可能要在那里工作到退休，不过现在他还是在 AT&T 拿退休金。关于美国的公立大学制度我们以后再谈，这里主要谈的是美国的中小学。

美国公立中小学分为三个层次。ELEMENTARY SCHOOL 相当于中国的小学，全美共 26354 所。各地各个学校的学制、教学系统甚至课本选择是不一样的，有 1、2、3 年级与 4、5、6 年级分开为两个学制，也有 1、2、3、4 年级和 5、6 年级分开为两个学制，还有 1、2、3、4、5 年级在一起的，各地的选择不一样。我感觉是和这个地区早期学生数量有关，就像在许多山区和偏远地区，由于学生少，形成混班制的教学模式。当然 MIDDLE SCHOOL 就是中国的初中，一般是 2 年制，有 23285 所。但是如果小学是 5 年的，初中就是三年，所以初中一般是 7、8 年级或者是 6、7、8 年级。HIGH SCHOOL 就是中国的高中，不过是 4 年制，包括 9、10、11、12 年级，全美共有 60074 所[①]。而普林斯顿所在的新泽西（NEW JERSEY）的数据是小学、初中和高中的数量分别是 589、622 和 1714。不知道是统计口径上的问题，还是分类上的问题，高中数量远远超过中小学，可能小学初中规模较大，这和我的观察正好相反。不过，美国有不少孩子不上正规学校，在家里受教育。我现在住的房间就是家庭学校（home school）的教室。这和 Dennis 家住得较偏远和孩子较多有关，他的妹妹原先就是一个家庭学校的教师。这让我想起简·爱描述的情景，不过那个时代已经远去了。

我写这篇文章主要还是想说明美国在中小学教育中投入的巨大费用。举一个例子说明：我的合作教授颜安的太太朱艺老师最近在他们居住的新泽西 Shorthills 地区申请成立一个以中英文教育为特色的小学，同时和他们竞争的有以西班牙英文教育

---

① 数据来源：http://www.publicschoolreview.com/。

和阿拉伯文英文教育为特色的两个申请团队。后者的竞争力有限，但是由于最近一段时间西班牙语在美国十分盛行，所以前者的竞争力很强。在我离开 Newport 的 3 月 30 日，朱老师向新泽西政府提供相应的材料。我询问的基本情况是，如果申请成功，学校必须保证每年有超过 100 名以上学生入学，新泽西州政府不仅提供相应的土地和设施，每年还要给每个学生 1 万美元的费用支出。那么按照这样规律，如果按照六年制计算，在运行正常后，学校每年得到的是 600 万美元的费用，折合人民币应该是 4000 万不到，就为 600 个小学生！这是在中国相当于一个中等规模的大学每年国家财政的拨款。

计算一下我们上面说过的普林斯顿附近的中学，1500 名学生，也就是每个年级大约 400 名学生不到，按照高中费用是小学费用的 1. 5 倍计算，这个学校每年的学生费用是 1350 万美元，约合人民币 8775 万，这可能与政府给我们东南大学的财政拨款相差不大。我们假设所有学校规模一样，以初中费用为小学的 1.2 倍，高中为 1. 5 倍计算，折算过来新泽西就有 3906.4 所标准小学，总费用 234. 38 亿元美金，也就是 1523 亿人民币。如果全美按照上述方法折算，共有 144407 所标准小学，费用就是 8664.4 亿美元，折合人民币 56318 亿，大约是中国去年 GDP 的七分之一到八分之一。考虑到美国去年 14. 62 万亿美元的 GDP，这个费用可能高了一些但还不算离谱，也就是 6% 不到。由此看来美国教育的优势实际是以其经济优势为基础。同时，也存在巨大的浪费，也是美国式的奢侈之一。但是美国人对此不以为然，他们认为投入到教育都是没有错的。谁敢在这方面提出异议，必然会遭到选民的唾弃。

简要小结

美国式的奢侈和浪费有很多，比如他们庞大的管制体系。我过去做管制经济学的数据，在 2003 年就达到 6000 亿美元以上，现在无论如何也会超过 6500 亿美元；当然包括公共卫生医疗、军费等等，这些都体现美国这个国家对整个人类的态度，就是：美国人是这个地球中最先进和最重要的，其他国家和民族的人都是比我们次要和落后的，我帮助你们主要出于我的道义和怜悯，所以你们不能对我们说三道四，我们有一个完备的机制来自我约束。

但是，如果考虑美国几乎和一年 GDP 等值的庞大国家债务，我们不难理解美国

现在是在严重透支他们前辈建立的国家信用。但是，我们知道上述描写的微观数据基本上是刚性的，也就是在现有的美国国家体制中难以逆转，因为这些都是选民利益所在。从这个意义上说，美国的国家债务还会进一步增加，由此，中国必须做好应对的准备。

（2013 年 1 月 11 日整理于南京江宁文枢苑家中，第三稿。）

本·拉登之死对美国人意味着什么?

导读: 与本·拉登的对立仅仅是美国自二战结束以来一系列战争的一部分, 也是几千年来不同宗教之间矛盾所掀起的惊涛巨浪中的一个极小浪花。从本质上说, 这是世界上两大宗教基督教 (Christianism) 和伊斯兰教 (Islamism) 之间为争夺"普世价值观"无数次冲突的微不足道的一次, 这种争夺将永远持续下去, 直到这个地球灭亡。

我过去一直难以理解美国这样一个所谓民主制度如此完备的国家, 他们的民众为什么对如此巨大的军费开支可以容忍, 为什么允许自己的军队不断住在别人的国土上而无动于衷。进一步分析我们发现, 在西方基督教的信徒中多多少少还有一些"十字军东征"的情结在里面。这样看来, 是这些军队代表美国的民众去实现他们的理想, 传播他们的普世价值。

如果我们还要继续深究, 不难发现犹太人中的精英分子通过对美国宗教文化的控制, 最终实现对美国政治、经济和社会的实际控制。这些应该是大家人所共知, 但是谁也不愿意点破的历史事实。也就说, 犹太人在经历几千年的颠沛流离后, 在以色列国实现了复国的梦想。但是, 最终使其普世价值成为世界共识必须借助美国这一超级大国来完成。

一

本·拉登被打死了, 在一个几乎是现场直播的情况下被打死了, 美国人又赢得一场战争。许多美国人欣喜若狂, 像庆祝一个重要的节日。纽约市 (New York City)

人（不是指纽约州人）在东部沿海各州公认为是比较冷漠的，但是，5月1日依然在时代广场（Time Square）狂欢游行。可惜我已经搬到 Somerville，没法去那里看他们如何狂欢，只能通过网络看到他们大喊"USA"的情形。在我现在住所附近的普林斯顿大学5月1日也搞了很大的庆祝活动，周一（5月2日）到普林斯顿大学附近 ESL 去上英语课，我们老师 Bob 把正常上课都停了，打印了关于突袭本·拉登的新闻，整整4页，一个半小时才讲了一半，说好下周上课接着讲。Bob 本来就对政治事件极感兴趣。以前班上有一个学生是从法国一所大学博士毕业的摩洛哥人，在普林斯顿大学做国际关系研究，每次来他们都要讨论一番关于卡扎菲和叙利亚的事情。这周那个博士已经回法国，否则这两人这次正好逮到机会好好讲一讲。

回来的路上路过几个教堂，远远看到不少教堂门口插着许多标语，都是"去死吧（To Die）"等这类标语。5月4日晚饭后和 Gideon（房东 Dennis 的两个养子中的老大）带家里的小狗 Daze 出去散步。我问他：你们同事这两天是不是都是在议论本·拉登的事情？Gideon 表达能力不强，比较擅长计算机。他这次下载了不少录像给他同事看。以前听他说他们老板是个女的，不是太好说话，这次居然在上班时也允许他们看录像，还和他们一起看。可见老板本人也认为这件事情是大事情，也乐于和他们一起谈谈此事。房东 Dennis 夫妇一般不怎么看电视，不过这两天一到晚上6点，即使在吃饭也端着碟子到起居室去看 BBC 新闻。显然，一般美国人认为这是"911"以来美国最重要事件。

第五大道的老教堂

可能是本·拉登对中国人而言还是比较遥远的，没有什么大的影响，仅仅知道这是一个美国人在不断寻找，并要消灭的恐怖组织头目而已。中国的东部地区是近三十年发展最快，社会生活比较稳定的地区，而我们生活的南京又被认为是最安全的城市之一。平时对恶性犯罪都没有什么直观的印象，能够得到这方面信息主要还是来自网络报道。虽然"911"发生当时我也看了电视的直播，但是毕竟当时不在美国，很难直接了解美国人当时的感受。

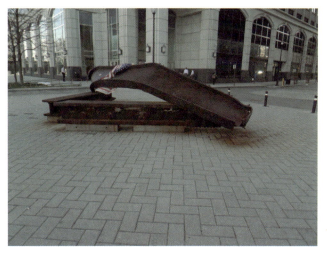

新泽西"911"纪念碑

到美国一周后，我去世贸中心（WTC）的遗址看了"911"的纪念堂，开始有一点直观的了解。对我感触比较深的还是 3 月 24 日要离开 Newport 之前，为了留个纪念，我和同事王翔沿着 Hudson 河从我们住的 Newport 站一直走到 Exchange 站附近，看到一个广场上的特殊纪念碑，纪念在"911"中遇难的新泽西人和英勇的消防队员，他们的名字刻在纪念碑上，而纪念碑的主体是从世贸中心倒塌的遗址中锯下来的三段钢梁组成。纪念碑的位置正好和河对面的曼哈顿原来世贸中心位置在一条水平线上。更加有意思是和这座纪念碑并行的还有一座纪念 1940 年前苏联秘密杀害 2 万多名波兰军官和知识分子的"卡廷事件"的纪念碑，纪念碑主体是被一把带刺刀的步枪从背后刺进波兰军官胸膛的塑像，碑文同时用英文和波兰文刻写。当时，一直想不通为什么把这两个纪念碑放在一起，现在想想也许真有深意。

二

我并不想对本·拉登的被杀作太多的评论，因为这是一个显而易见的事情。从表象说，本·拉登死了一切都结束了。实际上，本·拉登本人就是美国 CIA 在阿富汗对苏战争中制造出来的。美国人可以"控制"地消灭一个本·拉登，就可以"控制"再造一个本·拉登作为对手，这就为其每年增加的军费提供了充足的依据，为不断对外干涉提供理由。

自"911"以后，美国人一直在寻找这个重大事件的幕后指使人，本·拉登很

"自觉"地担当起这个角色。而且本·拉登本人也是在阿富汗反苏战争中由 CIA 培养起来的。我在国内看过一部英文电影是由汤姆·汉克斯（Tom Hanks）和大嘴罗伯茨（Roberts）主演的《一个人的战争》（Charlie WiLson's War），说的是这个德克萨斯州参议员 Wilson 实际上是个花花公子，但是，当他从电视中看到苏联人在阿富汗的暴行，决心帮助他们。经过不断努力，终于通过多方合作，将武器运给反苏武装。电影描述的像是他以一己之力帮助阿富汗人最后赢得对苏战争。这部电影是用直观的语言告诉我们，美国人或者以美国人为代表的基督教文明，希望带给世界什么。但是，前苏联在阿富汗撤军后，美国人培养的本·拉登们开始与美国人作对，才有了今天的故事。但是这个故事，实际是上一个故事的延续而已。

我们回顾朝鲜战争、越南战争，表面上是不同意识形态的两个阵营的斗争。但是当我们把它们放进历史的长河来看，前苏联的崩溃，实际上可以看作以美国为首的基督教文明在一个新的历史时期又一次对东正教征服的胜利，是又一次"十字军东征"。但是，两次海湾战争实际上是美国人才开始接手，过去一直是以色列人在坚持干的事情，也就是基督教在中东地区与伊斯兰教的对峙。这次同样直接借助了伊斯兰教内部的不合，就是萨达姆入侵科威特，以及莫须有的大规模杀伤性武器罪名，完成了一次成功的东征，至少打掉了中东地区最强的两个对手——伊朗和伊拉克中的一个。如果沿着这个思路我们就不难发现，美国不断地要求惩罚伊朗，实际上是整个东征的一部分。

如果我们把上述过程和历史相对照，历史总是有惊人相似的说法就不难理解。公元 10 ~ 12 世纪的十字军东征，是为了从伊斯兰教徒手中夺回基督教圣城耶路撒冷，本质上说是为了掠夺伊斯兰教教徒们的财富，也为欧洲商人打开通往东方的财富之门。那么今天去干什么？显然是为了控制那里丰富的自然资源石油。否则，为什么本·拉登死了油价就会跌呢？为什么总是在卡扎菲那里罗织专制的罪名呢？难道沙特阿拉伯、科威特的专制统治与叙利亚有什么不同吗？无外乎五十步笑百步，为什么不去惩罚他们？因为他们已经屈服。

如果说公元 11 世纪开始的十字军东征为西方人打开了通向希腊文明的大门，为西方最终实现 15 世纪前后开始的文艺复兴提供先决条件，让古希腊的文明之火照亮欧洲中世纪黑暗的天空。按照尼摩的理论，这是人类文明极其重要的一步，形成三大宗教的融合。物质上掠夺了大量的财富为后来的西方工业革命创新提供财富保障；

思想上引进了古希腊文明中的民主自由真谛,为冲破欧洲中世纪的政教合一的专制统治提供了理论基础;在科学方法上全面借鉴古希腊哲学家们的研究,突破经验主义方法论,为后来科学方法广泛运用达成共识。今天我们把所有的人文社科博士都称为哲学博士(PhD),也许也是基于此。从这个意义上说,上一次十字军东征无论它多么残酷,最终为后来的西方科学发展、文化繁荣和工业革命奠定了基础,从而引发人类真正意义上摆脱自然对自己的束缚。

但是,这次一个标榜现代最文明的国家又一次"十字军东征"会给世界带来什么?同样还是灾难。会给美国带来什么?同样是财富,是对中东石油财富的疯狂掠夺。只不过这次不像上一次十字军东征那样明目张胆,但是,可以想象美国几乎不开采自己的石油,却用了全世界其他国家总和的能源消耗。用什么支付?就是依赖自己印钞票和"虚无缥缈"的服务业。

我过去一直难以理解美国这样一个所谓民主制度如此完备的国家,他们的民众为什么对如此巨大军费开支可以容忍,为什么允许自己的军队不断住在别人的国土上而无动于衷。现在看来,是因为这些军队代表美国的民众去实现他们的理想,就是传播他们的普世价值。在西方基督教的信徒中多多少少还有一些"十字军东征"的情结在里面,这就不难理解为什么美国的中下层民众并不太了解以色列人和以色列这个国家,但是,由于与其有相近的价值观和信仰,支持他们保住自己的圣地耶路撒冷就成为义不容辞的责任,由此形成的"一点"杀戮和牺牲就成为情有可原了。

三

这两天思考的问题,首先是本·拉登之死对美国意味着什么。应该是新一轮的征服的开始。那么美国人还会向哪里开战?它还要征服谁?可能会是中东的其他对手,包括伊朗和叙利亚等等还没有纳入到它的价值体系内的国家。

然后会是中国吗?如果把朝鲜战争放在普世价值争夺的坐标上分析,我们不难发现,像麦克阿瑟这类军人实际上具有强烈的基督教文明的烙印,在他的字典中几乎都是"感恩节"前结束战争,让孩子们去平壤过"圣诞节"的字眼。还是需要说明的是朝鲜战争和后来的越南战争使美国人开始感受到在东方国家用武力实现自己

普世价值的困难性。

但是，在中国结束"文革"之后，美国人开始认为也许不需要武力，不需要像征服日本人那样用原子弹就可以让中国人屈服。就拿汉民族而言，由于是农耕民族，向来是以"恭俭让"为美德。但是，当民族面临危亡，祖国遭受外族入侵，国家出现分裂时，这个民族对于"杀戮"和"牺牲"的忍耐力是所有民族难以企及的。中华民族为统一付出的牺牲是所有民族无法想象的，也许这就是为什么这个民族五千年屹立不倒的终极答案。这就是中国人的宗教，也就是他们的普世价值。

应该说在较短时间里，中国还不会成为他们直接征服的对象，但是在精神层面的对峙早在朝鲜战争结束就开始了。他们需要的时间可能是 100 年甚至更长，就如同毛泽东说的"他们把和平演变的希望寄托在我们第三代第四代身上"。所谓和平演变无外乎就是将他们的普世价值灌输给我们平民，使其成为我们的行为准则。从这个意义上说，毛泽东的预言极其有前瞻性。下面的问题是它的财富还可以支撑多久？如果我们仅仅从美国现有直观的感受，我们应该感受到我们对手的实力强大。

美国在 1974 年主动放弃"布雷登森林体系"就为自己保存实力赢得了先机。也就是大家经常说的"铸币税"，以货币信用换取实际的经济利益。到今天与一年GDP 相当的国债，为其储备了为未来征服的巨额财富，这些是大家经常议论的。

我们如果仅仅认为美国人已经没有竞争力，这就会犯原则性错误。我们必须清醒地知道，美国可以在极短时间里重建他们的工业体系。他的土地如果正常地耕种，全世界的粮价会跌去一半，甚至有人认为美国人每年用在各家草坪上的费用，足够1 亿人吃饭。

尽管有点夸张，根据我直观的感觉，根据我的房东 Dennis 的情况也许有这种可能。他们住在新泽西中部的 Somerville，有一个 1.75 英亩（折合 10.62 亩）的院子，看他们每年在上面投入的钱物和劳力，足够养活他们四口之家（Dennis 夫妇和他们两个养子 Gideon 和 Paul）。而新泽西是美国人口最稠密的州，但是你到他的乡村看看，到处都是肥沃的荒地和以各种名目保护起来的保护区，甚至只要有一个小水塘就是湿地。几人合抱粗的树倒了，锯成几段不要伤到人就永远放在那里，直到腐烂。没有人关心这些，如果到人口相对稀疏的中部和西部，这种情况更加普遍。

150 年的财富积累，使他们具有超出我们想象的财富储备，我们必须知道；他们积累了两千年文明的文化积淀，我们必须承认；他们已经开始着手又一次十字军东征，我们必须做好准备。这是我们这代人的责任所在。

四

美国人的征服会赢得最终胜利吗? 我不想直接回答这个问题。但是，这使我想起20多年前读过波兰作家亨利克·显克维奇的历史小说《十字军骑士》。像波兰这样一个欧洲的小国，多少次东征他们都是主要的受害者，但是依然在过去的一千多年时间里屹立不倒。原因就是在这片土地中，有边境小城堡的主人尤兰德和骑士马奇科、兹贝什科叔侄等人面对国难，以"小人物"的身份投身于卫国战争之中，通过生活和苦难的磨炼，最终使个人的成长和卫国战争的胜利成为现实。从这个意义上说，我们在 Exchange 站看到"卡廷"事件的纪念碑给人的感想就不止于此。

更何况中国这样一个有五千年历史的国家，民众有自己的普世价值和人生观，要想征服我们可能是一个吃力不讨好的事情。因为历史告诉入侵者，你们不是被赶走就是被同化，没有例外，这就是我们这块贫瘠的土地教给我们最本质的东西。有些人认为，中国到21世纪中叶将成为基督徒最多的国家，如果真的有那么一天，这个基督教也会是"中国化"的基督教，就如同当年的佛教。所以，我坚信这一点，美国人你们来吧，我们等着你们。

(2011 年 5 月 7 日星期六写于 15 Judge Somerville New Jersey 08876 – 3723 的 Dennis Gudz 的家中，第一稿。)

李娜现象的"现代启示录"

导读：本文认为"李娜现象"的核心问题并不是简单体制内外培养之争。现行体制内的诸多受益者将体制内国人应该平等分享的权益，也就是本来干干净净纳税人的钱，变成了"不干不净"的个人和小集体净收益，并用"国家荣誉"和"奥运战略"等大旗加以掩盖。但是，李娜可以不用纳税人的钱，甚至可以返回纳税人，同时也实现极其崇高的"国家荣誉"，由此获得"干干净净"的个人收入。自然有人寄希望于李娜在奥运会的失利，否则，他们存在的理由是什么呢？李娜现象的现代启示录就是，某些人会打着国家利益的幌子，以实现个人和利益集团的目标。战争如此，和平时期战争替代形式的竞技体育也是如此。

引　言

北京时间2011年6月3日晚11点，对于中国的广大网球爱好者应该是永远值得纪念的时刻，李娜拿了法网冠军。估计下一次就要等到我们男子拿到大满贯冠军了，悲观一点，不知我此生是否可以等到那个时刻。也许李娜就是那些众多"一冠王"中的一个。就如她所说，如果在温网成绩不理想，可能国人很快就会忘记她；但是，如果温网再夺冠，那她真是不要回来了，回来可能路都走不了，每时每刻都会有人扛着她了。当然李娜夺冠，对我们这些从18元木头的"航空"拍子开始打起，打二十多年水平一直不高的网球爱好者而言，算是一个迟到的补偿。除了开心外，倒也没有什么，球照打不误。但是，仔细思考发现，李娜作为第一个标志的真正含义是，她用西方人认可的方式，即所谓市场化的运行方式，在西方人传统优势的项目中，按照他们的规则，在没有任何绝对优势的情况下，公平竞争争得了西方人也梦寐以求的荣誉。但是，这依然无法回避对体制问题的质询。

一、真是体制之争吗？

十分有趣的问题是，李娜夺冠又一次开启了关于体制内外优劣的问题争论。的确李娜是体制内培养出来，又是在体制外获得最终成功，按照西方人的规则实实在在赚了一把西方人钱的人。马未都在博客中说，她没用纳税人的钱获得冠军，希望政府把钱多用在最需要的人身上。这话后半部分肯定是没有问题，但是，现在政府似乎做起来很难，原因大家都清楚。前半部分不是太准确，李娜17岁到美国网校训练，一直到2008年前，一直是属于体制内的人，虽然李娜为此发了不少脾气，得罪了不少人，甚至自我放逐，不干网球了去上学，一去两年，并且是网球女运动员黄金时间段的22~23岁。可见这个女人的禀赋多么优越，人又多有个性。但是，2008年以前那段时间肯定是用了不少纳税人的钱。据我在美国网站上查到的数字，李娜此次夺冠估计要交给政府12%，按照120万欧元的总奖金（应该税前收入，这里假设是净收入）计算就是14.4万欧元。而有数据显示，李娜这次夺冠前今年总奖金数也是大致如此，大约等于前面所有年份的总和。也就说到目前为止，按照美国人给的比例，李娜估计已经交给国家的奖金总数应该在600万人民币左右。如果按照目前的势头到李娜退役，估计再交给国家这么多，应该是没有问题。如果2008年以后，李娜没在体制内拿钱，那么她的贡献应该远远超过体制内给予的。也就是说，我们体制培养了一个摇钱树，不用花钱还可以为自己赚钱。这一点很明确，李娜是体制内培养出来再为体制挣钱。类似的还有姚明，虽然姚明完全是体制内培养出来的，但是，上海体育局从姚明转会费提成一把把培养姚明的费用弄回来不说，还大大地挣了一笔。那么，我们如何区分我们现在运动员呢？

目前的国内存在四类运动员（如果将国外运动员分类也是可以参照这个框架）。用一个类似博弈论决策收益框图，可以将培养的成本分为体制内外，也就是由市场支付还是由税收支付；获得的收益也分为体制内外，就是收入来自市场还是来自政府工资或者补贴。这里的体制内就是指用纳税人的钱，体制外就是通过职业化在市

场上竞争得来的钱。由此构成（内，内）、（内，外）、（外，内）、（外，外）。

第一类（内，内）。比较典型的是花样滑冰，姚滨带着儿对选手不停地拿世界冠军，由于竞争的平台在国际上，水平比较有说服力，也为国家争得荣誉了，再到体制内拿钱也说得过去，但是，由于仅限于几个人的成功，缺乏应有的市场公平竞争机会，多少有些难以服众。更加明显的是刘翔。"翔飞人"这些年不知花了多少纳税人的钱，而"预算外"商业收入大量归个人，引起不少人不满，毕竟2008年奥运会在你身上投入几千万颗粒无收，如果没有2004年奥运会冠军垫底，估计日子不会太好过。

我们是否应该在刘翔这类人身上投入那么多纳税人的钱？如果我们把"国家荣誉"高于一切，这就无可厚非；但是，从公共产品的普惠原则视角出发，这就完全违背了这一基本原则。也许用在刘翔身上的钱可以用来建造更多的体育设施，让更多的孩子得到平等锻炼的机会，比一个人拿奥运冠军对于我们国家的意义更长远。况且，更多的锻炼机会可以使我们孩子中出现更多优秀的体育人才。从概率上说，中国如此大的人口基数，应该可以出现更多的体育人才，而缺乏必要的体育设施和教练收入过低是根本原因。正如李娜所言，"你们要我拿冠军，无非希望借此升官提职称"。从这一点分析，（内，内）模式的中国的竞技体育真的成为少数人谋取个人或者小集体利益的重要手段之一。这就可以理解有些体育官员认为，如果没有奥运会或者全运会，他们这些人不知道到哪里吃饭的原因。

第四类（外，外）。最典型的是台球，包括斯诺克和女子花式。在这些项目中最不幸也算是最幸运的人，就是丁俊晖了。由于台球不是奥运项目，自然不会在体制内花钱培养你，丁俊晖家里人只好自己培养，恰巧国外市场化程度很高，丁俊晖天赋异禀，每年还可以挣不少，还要交税。在他这里我们体育部门赚大了：一分钱没出，白得一个冠军，还挣了一把钱。虽然体制也给了一点补偿，例如，去上海交大读书，但是，对体制关心后的"酸甜苦辣"只有丁俊晖知道。

在美国类似的是著名网球运动员阿加西。美国的尼克网球学校是真正意义上的私立职业网球学校，培养了阿加西、威廉姆森姐妹和萨拉波娃等曾经排名世界第一的名手。据说，老尼克第一次见到阿加西时就说，阿加西具备世界第一和大满贯冠军的能力，可以免费到这个世界一流的网球学校学习和训练，但是条件是在其21岁前的网球职业收入必须和学校分成。阿加西爸爸同意了，这是一个双赢的结果。当然，尼克看中的有些选手并没有达到预期。比如德国人哈斯（Hass），虽然一度也到了世界前十，但是没有达到老尼克希望成为"贝克尔第二"的目标。当然，阿加西可以认为是美国体制外选手，但是，这不妨碍他为美国出战奥运会并拿到冠军，为美国争取了国家荣誉。这也是李娜为什么特别崇拜阿加西的原因之一，我高兴就能做好，天赋不是问题。

第三种（外，内）。主要是围棋等棋类项目，包括桥牌等。现在的围棋职业选手大部分都有一份"血泪史"。例如，上届 LG 冠军朴文垚几乎是在一个一贫如洗的家庭中长大，凭借母亲的顽强才得以出人头地。所以，这一类项目大部分家庭含辛茹苦到一定程度后，孩子成才的目标就是成为职业选手，而中国的职业选手还有工资，同时也参加体制内的联赛。最不幸的是那些钱也花了，什么也没有得到的家庭。如果不是日本韩国搞一些职业锦标赛，中国的围棋选手还不知道到哪里去吃饭，是否会像过去吴清源做过的那样，陪有钱人下棋换一口饭吃。看看我们的国际象棋、中国象棋和桥牌就非常清楚。由于外部市场不发达，国家只好养着，有些老桥牌国手都在国家队呆了不下二十年，无人超越，自己也难以超越，除了多了几个世界冠军，几乎没有什么贡献，真是可悲可叹。最终许多运动员不得不再去读"二学位"。实在地说，中国现在还没有富到了可以养一些闲人，搞一些风花雪月的东西的时候，那些有钱有闲的人又没有这份闲心和禀赋，所以只好国家用税养着。

第二种就是上面讲的（内，外）。这些项目着实可怜，网球、高尔夫还有我们不玩的职业拳击、冰球和橄榄球，以及我们玩了好多年都玩不好的足球等等。外部市场那么大，钱到处都是，我们就是玩不转。我们刚出了一个李娜，稍能挣点钱，一些人就感觉要动自己的奶酪了，因为一旦转向（外，外），这些人的垄断地位必然受到威胁。但是，1984 年奥运会后，职业化进入奥运会已经成为必然趋势，不得已将国家荣誉与奥运战略联系一起，这样谁也不敢与国家荣誉作对。所以，上述不是体制之争，而是"市场约束"与"奥运约束"或者"国家荣誉约束"之争。

二、约束之争从何而来？

最近体育上发生两件事情十分有趣，一是中国乒乓球队再次全部囊括五项冠军，国内外舆论质疑声不断；二是周日（美国当地时间 6 月 12 日晚）达拉斯小牛 4∶2

战胜迈阿密热队，全球关注，小牛队员班师回朝受到英雄般欢迎。都是为国家和地方挣得巨大荣誉，为什么"做人的差距"会如此大呢？

关键问题是竞争条件的平等问题。按照公共经济学的基本逻辑，全民体育作为具有较大外部性的公共产品，理应由政府从税收提供，全民平等共享，税收水平高低，仅仅决定了公共体育的供给水平高低。就如同毛泽东时代提出"发展体育运动，增强人民体质"的口号，我们在低水平上尽可能实现全民共享，不能将理应全民共享的公共产品，通过所谓"国家队"体制，变成少数人牟利的工具。特别是，在中国具有良好市场前景的乒乓球、羽毛球等都不应该存在所谓"国家队"，理应形成职业联赛，比赛优胜者参加奥运会或者搞一些选拔赛，前几名参加就好了。这些项目已经具有很大优势而且具有市场前景，为什么还要国家投入如此多的钱去养活这帮国家队呢？

只有一个经济学解释，就是在位者希望通过垄断优势获取超额利润，希望通过不平等的竞争条件排斥竞争对手，所以才有羽毛球"二李"之争。如果大家都在一个平台上竞争，输了也没有什么不服气。为什么老是拿"国家荣誉"压人？我真的不相信中国只有刘国梁一个优秀的乒乓球教练，只有李永波一个优秀的羽毛球教练。如果他们能在一个基本平等，或者说市场化程度比较高的环境，大家平等竞争而获胜，输掉的人至少心服口服，而不是靠假模假样竞选。当然，如果你能不用纳税人的钱为国家争得荣誉，理应得到大家的尊敬。

今天李娜在法网夺魁，虽然她仅仅感谢了赞助商和团队，但是升起的是中华人民共和国国旗，不是赞助商的公司旗帜和他们团队队旗。即使那样，今天李娜还是中华人民共和国公民，她不是增加自己国家的荣誉，难道还会增加其他国家荣誉吗？当然，当年周洋不感谢国家的确不对，不是纳税人的钱培养你，你啥也不是。而李娜不是，没有赞助商和团队，她就没有在法网最后说话的机会。而且，估摸着李娜认为，她花你们体制的钱是早晚要还上的，况且这个人可能自信地认为，没有你这个体制我可能会为国家争更大的荣誉，这也许是李娜老跟体制作对的深层原因。

根据我在美国的观察，美国人在体育方面纳税人投的钱一点也不比中国少。例如，我住在附近 Branchburg High School 的网球队每周大约三次训练，有专门的体育老师教。我和他们打过，水平一般。这是一所公立学校，场地用的是 White Oak Park 的公用球场，他们去时大家都要让，这个球场是属于 Branchburg Township。而在普林斯顿大学看了他们网球队训练和他们的比赛日程，显然他们也是用学校大量的钱，有几乎专用的场地。虽然普林斯顿大学是私立大学，由于学校经费的主要来源是捐款，而捐款是可以抵税的，本质说还是用纳税人的钱。实际上，美国的许多州立大学的篮球、网球和高尔夫等职业化程度很高的项目，其运动员的水平极高，他们在花谁的钱？实际上，美国人包括欧洲不少国家在相当长的时间里一直也是用纳税人的钱维持自己的体育发展的。其中最为典型的是奥运会在 1980 年之前是不允许职业选手参加的。这才有我们在相当一段时间，争论我们的运动员是否职业选手问题。问题到 1984 年洛杉矶奥运会才开始松动，以后国外职业选手网球运动员参加奥运会，才有阿加西金满贯的说法。

实际上，西方人对于体育竞赛获胜对国家和集体荣誉的褒奖一点也不比我们逊色。我在英国伦敦 King's College 门前迎街的橱窗中看到展示的杰出校友，就有 2008 年北京奥运会皮划艇亚军的本校学生。同样，在普林斯顿大学的 Smith 运动场也看到为学校和国家争得荣誉的人的照片和捐助者的照片放在一起，提示我们他们都是学校的骄傲。同样，我看了几个在普林斯顿大学校队训练的女运动员，都是职业水平。很明显，为了学校的荣誉，普林斯顿大学也和其他大学一样招收准专业的选手，作为自己的学生。问题是：为国家争取荣誉该怎样补偿？

三、仅仅是一个补偿次序吗？

我们通常说"中国人喜欢以胜负论英雄"，似乎西方人不是，或者说西方人比我们对胜负看得淡一些，过去我也是这么认为。实际上，我观察的结果是，他们对胜负看得更重。可以想象，如果李娜是法国人，不知道法国为此要疯狂到什么程度，估计总统都会亲自观看决赛甚至参加颁奖典礼。肯定也会得到不菲的奖励，如果在英国，估计还可以授勋。所以，我们明显地看出，他们也是看中结果，也是事后奖励。那么仅仅是补偿次序的问题吗？

他们有一点不同的是，他们对所有努力的人都很尊重，所以才有我们认为他们不是太看重胜负的原因。更重要一点，他们对竞争的公平性更加看重，所以对体制内外有较严格的区分，也就是为什么奥运会在相当长时间内不允许职业选手参加的根本原因。而我们正是利用东西方在职业选手的观点上的差异在奥运会取得一些成

绩，而今天我们的优势项目一般是在国外职业化程度较低的项目，基本上是专业打业余。在其职业化程度较高的项目上，我们基本上无所作为。这就是我们为什么得到奥运会金牌第一，我们依然不能说我们是体育强国的原因。也正是如此，李娜的胜利对中国体育真正是弥足珍贵。也就是说，我们具有一流的体育人才，我们过去的体制的确存在难以弥补的缺陷。那么，现在的问题是：体制内是否可以培养出与世界接轨的运动员？现在看来是有可能，姚明和李娜都是。但是，他们仅仅是在体制外才真正找到自己的最大价值。丁俊晖也是，只不过他是在体制外成长起来，从体制外回到体制内，这也是一个很好的例子。

问题是我们为什么一直坚持举国体制？举国体制的起源从何而来？可能还是我们被"东亚病夫"这个词刺痛得太久，必须通过竞技体育证明什么？在财力有限的情况下，国家队的形式也许是最为有效的。当然，我们在那个时代也没有尝试过其他方式。今天我们可以允许大家去尝试不同的方式。国家在这里的作用就是为孩子们提供一个公平发展的平台，为他们的健康提供锻炼的场所。至于你有禀赋，愿意为国家荣誉而战，国家会在事后给予补偿。在这样轻松的环境里出现的就会有完全不同的孩子，就像桑普拉斯、阿加西和张德培三个同时代的巨星，几乎是完全不同的成长路径和打球风格。但是，也就阿加西这个"坏孩子"愿意为国家而战，参加奥运会。也没有人指责桑普拉斯和张德培，因为他们不是靠税收养活的国家队。就如同李娜说的"我不是为国家打球，是为自己"。在为自己打球的同时，兼顾了国家荣誉，国家也要给予表彰，这是天经地义的。

自此，我们可以认可的一个基本的逻辑是，体育首先是为大众健康服务的，全民健康水平的提高是体育的原旨。所以西方许多国家，没有体育部，而是将体育部放在青年部，最多是合二为一。也就是体育为青年，全民健康是第一位的目的十分明显。如果在此基础上，挖掘一些人的禀赋，使民众在更高层次上得到享受，而为此支付更多的费用，就成了职业体育的宗旨。也就是说职业体育一方面是对参与者的奖励，也给消费者，特别是所谓各种"迷"们一个高层次的享受，这一切都是来自各自平等的选择和公平的竞技。这是市场的选择，所以，没有市场的体育项目，在西方国家难以生存。反之，即使不是奥运会项目，如棒球和高尔夫（最近刚刚进入奥运会）等开展得如火如荼。自5月份以来，我每次下午到网球场打球，都看到White Oak Park 的棒球场里不同年龄段的孩子在努力拼争，他们的家长都在不断呼喊孩子"come on"的时候，这里面几乎所有的孩子都不是为了成为职业选手，都是因为热爱棒球。

所以，我们可以得到的启示是，当我们不再需要体育来证明什么的时候，就让其回到历史的本源。再不要为某些官员或者既得利益者用"国家荣誉"的幌子将属于全民平等共享体育资源，变成个人或者小集体的私利。这种通过不公平竞争获得的荣誉只能损害"国家荣誉"。而当我们的运动员都像李娜那样坦然对待荣誉和胜负，中国体育才会呈现全新的面貌。

（2011 年 6 月 16 日星期四第二稿于 15 Judge Thompson Road Somerville NJ 08876 – 3732 Mr. and Mrs. Dennis Gudz's house。）

人民币升值将使美国人招致灭顶之灾！

导读：本文提出了与常人完全相反的观点，指出我们不要被当年日元升值的后果所吓倒，日本的今天，不会是中国的明天。我们害怕升值，似乎就如同当时中国进入"WTO"，那时我们听到的是我们要准备过五年苦日子、狼来了等等耸人听闻的观点。但是，五年过去，十年过去，中国从第 4～5，健步走到第 2，也许我们很快会走到第 1。我们为什么要怕升值？实际是我们要怕升不了值。

美加之间的大桥

最近一段时间，美国国会近百名议员和财政部长一直在要求中国使人民币升值，甚至已经确定了升值的幅度是 20%，大约回到 1994 年底中国汇率改革之前的水平，大约是 5.5∶1，由此认为就可以使美国经济得到恢复。实际上，美国人一再逼迫人民币升值是寄希望中国也会重走 1985 年日本"广场协定"后的老路。但是，从一个不太长的时间上看，美国人的行为是把自己逼上一条"不归路"，将使其遭受灭顶之灾。这似乎完全违背我们感觉到的常理。但是，我们深究其中不难发现，我们实际上根本没有必要对美国不断挑起的人民币升值感到压力，可以充分利用这一机会好好和美国人玩一把。只要我们认清自己最终需要什么，那么以目前的发展趋势，美国人将陷入自己挖的陷阱之中。

我们从最为简单的逻辑开始。汇率是两国法定货币之间的比值。在一个封闭经济体中，汇率本身没有什么实质意义。我们为什么十分

朋友李超家的美国"解困房"

在意美国人？实际上是在意美国人给我们提供的消费市场。我们通过交易换取美元，希望通过美元换取我们制造不出或者制造成本高的产品和服务，这就是所谓比较成本说。美国人大体也是这么想的。现在的问题是我们出现了大量的外汇剩余，原因无外乎两个。

一是我们不愿意买美国的东西，也就是我们想买的东西，我们自己都有而且价廉物美；二是我们想买买不到，可能是我们出价低了，或者就是人家不愿意卖。第一个原因，人民币升值可能解决一些问题，但是就目前我们知道的美国货，即使人民币再升值20%以上也难以和中国货竞争，这是美国货自己的悲哀。中国和日本以及德国为什么没有那么多顺差？现在美国的东西除了 Apple 的几个产品还有点竞争力外，还有什么可以说说的？第二个原因，对美国人而言也是十分痛苦，许多可以卖上好价钱的东西，政府限制不许卖，比如预警飞机等等。这也有难言之隐，卖给了中国人就可能模仿，至少找到对付你的方法。如此一来，自己花了大价钱研发的东西，没有人给你摊付"研发成本"导致财政负担越来越重，除了打仗让其他国家摊付一点外，也没有什么好办法。那么大的军费开支，长期下去肯定要拖垮经济。想当初英国采用"以殖民地养殖民地"都没有挽救大英帝国，美国这种全球模式在经济高速增长的上世纪五六十年代尚难维持，现在就剩下好莱坞电影、微软的软件和波音的飞机可以倒腾了，但是这些东西都不可以当饭吃，农业出口又受到中国的限制。中国制造业如此强大，而美国的强大服务业又难以出口，中国的出超就不可避免了。

普林斯顿大学金融系小楼

那么，人民币升值会不会使美国人招致灭顶之灾？我先讲一个台湾人的故事。现在比较清醒的台湾人知道，台湾花巨资购买美国军援，使台湾的军事工业走到一条美国人画出的轨道，就是低水平引进和重复引进。最后买军火得保护的结果，使台湾人丧失了自主研发的时间和机遇。反过来，中国大陆军事工业等产业基础没有外援，不得不走自己的道路。就从产业的角度来分析，美国现在比较有竞争力的是一些具有研发能力的跨国公司。按照一般逻辑，人民币升值会导致购买这一类产品的价格相对降低，中国的购买数量会上升。这对这类公司十分有利。这也是这帮美国佬希望看到的。但是，上面已经说过，这些研发成果目前具有先进性，导致美国政府中与我们敌对的势力不允许他们出口，特别是具有战略意义的产品更是如此，其实在这一点上他们正好帮了我们也害了他们自己。

那么谁给他们分摊研发成本？即使美国愿意出口给中国，随着中国大陆研发能力提高，其先进性会被逐步削弱，甚至有可能在一段时间后被赶上。也就是说，中国人只要会造了，其他国家就没有机会了，这才是美国政府一直担心的问题。如果这些企业感觉在美国没有出路，唯一办法就是将企业迁到可以生存的地方，一旦形成趋势，这将动摇美国的产业基础，美国人的灭顶之灾就为期不远。今天说这些像是危言耸听，过去美国赖以立国的汽车和钢铁业不是在不断竞争的过程中走向衰落了吗？想想美国当年是怎样战胜英国和德国后发展起来，也就不觉得奇怪，需要的仅仅是时间。

实际上，这次对中国人民币施压更重要原因是中小企业的竞争力问题。由于奥巴马总统所在的民主党主要代表中小企业选民的利益，与共和党代表大企业的利益相反，所以最近叫得比较凶也是可以理解的。面对中国产品的咄咄逼人的攻势，美国的中小企业在危机中逐步陷入困境，那么是否可以通过人民币升值解决上述问题呢？显然是不可能的，美国的中小企业与中国企业的效率差距远不是20%的汇率可以解决的。人民币升值的空间会在很短的时间内就会被美国企业的低效率填满；也就是说人民币升值会使一批低效率的美国企业得到喘息的机会，但是，他们一定会在下次危机中死去。也就是说，美国企业本身的危机不是中国人民币汇率导致的，是美国不断松弛的社会约束导致的低效率诱发的。

时代广场的米老鼠

由此，人民币不断升值只会使美国企业一再失去调整的机会，也就为中国的赶超赢得时间。

反过来说，美国人对中国人民币的施压可能使得美国失去了最后的发展机会。原因十分简单，人民币的不断升值会强迫中国企业不得不转向内贸，目前中国的外贸依存度已经到了临界点，正是需要调整的时候。而当今的中国不同于 1985 年的日本，那时候日本的经济结构已经基本成熟，社会保障体系基本建立，城市化和工业化基本完成，加之日本原有工业化的中"唯美"特质，即将所有产品在工业设计中达到尽善尽美的境界。从经济学角度解读，极致就使其基本失去了产业拓展的空间。这也许是日本人最初坚持高质量高品质，使其产业几乎没有进一步发展余地时没有想到的结果。日本国内市场狭小基本饱和，农村凋敝，人口主要集中在"大东京"地区和关西部分地区，再没有太多的市场空间可以延展。

当今中国与当时的日本正好相反，中国在改革开放后对外部市场的依赖，特别是对国外先进技术的渴望，使我们不得不必须忍受产业压榨，积累外汇购买技术，面临歧视也是可以理解的。好在这一过程没有当初美国人忍受英国人那么长，但是，中国在相当一段时间过于注重对外贸易，使得国内市场十分简陋和粗放。也就是美国经济学家经常宣传的，"如果将美国在生产交换分配消费各个领域都达到研究生以上水平，那么中国生产应该是高中水平，交换在初中水平，消费是小学水平，而分配则是幼儿园水平"。这一方面表示中国各方面的落后，另一方面表征我们可能

183

Jersey Shore 的 Outlets

的发展潜力。中国除了少数城市，其工业化和城市化至少还有 30 年以上的时间才能达到现在西方发达国家的细致程度，其市场需求是十分惊人的。由于人民币升值导致短期外贸受阻，中国政府必然会竭力推行扩内需的措施，势必形成又一次制度大变革，放松制度约束。这从最近国务院颁布的"新 36 条"可以窥见一斑，必将引起中国经济新的增长。因为中国近三十年进步的核心力量来自制度调整，而绝大多数的调整都是"被迫"的。而这次来自美国人的压力也许真的能把美国人自己压倒。美国人自己应该是有历史教训的，想当初，英国人压迫美国人才导致美国不得不反抗，结果才出来后来的美国。如果英国人当时明智一点可能就不会出现后来的美国。当然英国人不可能有那样的境界，就像今天美国人一样。况且中国人要比美国人更有智慧和胆识去面对这样的现实，特别是你把中国人逼急的时候。

另外一个原因是本人今年暑假在国内一些企业调研时发现的。现有数据表明中国目前至少存在 300 万家中小企业，根据观察发现，这些中小企业中部分企业存在一个十分有趣的普遍现象：企业的管理手段十分原始，企业所有者（一般是老板）和员工素质一般，但是企业的利润十分可观，原因是这些企业恰巧找到了别人从未涉足的一个细分市场。也就是说，中国国内目前市场分类极其粗放。有美国人认为中国目前市场可以提供产品和服务是 10 万种以内，而美国有 40 万种以上，这就是说中国国内还有巨大的横向市场空间有待发掘。其中重要原因是中国国内企业被低端锁定，转为内贸会逼迫国内企业增加这一方面投入，由此拓展的市场空间将进一步维持中国的经济增长。而从每年"黄金周"和过春节所表现出的中国人消费潜力看，中国的服务业，特别是价廉物美服务业的潜力巨大，这是中国人最终要战胜美国人的基础。也就是说，中国人必然要由自己来提供自己的服务，这一点是毋庸置疑的。客观地说，三十多年的改革开放使中国基本达到小康社会，剩下就是怎样使自己的生活变得更有品质。以中国人固有的民族心态，我们的基因中从来就不缺乏这样"高贵"的素质，只要我们不再被束缚就足以支撑中国未来经济的增长。

更有意思的事情可能会出现在五年或者稍长的时间内，人民币的升值会使高端人才大量的回流，将完全改善中国的人才结构，人才的引进变得便宜。这和上述的原因是关联的，市场的拓展需要人才，而人才的引进又会进一步拓展市场，而人才特别是高端人才的价格就不再是不可逾越的障碍。如果说 20 世纪上半叶两次世界大战使美国网罗了欧洲大陆的高端人才，对于 21 世纪上半叶则是中国接纳世界优秀人才的最好机遇。这将为中国在 21 世纪下半叶的崛起奠定基础。

剩下的问题是美国人如何避免招致灭顶之灾。从上述的分析可以清晰地看到，美国如果采取将高端技术分段卖给中国，以消耗中国的外汇储备，利用中国的购买支付，加大关键技术的研发，并促使中国放弃对新技术发展的追求，最终使中国落进技术上的"马尔萨斯"陷阱中。幸运的是现在的美国人已经陷入人民币升值的怪圈中不能自拔。

反过来，我们现在应该清醒认识到，一旦美国给予新技术的优惠，很可能是诱使我们按照其路径发展的"鱼饵"，这一方面我们已经有太多的教训。所以，人民币升值并不是一件可怕的事情，可怕的是我们没有意识到人民币升值的长期效应，我们可以以此赚取属于我们的利益，利用他们急于获取政治上的虚假收益的心理，使美国人真的知道被人利用的滋味。这难道不是一件乐事吗？

蒙哥马利高中校徽和体育馆

（2011 年 6 月初稿于 15 Judge Thompson Somerville NJ 08876 – 3723 的 Dennis Gudz 的家中，2013 年寒假整理于南京江宁江南文枢苑。）

治理通胀要反其道而行之

导读：本文提出在我国提高法定准备金率是一个治标不治本的药方。在现有经济条件下，按照增加社会财富存量，提高民众福祉为两大原则，提出降低法定利率作为反其道而行之来逆向处理，可以达到"一石双鸟"之效果，以免中国落入滞胀的"尼克松陷阱"之中。

最近几天中美两国的经济话题十分有趣。中国为控制通胀连续第五次调整法定准备金率，已经超出我过去读书时，理论上的最高值20%，达到21%。而且央行还说，中国的法定准备金率没有底线，就是说调到30%或者50%都是有可能的，主要是看我们需要不需要。现在中国经济中最大的问题就是通胀居高不下，似乎中国的宏观经济政策除了调准备金率已经是无药可治。

法定准备金率到底是个什么"药"？

中国调整法定准备金率大家比较容易理解。中国目前为了控制通胀，必须紧缩银根。紧缩银根的方法，按照传统凯恩斯学派开出的药方，无外乎提高法定利率增加贷款者成本、投放国债回收流动性和不断增加法定准备金率减少商业银行可贷款数量。目前中国大陆的存款利率已经比其他发达国家高出很多，就是我们自己的特点。香港的利率也就是我们的六分之一，而人民币升值又是一个人所共知的单边行情，外部大量热钱只要进来，基本上可以无风险套利。所以，再提高人民币利率只会加剧输入性通货膨胀，显然这是一个副作用巨大的药方，目前这已经成为共识。当然，在国内，国债买卖的公开市场业务差不多有15个年头，现在看几乎成了商业银行套利的市场，因为没有关联市场辅助，国债买卖除了变相储蓄功能外几乎没有什么用，所以公开市场业务是个几乎无效的药方。

剩下就是法定准备金率了。在过去的金融实践中虽然经常使用，但是没有得到真正验证是否在中国有效。特别是把用药量加到如此大的程度，前所未有。这也算是中国金融政策领域的一大创新。为什么我们除了这些工具似乎也别无他法？好像只有这些金融工具才能解决中国宏观经济面临的难题。实事求是地说，本人最担心的是每个人都是有限理性，都会受到自己存量知识的约束。姑且我们借用一个经济学术语，叫"路径依赖"。而今天中国金融政策的主要制定者，不是留美就是留英的博士，就算是国内培养的博士也是受凯恩斯主义影响颇深。除了这几个工具外，再也没有其他招数可用。当然最可怕的是这帮人，为了向上汇报时"有理有利有节"，不得不借助凯恩斯这张大旗做虎皮，因为我们的领导现在也是十分相信"权威"的。但是，法定准备金率是个什么药？

我们知道这是一副猛药，一般人不敢用。即使在凯恩斯主义最早实验的美国，他们对法定准备金率的使用也是十分谨慎的。当然对他们而言用公开市场业务可以探探市场虚实，调整法定利率那就是要大动干戈，这两者的药效基本就够了。就像美国的医生通常是不给你开抗生素一样，一般感冒发烧自己回家喝喝水抗抗吧，你的免疫力就可以抵挡了。一般美国企业和银行对央行的这两个举措会有足够的反应，也就是说美国的金融病毒能力危害有限。当然，更重要的是法定准备金率本身的成本也高，央行收了以后，你要付利息给商业银行。按照美国银行法，你不能再放出去，否则违法。而美联储的性质决定了他是不会干这种赔本的买卖的，除非迫不得已，或者政府出面给予政策上支持。这里不是说美国金融就没病，他们要么没病，要么就是"金融癌症"，没药可治。

法定准备金率这样的猛药为什么在中国还是药效不佳？原因很简单，我们的金融体制的运行机制早已把这个猛药的药效消减于无形之中。商业银行是否因为你提高法定准备金率就减少贷款额度？显然不会，只是增加了贷款难度而已。你看每个商行都没有因为法定准备金率的提高而减少对下面分支行的存贷款指标的要求，顶多可能增幅会有所降低。为什么？因为央行认为提高法定准备金率就是减少商业银行的货币创造功能，因为教科书上说，法定准备金率是20%，那么商业银行的货币创造功能最多是5倍。书呆子！

哪个商业银行会照这个规则去办事情？甚至基层那些银行的信贷员未必知道这个法则，所以，"无知者无畏"。他们会利用各种短期票据把我们商行的货币创造功能扩大到尽可能多。央行就会那么老实吗？你收了流动性就放在那里吗？财政向你借钱给不给？当然是给了，只要价格合适，收回来的钱会通过各种渠道发放出去。这就是中国的金融管不住的本质，上行下效。央行做事不地道，也就不要怪下面商行不守规则。多年前，有个有趣的事。有一位商行行长高就到央行，上任伊始马上变脸，要求商行按照央行的要求做。但是，他的继任者在看了他离任前发的内部文件后不禁愕然，上面赫然写着如何应对央行政策的具体措施。这些正是他今天反对的。也就是说，中国的这些职业官僚极没有"官品"，永远是屁股决定脑袋。

这就让我想起另外一件事情。1993 年后中国的金融业不是分业经营吗。我一直不了解，在西方相当长时间十分红火的"财务公司"在中国一直不景气，就像"华晨财务公司"这么大的背景、资金如此雄厚的公司也是开开就关了。后来业内人士告知我，中国的分业只是表象上的，只要证券市场一火，银行肯定可以想法进去，哪要财务公司这个中介！也是说，美国这类市场病毒档次很低，用这些简单的药，小剂量就可以了。不是有人说在美国金融骗子的手法不知道多愚蠢，但是上当者不在少数。但是，真要用大剂量时基本上是无药可救了。

在国内现在金融市场条件下，使用在成熟市场经济条件下才能有效的工具，其药效可想而知。药效不行就加大剂量，市场形成更强的抗药性。如此循环往复，直到无效，最后采用行政命令，这就不是治病，这是要"治人"。这样的事情在 1985 年、1988 年、1993 年、1998 年、2003 年、2008 年到现在，几乎是五六年来一次。这种周期性"喘振"我们始终无法克服。是正常经济生理现象，我们无需多虑，还是中国宏观经济除了调法定准备金率，真是到了无药可治的地步吗？

心病还需心药"治"

中国的宏观问题大家都会说这是政府追求 GDP 增速的结果，我过去也是持有这样的观点。现在看来主要问题不在于 GDP 增速的高低，是我们一直忽略了宏观经济中另外重要的概念，就是存量和流量，也就是说我们每年的高速增长有多少能够成为存量的财富，而不是流量的纸面富贵。也就是我们忙了半天什么也没留下。这是我们的"心病"。这不是说，我们增加投资将流量转成固定资产，我们的财富存量就增加，如果我们将大量要素投入到低值易耗品上，我们的数据是好看了，实际上不增加财富。这就是美国人不愿意生产这类产品的原因之一。

这里举三个例子。一是江苏扬州有一个小区刚刚建了10年的一批住宅，要拆掉重建，原先的投入就要全部折现，新建设的住宅又会增加GDP。假设两个房子质量一样，我们GDP增加了一倍，但是财富存量没有增加。二是国内经常出现的打击假冒伪劣专项行动，缴获物品大量焚烧，尽管是假冒伪劣产品，但是生产过程还是要投入要素，按照生产法计量GDP还是会增加，即使我们不考虑焚烧的成本以及可能的负外部性，不增加任何财富存量反而消耗了有限的资源是不争的事实。三是前两年牛奶中加入三聚氰胺的事情。如果不加入三氯氰胺的牛奶，人们喝了可以增强体质，也就是增加要素存量，可以间接增加财富存量。但是，吃了"毒牛奶"导致婴儿生病，社会还要另外支付费用治疗这些孩子。从表象上看，牛奶、三氯氰胺生产到"毒牛奶"处理一直到小孩的治疗我们都增加了GDP，但是这些都是在消耗我们的财富存量。

这些实际上就是SNA（The System of National Accounting）体系固有的问题，斯通（Richard J. Stone）等人在1944年发明这个体系时就指出其中不可避免的弊端。最极端的例子就是我们熟悉的用来讽刺经济学家的"两堆牛粪"的寓言。因此，宏观政策不考虑其微观机制药效是不会好的，甚至是适得其反。我们看看中国金融中的本质问题是什么。

还是金融产品价格不合理。我这里提一个反向思维的路径。就是降低银行利率，这是我们的"心药"。这里不要一说降低银行利率就是搞宽松的金融政策，两者没有必然联系，都是我们上了凯恩斯的"当"。那么我们制定宏观政策的原则是什么？一是可以增加财富存量，使民众真正得到实惠；二是财富不要肥了外国人。虽然放不上台面，但是这是大实话。为什么降低利率可以实现？

一是减少国外热钱无风险套利的可能性，增加热钱套利成本。原则上短期利率降到无套利可能性为佳，既可以降低输入性通货膨胀的压力，减少我们财富的净流出，大大降低人民币单边升值的压力，符合原则二，又没有破坏原则一；二是在这种条件下如果外汇依然大量流入，他们无非看中中国市场，寄希望于外汇升值。这对我们十分有利。中国目前依然是一个资本短缺的国家，低成本资本进入对我们有

百利而无一害。现行利率和法定准备金率提高对于垄断性和跨国公司的贷款没有什么影响，却会大大增加中小企业贷款成本，对其伤害巨大，也就大大降低60%就业者实际收入，不利于藏富于民，也降低中国经济的活力。大型国有企业倒是可以借助低价格资本，到国际市场购买原料转嫁成本，将输入性通胀转换出去，而不是像现在将成本提高转嫁在国内，加剧国内的通胀。中小企业处于竞争性市场，成本下降必然导致价格下跌，通胀的压力随之减缓。这是一个"一石双鸟"（one stone two birds）战略。

所以，我们不要被凯恩斯主义的金融工具的既有框框锁住手脚，要像邓小平当年那样，完全按照我们改革的思路运行，根本不为条条框框所限，让外国人弄不清我们的出牌逻辑（他们是不可能按照我们的财富增加和人民福祉提高的战略考虑的）。如此这样我们就会"胜算多矣"。

（2011 年 5 月 15 日初稿于 15 Judge Thompson Somerville NJ 08876 – 3723 的 Dennis Gudz 的家中。）

中国的"经济学家"为什么被人看不起?

导读: 中国三十多年改革开放使得中国经济学家得到一次难得机会来展示自己的才能, 但是他们的表现让人们一次次失望。现在已经到了为了达到自己的所谓理论目标, 连一些常识性的错误都无所顾忌的地步。这就是我们"经济学家"被人看不起的本质原因。现在是到了应该好好花时间做一点"硬通货"的时候了, 否则中国经济学家难有出头之日。

最近中国在海外包括港澳的经济学家, 似乎不约而同对中国经济发出异乎寻常的言论。7月4日也就是美国国庆日, 麻省理工 (MIT) 的斯隆商学院黄亚生教授研究的结果是中国应该人均 GDP15000 刀①, 原因是除了朝鲜和中国, 东亚所有国家人均都超过15000 刀, 由此中国也应该是15000 刀, 否则就是中国这三十年做错了什么。今天7月5日港大许成钢教授的高论是按照 GDP 中国现在还不如1913 年, 更赶不上1880 年②。由此中国这三十年的进步只不过是恢复到中位数, 没有什么值得夸耀的地方, 本来就可以做到更好。原因很简单, 中国现有的制度缺陷是导致上述原因的根本。稍作查询发现, 除他们几乎同时发表异曲同工的言论外, 他们还有相似的教育背景, 都是1991 年哈佛博士毕业。

---

① http://finance.ifeng.com/news/20110704/4221983.shtml.
② http://finance.ifeng.com/news/20110706/4231682.shtml.

黄教授的印度情结

有人按照黄教授的结论简单推算，中国在这三十年中增长 265 倍，才可能达到黄教授的指标。我们差不多增长了 70 倍，这已经是全世界瞩目的成就。就像网民提问：黄教授根据什么得到这样的结论？更有意思的是，黄教授非常推崇"印度模式"，认为那是理想化的社会发展模式。但是，黄教授不知道是否研究过为什么印度没有达到黄教授的发展目标。估计印度人也没有黄教授那么乐观。更有意思的是，黄教授在中国那么多大学兼职，不断为中国企业做咨询，我想这一切都不会是免费的。那么推崇印度，为什么不到印度去做教授，或者给印度公司做咨询呢？显然印度没有那么多机会，人家也不会给他机会。

简单看看黄教授的惊人背景。他是 1984 年哈佛本科毕业，而自己的父亲是国内的高官。想当年能到美国读到哈佛本科，全中国一年能有几个？黄教授智力一定过人，肯定还有一些当时一般中国家庭完全不具备的特殊条件。在那个时代，知道哈佛这个美国学校在美国高校的地位（可能大部分知道的人仅仅知道这是一所好大学）的中国家庭有多少？更不要说能把孩子送过去读本科。这个事情就是绝大多数美国家庭也是可望而不可及的事情。我们黄教授居然做到了。据说是为了反叛父辈的意识形态方面的束缚。我和黄教授应该是同龄人，我们那时候也反叛，不知道机会为什么会落到黄教授头上。但是，三十年过去黄教授是否可以检验一下自己在这一方面是否有了长足的进步？现在看来，黄教授在中国问题上缺乏常识，才会多一些"Amazing"这样的感叹。如果我们将黄教授也套上一个"意识形态"的帽子，似乎可以看出他能得出这一结论的逻辑所在。

我这里有一个例子，我的亲戚被中兴公司派到印度尼西亚工作。根据他的能力和学历他可以直接移民印度尼西亚，当地有关部门到他们公司向他们说明如何办理。他把这话和他太太讲，他们都认为这是一个笑话：现在中国人怎么可能移民这里！印度尼西亚人还以为是当年中国人下南洋啦！但是，在这不久，和他在同一公司，同级别的印度人雇员不声不响把一家人移民过来。黄教授说中国人可能对自己的坏制度的忍耐力太强，而印度人可能对他们的好制度忍耐力不够才会移民出来。而中国人不愿意从人均才 3000 刀的落后国家移民到人均 20000 刀的印度尼西亚这样先进的国家，似乎违背常理。

许教授的结构情结

许教授的当时导师之一,是后来拿到诺贝尔经济学奖的马斯金(Maskin),其他还包括美籍匈牙利经济学大家,预算软约束之父科尔内。在一段时间里许教授把这个概念用得炉火纯青,凡事没有不用这个概念解释的。虽然,科尔内没有拿到诺贝尔奖,许教授和钱颖一、白崇恩、李稻葵,号称"哈佛四杰",一起认了马斯金(Maskin)这样的大师为导师也是一件值得夸耀的事情。记得马斯金(Maskin)到中国在 CCTV-2 做了一次专访,上述四位都来捧场。但是,他们都是在那里拿到博士,哈佛的成色与上面的黄教授比较还是有差距,人家毕竟是本科就在哈佛。

看过许教授的文章,也在全国经济学年会上听过许教授的讲演,应该说和马斯金(Maskin)的关系应该是非同一般。而马斯金(Maskin)是机制设计方面的大师,许教授自然喜欢都把各种事情结构化。许教授的观点是中国存在结构性的矛盾,这个问题如果不进行政治制度改革就无法解决。以后的结论就不言而喻。

将一个有机体进行结构性分解,现在成为我们经济学家的一个十分有用的工具。比较早在这里运用的,可能应该是刘易斯的"二元结构"。想当初发展经济学如火如荼之时,刘易斯(William Arthur Lewis)也为此拿到诺贝尔经济学奖。开始我们国家许多人将此奉为神明,凡事必提二元结构。但是,从上世纪 90 年开始,这些理论逐渐被人遗忘,到本世纪以后基本销声匿迹。为什么? 如果一个二元结构就可以解决所有发展中国家的问题,这个问题应该早已解决。也就是说,哪个国家进行结构分解没有问题? 况且你用什么样的刀去分解,以什么角度进行分解都是问题。如果你一定站在西方人的价值标准和行为准则上分解,中国这个国家是否应该存在都是问题。如果我们建立一个标准去分解美国或者其他西方发达国家,其问题也是显而易见。就如同用中餐的标准去要求美国餐,他们的饭能吃吗?

所以,我们不难理解,许教授认为我们三十年努力得到的不过是回到 1913 年在世界的水平,我们再努力 10 年也就是回到 1880 年在世界 GDP 的比重,甚至还不及那个时代。我不知道许教授是不知道历史还是不愿意回顾历史。1913 年以后的 5 年,就是 1918 年的巴黎和会,中国人最终都没有能力为自己的主权签字。如果换到今天,他们敢吗? 为什么? 此 GDP 非彼 GDP。

你能相信美国给我们强加的 1913 年和 1880 年的 GDP 统计是真的吗？还是别有用心。这些正是当年我们勒紧腰带，送你们到哈佛的本意，我们寄希望于你们"以夷制夷"。但是你们中许多人真是令人失望！特别是我们的经济学家，就像一批政客，自己专业上的东西不努力钻研，经常说一些具有基本常识和逻辑推理的人都不可能发生的错误言论，发生在哈佛毕业的博士身上，着实令人匪夷所思。这是 80 年代以后出国的一批"精英"与他们前辈之间本质的差别。难道真是要我们国家国难当头，才能使你们良心发现吗？所以，今天中国的"经济学家"被人看不起也是情有可原。

现代中国经济学家应该做什么？

按照经济学发展的基本规律，一个国家（主要指大国）经济高速成长的过程，同时也是这个国家经济学成熟的过程。法国、德国、英国和后来的美国都是如此，中国也不会例外。所以，我个人认为必须站得更高，站在历史的发展最关键的位置去看问题，才可能做出世界性的课题来。除了共性的问题外，立足于中国的特色是一个必须坚守的底线。关注新旧制度经济学在美国的成长过程与美国经济腾飞过程之间的关系是一个十分有趣的事情。20 世纪初两者几乎是同时起步，20 世纪 70 年代几乎同时达到顶峰。

是否可以得到这个命题：美国的高速成长实际也是制度不断创新的结果，也是摆脱新古典对制度假设的约束的过程，才有了后来美国的繁荣和强大。也就是说指引美国走向繁荣的理论基础是制度经济学。在这个过程中，像以 T. 凡勃伦、J. R. 康芒斯、W. C. 米切尔等，Frank Knight、加尔布雷斯（John Kenneth Galbraith）以及后来的科斯和威廉姆森等等，几乎伴随了美国经济成长的全过程。而 knight 他们当年也是到德国学习，在马克斯·韦伯那里学习了真经，回国后在芝加哥大学发扬光大。今天美国的衰退和他们完全放弃了制度创新是十分关联的。在这个过程中，美国在公司制度方面的创新是有目共睹的，同时在金融方面也有其他国家难以企及的发展，这些都是倚仗经济学家在这些方面理论上的支持。

再看中国，如果将 70 年代末期的改革作为始端，应该在本世纪 50 年代达到顶峰，但是我们在经济学理论方面的确没有什么值得夸耀的东西，甚至看不到一点迹象。尽管邓小平为我们制定了应该宏大的叙事的构架，但是，我们缺少在经济学方面具体的描述。这是我们十分遗憾的地方，而从历史的角度，中国的确是到了应该出伟大经济学家的时候。

到了 2050 年，按照经济学家成熟的理论从创立到被承认需要 30 年左右的时间推算，而年龄在 60 岁左右，中国划时代的经济学家大体出生在 1990 年前后，这些人中可能有我们的学生，应该说是一件十分有意思的事情。所以，如果要成为一个被人看得起的经济学家，可能就要把眼光看得再远一些，就要弄明白中国在过去三十年中为世界做了什么，未来中国还可能做什么，它的理论基础将是什么。现在我们不是在说东道西，而是实实在在做一些基础的理论工作，将我们三十年发生的事情建立一个框架和理论体系，这是现代经济学家要做而且必须做的事情。我个人认为，仅仅一个制度是太简单了。因为从英德法到美国他们的价值基础是一致的，所以可以在公司层面制度创新就足可以建立今天美国的繁荣。

中国显然是不够。我们这一批经济学家都首先忽视了像韦伯这类大师一直关注的问题，就是超长历史的发展问题。中国有一个 2000 年专制宗法社会（过去我们叫封建社会），但是，为什么在那么长的时间里，中华民族这样超前文明的民族，一直选择这种制度方式？我们不能用对与不对这样简单的价值判断去研究问题，应该是用存在就需要合理解释的逻辑来研究问题。我们延续了一个两千多年的制度，我们改变这一制度才 100 年，我们就想忽略这一制度的影响，这不是一个经济学家应有的态度，更不是这个学科的科学态度。

由此，我个人的直觉是，中国经济学家能在未来的日子里，在共享或者是现在大家说的和谐问题上做出全新的文章来，也许中国的经济学家才有抬头的日子。

（2011 年 7 月 6 日星期三写于 3500 Barrett Drive Apt 1G Kendall Park NJ 08824 的李超家，第一稿。）

中国将如何与美国相处？

导读：根据预测，中国将在未来 5～7 年内超过美国成为世界第一大经济体。而在中国去年超过日本成为第二大经济体后，中国就面临一个很大的问题，就是：中美之间在未来的日子如何相处？美国在过去的一百多年中，与英国、德国、前苏联、日本和今天的欧共体不断地竞争，几乎无不例外地处于上风。但是，从竞争的结果看，大多是此消彼长的零和博弈。但是今天中国没有具备与其正面竞争的条件，或者说我们两者还采取传统的竞争模式，竞争结果最终会导致两败俱伤。这一点，在朝鲜战争的最后结果中已经体现得十分明显。因此我们必须寻求一个更加智慧的路径去解决自己的这一问题，中国必须有开放的心态，加速发展以谋求平等对话的权利和地位。由此，中美之间在相互开放的前提下分享共同发展的成果，将可能成为我们共同的愿景。应该说，我们如果要和平相处，首先就是要相互信任，但是这一点就很难，我们一直在相互猜疑。其次，我们要习惯各自不同的处事方式。剩下就是时间问题了，我们必须等待彼此。应该说中国和美国最大的相同点就是比较宽容。

最初关注"中国如何与美国相处"这个问题是因为一次偶然的见面。应该是 2002 年的国庆节后不久，在南大中美中心学习的研究生朱光伟带来他的一个美国女同学来看我，我那时候还在逸夫建筑馆 804 室做博士毕业论文。据朱光伟说，这个美籍华裔女孩的父母都是加州大学一个分校的教授，来自台湾，生在美国，当时在哈佛大学肯尼迪政治学院读本科。我以前没有见过这样背景的美国大学生。好在她

的中文不错，我就问了她一个问题："你接触的中国学生最缺乏什么?"她给我的回答使我吃惊不小："中国的年轻人最缺乏大国意识。"我问怎么解释，她的解释更使我震惊："我们这一代中国人和美国的年轻人将在20年内共同管理这个地球。但是，中国的年轻人没有这个思考，更没有做好这方面的准备，原因是他们缺乏大国意识。"后来，我在本科生的开学典礼上，给本科生讲了这个故事。但是，估计绝大多数学生都不会意识到大国问题。我十分佩服这位二十来岁的来自台湾的美籍小女孩，在差不多十年前就提出了这么有意义的问题。而这个问题可能早就已经摆在我们面前了。那么下一个问题就是：中美两国的年轻人该如何相处?

中国在经历了三十多年经济增长后，一不小心成为世界第二。记得1999年我在读博士，有门课叫"中国经济研究"，课上做了简单的测算，估计中国在2037年前后赶上美国。成为世界最大的经济体。但是根据最新的测算，即使不考虑IMF经常听到的PPP法，中国估计也会在5年左右赶上美国，这就比我们当时的预计整整快了20年。当两个经济体基本相当的时候，我们就不得不考虑我们之间的关系，或者说两者之间怎样相处的问题?

一个误译

美国在过去的一百多年时间里几乎和世界的主要强国都交手过。二战前和英国的竞争，是在老师和学生之间展开的。上周去波士顿的路上，经过纽黑文（New Haven）的耶鲁大学（Yale University），走马观花地看看。耶鲁对我们而言，除了知道是美国常青藤的名校外，另外就是容闳是第一个在美国拿到学位的中国人，开了中国留学美国的先河。记得我看纪录片《幼童》，讲述中国最早的官派留学生到美国的经历，这些人后来成为中国早期思想和技术变革的先驱。其中比较有趣的是，这个纪录片大量描述了他们在美国的日常生活，如何在美国生活和与接待他们的房东相处的过程，以及他们的家庭和婚姻。另外一个就是美国的英雄内森·黑尔（Nathan Hale），号称美国历史上的第一个间谍，现在他的雕像放在美国中央情报局（CIA）的门口，作为他们的前辈被世人瞻仰。据说有两层含义：一是学习他为国献身的精神；二是告诉后来者这个行当充满危险，随时可能牺牲。

我们了解黑尔，就是学英语时必学的名句："I only regret that I have but one life to

lose for my country. "我们学习时都是翻译成："我唯一的遗憾就是没有第二次生命贡献给我的祖国。"今天看到网上都是这样翻译。这显然是一个十分严重的错误。黑尔被绞死时21岁。他生于1755年，死于美国独立战争开始的1776年9月，地点就在新泽西附近长滩（Long Beach），他自己明显是个英国移民的后裔。如果按照我们翻译成"祖国"，英文只能是"fatherland"、"motherland"或"homeland"，因为他的祖国是英国。但是，黑尔说"country"甚至没有用"mother country"还是比较合理，因为这时候美国作为国家已经存在，他为自己的国家而牺牲可以理解，但是这里不是他的祖国。可能是中国五千年的文明史没有中断过，所以我们经常把国家与祖国混为一谈，但是，从黑尔的前辈16世纪末1592年到美国这块土地上的全部时间算起，到美国独立战争时1776年满打满算也就不到200年，这时候就忘记自己的祖国而为一个新国家牺牲，很明显看出当时英美之间的矛盾多么严重。

所以，在美国的教育比较重视国家（country）的概念，要求你们来到这个国家，必须忠实为这个国家服务。Helen经常去New Jersey的挪威社区为那里的挪威老人服务，在挪威国庆那天还会为全家做挪威海鲜饭吃，在自家门口插上挪威国旗。而Dennis来自现在的乌克兰（Ukraine）的第三代移民，很少提到他的祖国和家乡。而他们的养子Paul和Gideon从体型看可能家庭原来来自意大利附近，他们都是第三代以上的移民后裔，他们基本上不提自己是哪个民族或者祖国，他们的共同的信念是他们都是美国人。

现在，每年都有12万~13万中国孩子到美国留学，其中至少一半的人可能会留在美国，加上ABC（American-Born Chinese）的数量不断增加，许多孩子已经不会说中文。但是，他们的祖国依然是中国。如果有一天中美交恶，那么他们会选择支持哪一方呢？他们就会面临像黑尔一样的问题，是为自己的国家（country）而战还是为自己的祖国（motherland）而战。据我观察他们大都会像黑尔一样，选择自己的国家（country），为美国服务。现在已经有非常多的华裔后代在美国军中服务，我们去Boston的导游小林，15岁随亲属移民到美国，为美国陆军服务4年，两次去伊拉克服务2年；而台湾来的谷家老二，已经在美国空军航校毕业，很快会到美国空军服役。看来我们必须有这样的心理准备：一旦中美交战，也许真会有黑尔再现。为什么呢？这是和他们的教育有关的。

一种偏见

美国在教育上对中国存在明显的偏见，所以才会有许多按照常理难以解释的现象。在刚刚过去的 6 月的第一个周末，对于我这个网球爱好者最重要的事情，莫过于李娜在法网夺冠。由于周六上午打球（直播时间是美国东部时间上午 9 点），没有看现场直播。可能是心理有点作怪，我每次看直播李娜就输。年初看澳网，那么好的局面，都没有看到赛点，就被小克活生生地扳回去。

等到打完球回来差不多下午 1 点，比赛早已结束，新闻已经出来，好像不过瘾，只好上网找录像。最后看到李娜倒地庆祝的画面，顺便看看下面的评论，大部分是祝贺李娜夺冠，明显都是一些华人，主要是来自大陆的同胞。但是，有一个留言十分刺目，一个自称自己是 Christina 的人，除了一些对中国不友好的话，这些都可以理解，因为每个地方都有左中右的人。但是她有一句话，我觉得十分荒唐，大意是："中国政府允许他的运动员这样庆祝吗?" 当时看了很奇怪，后面还有几个人跟着说些不着边际的话。看到这些我感觉他们不知为什么对中国存在如此偏见。如果说她是有意，似乎又显得低劣；现在只有幼稚和傲慢，才会出现如此无知和短视。当时应该把他的原文和在 Facebook 上的地址记录下来，作为一个证据。想到这一点再回去看时，他的留言已经被淹没了没法找到。

当然看到和听到这些，我自己一点也不奇怪。在 Princeton 附近的教堂去上 ESL 时，也遇到同样的情况。我那个班的老师叫 Bob，英文说得很漂亮，我的新泽西朋友李超说他以前做过演员。和他交谈知道，现在他还有一个弟弟在纽约做导演，他在这个教堂做义工（volunteer）已经 5 年，每周一 7~9 点，除了有点加餐，什么也没有，是个人品很不错的人。但是，他们对中国的了解也是仅限于媒体和网络。由于他们不懂中文，所以基本上听不到比较正面的报道。所以，我有时候介绍中国的情况，他总是有点不放心似的。我也在告诉他我不会隐瞒什么，除了我的英语不太好可能会说不太清楚。

其中李超太太周婧说的例子十分典型。去年（2010 年）她在 ESL 时，一同上课有一个来自摩洛哥的博士，在普林斯顿大学做国际关系方面研究的博士后，据说已经出了好几本书。看了他的作业，应该是水平很高，英语词汇量很大，自己的母语

是阿拉伯语，在法国拿到博士，法语也是没有问题的。英语发音不好，就找 Bob 练练。他在法国一个大学里已经是副教授，是个十分热衷于政治问题的家伙。在课上他谈中国的经济发展中问题，似乎头头是道，周婧就问他：你去过中国吗？你知道中国这些事情的原委吗？他就说：没有去过，这些都是从媒体中得到的。同样，我的同学邵捷在杜勒斯机场（Washington Dulles International Airport）也说类似的故事。由于她十几年基本上都是和非华裔一起工作，由于他们对她的认同，才使他的同事改变了不少对中国的看法。邵捷认为，即使在美国这样一个言论自由的国家，这些美国人至少在中国问题上被洗了脑，而他们许多人对中国的认识基本停留在 80 年代初的水平上，原因就是因为"多数人暴力"的原理。

但是，我们忽略了一个十分重要的事实。美国是一个在法律上严格规定言论自由的国家。而且实事求是地说，美国在公共信息的获取方面极其便捷，并且使用成本大部分为零，即使收费也是很低廉，并且都是事先声明，也会给你许多替代路径。这是我们国内政府部门十分缺乏，需要学习和改进的。

应该说，我们如果要和平相处，首先就是要相互信任。但是这一点就很难，我们一直在相互猜疑。其次，我们要习惯各自不同的处事方式。剩下就是时间问题了，我们必须等待彼此。应该说中国和美国最大的相同点就是比较宽容。

（2011 年 6 月 28 日写于 3500 Barrett Drive Apt 1G Kendall Park NJ 08824 的李超家，第一稿。）

为什么我们不感到幸福?

导读：这是对我们真实感受的解读。我们不幸福是通过互联网，通过博客比较出来的。以同一时代的不同发展水平的横向比较，总有一些人会感到不幸福，作为幸福参照物的人也未必幸福。这就是我们真正无法感受幸福的本质。如果你纵向比较，放在一个更长历史轴线上比较，你是否会好受一些？

客观地说，仅仅看中国的宏观经济指标，中国经济的确没有太大问题。在美国即使那些对中国最不友好的极右派别的议员和美国之音（VOA）这样基本上代表美国政府，对中国存有严重偏见的媒体（美国媒体没有不对中国存在偏见的，只是程度不同而已），也不得不酸溜溜地承认中国经济的高速增长是一个不争的事实。但是，3月份的华尔街日报提醒中国不要落入"尼克松陷阱"，就是落入滞胀的陷阱中；另外就是对中国增长质量的质疑。这是一个长期以来一直困扰我的问题。就是说，我们的宏观指标一直是好的，过去国外怀疑我们的统计数据，现在他们自己也承认中国在近30年时间里取

华盛顿特区的中国城

得了令人信服的进步。但是，我们的微观经济却没有达到令人满意的地步。原因是什么？和我们恰好相反的是，日本在近 20 年时间里宏观指标一直很糟，但是人民的生活水平依然很高，没有出现我们预期的社会动荡。为什么？也就是说，为什么我们在高速增长，我们感觉

美国钓鱼爱好者钓到的 "Catfish"

不幸福？而他们几乎不增长，民众却比我们幸福？

　　日本我没有去过，没有直观的感受。到了美国，尤其是在新泽西的 Somerville 的乡下，我才比较清晰地认识到，美国人在过去的两三百年中的确积累了巨额的财富，这些财富分散在像 Dennis 这些普通的民众之中。在前面写《美国式的奢侈和浪费》一文时，为查美国公立中小学的数据，无意中看到了一组数据，很值得我们玩味：美国现有人口 3.1 亿不到，新泽西是 850 万；每家均收入全美是 ＄36135，新泽西 ＄58439；全美接受高等教育的人口比例是 25％，而新泽西是 35％。下面的数据是：全美平均年龄 37 岁，而新泽西 36 岁；但是全美每个家庭的平均人数是 2.6 人，新泽西是 2.5 人；每个家庭拥有的房间数全美和新泽西相同是 5.7 间；但是，房子主体结构的建

美国新泽西的样板房

造年限是全美 47 年而新泽西是 49 年。

我所知道的几家房子，合作教授颜安的房子在 Shorthills，建于 1946 年，是我知道最老的；Dennis 的房子在 Somerville，建于 1973 年也有 38 年；住在 North Brunswick 台湾来的谷家的房子建于 1976 年；前几天去过 John 的房子最新，是 1995 年前后才建。我要说明的是，这些房子都是木结构，一般可以使用 100 年。在一些比较老的小区，100 年以上的房子正常使用的比比皆是。主体面积 3000 平方英尺 ~ 3500 平方英尺左右（278 平方米 ~ 325 平方米），全新泽西共有 340 万户，就按照 10 户有一栋 House 计算，总计就有 34 万栋。按照 Dennis 去年交税的价格 45 万作为平均价格计算，是 1530 亿美元的财富存量。就是按照新泽西 46 年房龄，这一财富归谁并不重要，至少我们清楚，在未来的 50 年里，这些财富存量是始终存在的，不需要再增加投入就可以直接使用（一般维护费用除外）。

再宽一点说，加上美国过去一百多年在基础设施等方面的投入，使得现在的人在相当长时间里可以坐享前人的成果。但是，如果我们设想新泽西的房子现在都不能使用，那么他们就不得不增加这方面投入，必然会减少人们在教育卫生娱乐等这些可以直接增加幸福感方面的支出。虽然建新房子可以增加 GDP，但是一般不会直接增加人们的幸福感。所以，首先我们要承认美国这些年建设成果本身质量高，也就会被长期地使用下去。可以想象，如果今天纽约再建地铁网络，他们的民众就不会那么悠闲自得了。

由此，我们知道为什么我们保持高速的经济增长，却会感到不幸福，我们感到压抑。是因为我们创造的财富不可能在我们这一代人全部享用，这是我们财富观出了问题。我们总希望自己创造财富自己消耗，这种短期

西印度公司纪念碑

普林斯顿高中教学楼

的财富理念，是相当一部分人穷奢极欲、挥金如土的主要症结所在。大家如果想一想，如果没有美国黑人、华工以及美国人自己的努力积累财富，能有今天美国的巨额财富存量吗？同样要不是日本人在这一百多年苦心经营精打细算，能有今天日本年青一代坐享其成吗？

从这个意义上说，我们这几代人都不会太幸福，也不可能太幸福，我们是积累财富的一代。但是，我们创造和积累的财富可以真正为我们的子孙过上更加美好的生活奠定基础，这是我们为什么关注今天的建设的关键所在。我们建设的高铁、高速公路、三峡大坝等等，都是为我们的后人留下财富，至少他们不需要为此再勒紧腰带，这些都使 GDP 增长，但不会增加我们的幸福指数，却会增加我们后人的幸福指数。我们今天建设住宅和别墅，给我们的后人减少这方面的投入，而使得那时的人们更加幸福，可以追求更高的人类境界，这才是我们这代人努力的目标。今天我们看到普林斯顿大学也就几千名学生，2000 年的预算达到 6 亿多美金。实际上这是他们前人积累的结果。要知道，1758 年普林斯顿大学刚刚办校时，美国学生的学费才 15 便士；而 2000 年预算是 6 亿美元，学费 30000 美元；照此学费预算比折算一下，当时的预算要有 3000 镑，这在当时也是一笔巨款。正是这一点点的积累才有了今天的美国，才有普林斯顿大学今天幸福的学生。

因此，我们再有效率地积累 50 年，我们的后人也会受到其他人的羡慕，因为是他们的前人已经为他们做了一切。

（2012 国庆节于南京四牌楼家中，修改稿。）

现代大学中"大"商学院模式的特征及其发展趋势

——以麻省理工（MIT）的斯隆管理学院（MIT Sloan School of Management）为例

导读：本文研究以美国为代表的现代大学中商学院模式的发展规律，发现以威斯康星范式为蓝本的美国模式造就了"大"商学院模式，形成以经济管理理论研究为基础，企业需求为导向，服务社会为目标的商学院模式。本文重点分析了以科学研究著称的麻省理工的斯隆模式商学院的特征，认为"大"商学院与"小"经济学系及多学科融合模式是经济社会发展中的历史必然和未来趋势，最后探讨东南大学实现"大"商学院模式的可能性，寻求我们可能的发展路径和具体措施。本文为东南大学 2012 年新任中层干部培训而做。

一、引言："大"商学院的来源

一般认为，古典经济学的产生是以 1776 年亚当·斯密（A. Smith）发表《国富论》为标志，但是直到 1890 年马歇尔（A. Marshall）《经济学原理》提出新古典经济学才基本形成。经济学成为一个独立学科是 1903 年剑桥大学成立经济学系为标志。马歇尔即为第一任系主任和首位经济学教授。在此之前经济学教授们大都是教授政治经济学的哲学教授或者神学教授。在 20 世纪前英国在经济学研究方面具有绝

对统治地位。与此同时，在德留学回到美国的奈特（F. Knight）和克拉克（J. B. Clerk）分别在芝加哥大学和哥伦比亚大学创立经济学系，开始建立美国学派（The School of American）。尽管宾夕法尼亚大学的沃顿学院（Wharton School of the University of Pennsylvania）始建于 1881 年，但开始时并不是严格意义上的商学院，尽管今天依然沿用沃顿学院的旧名。同样，1900 年纽约大学（NYU）的斯特恩商学院（Leonard N. Stern School of Business）创立之初只是为会计和金融实务培养人才。直到 1908 年哈佛大学成立了符合现代"大"商学院模式，以 MBA 为起点的哈佛商学院模式，基本被认为是现代大学"大"商学院模式的经典。现在全世界的著名商学院基本沿用这个模式。到了二战以后欧洲大学才相继成立现代模式的商学院。亚洲最早的现代商学院 1951 年成立于日本早稻田大学。

从学科关系而论，通常认为，经济学是管理学的一般，也就是说经济学是管理学的理论基础；而哲学是经济学的一般，所以经济学大家的哲学造诣也是非同小可的；但是哲学家最终都会在"上帝"那里找到自己的归属，也就是哲学家在最终无法解决的终极问题上会在宗教上得到解脱。虽然上述论述有失偏颇，但是，它基本表征了经济管理学科发展的基本规律和发展趋势。

为什么在相当长的时间里经济学家一直在象牙塔中讨论近似哲学问题的经济学问题，而不像第一次世界大战后从经济理论出发，开始全方位深入研究企业问题？

应该说，这是和人类经济社会发展的基本规律一致的。经济学家不太可能超越历史去解释或者预测未来世界。在 20 世纪初之前，经济学家一方面在为解决供给不足问题做不懈努力；而另一方面却在为财富分配的基本问题——谁是创造财富的主体争论不休。这时企业借助资本市场的力量悄然变大，也在逐步控制社会经济的发展轨迹，其重要标志是 1890 年美国《反垄断法》也称《谢尔曼法》的颁布。也就是说，垄断性企业和垄断性行为已经成为社会的基本经济组织和企业的正常行为，政府必须通过立法干预企业的行为。现代大学特别是商学院的发展也不得不面对这一现实。

严格地说，真正触发"大"商学院模式高速发展的，应该是 1929 年的大危机。按照凯恩斯理论的分析，大危机是由于消费需求不足引发。但是，他没有解释危机形成的微观基础，就是产业革命后生产规模的不断扩大，特别是以"泰罗制"为最主要规范的福特模式的广泛使用，使企业生产能力迅速超过消费者的实际需求。这种需求不足的本质是产业革命中大规模生产同质化产品导致的"需求不足"危机。从微观理论的发展可以看出，张伯伦和琼·罗宾逊的不完全竞争理论就是对现实问题的回应，也部分弥补了新古典经济学的缺陷，形成了以差异化为基本特征的市场结构范式，以市场需求为基础的生产方式。

差异化市场的形成导致了市场的巨大变迁，商学院模式也随之变化。一是市场不断变幻使得原先同质化的竞争性或者垄断性企业不再是市场的主体，带有差异化的寡头和垄断竞争性企业不断成长并取得成功。比较典型的就是斯隆领导的通用汽车在差异化竞争中逐步战胜福特王国，成为世界汽车的霸主。二是像老福特（H. Fort）那样集企业所有者、企业管理者甚至发明家于一身的"完人"不再出现，其职能开始分解，专业管理人员、职业经理人的需求开始大量涌现。三是企业变大几乎没有止境，市场变得更加复杂，使得企业中的分工细致程度不断加大，层级不断增加，管理人员的理念需要高度统一，形成较为严格的企业管理范式，企业的理论需求开始加速提升。现代大学的"大"商学院模式随之产生。那么，今天"大"商学院模式的基本特征是什么？它形成的规律又是什么？

二、"大"商学院模式的基本特征——以斯隆管理学院为例

上文谈到现代大学的"大"商学院模式以哈佛商学院所创立的模式为经典，为什么要以斯隆管理学院为案例谈论"大"商学院模式？

MIT 的学校和学科特点突出，是一个以工科见长，以技术创新为己任的大学。就如同她校徽上表明的"科学和艺术"是学校的生命线。斯隆管理学院在这样的学科和学校背景下走出全新的道路。斯隆管理学院的历史是从 1914 年开始，较其他著名大学建立商学院要晚一些。但是，1931 年在斯隆本人倡导和斯隆基金支持下开始建立以 Executive Development Programs，简称 EDP 为核心的企业高级管理人员培训课程，开创了商学院教育新模式。从 1952 年创立"产业管理学院"到 1964 年斯隆管理学院正式成立，他们完成了从工科模式的管理学院到现代大学"大"商学院的华丽转型，尽管现在他们还是叫"斯隆管理学院"（MIT Sloan School of Management）。斯隆商学院具备了"大"商学院的基本特征。

以创新管理为基本立足点，通过在经济学、金融学、管理学、会计学和统计学

等学科方向取得的最新理论成果，将经济社会，特别是企业实践提出的具体问题化为各个研究中心的课题，建立系统科学的课程体系（包括学历教育和非学历培训），将每个教师的课程与研究有机结合，形成精英式的人才培养、创新型的科研成果开发以及全方位的社会服务为特征的现代大学的"大"商学院模式。要完成这些必须具备以下条件：

1. 教师队伍无比强大。

斯隆管理学院官网提供简历的教师和研究人员（faculty）208 人，按照统计数据现有全职教授（full-time）112 人，其中有终生职（Tenure）75 人，非终生职（Non-Tenure）37 人，女性 24 人。教师中有三个诺贝尔奖获得者，十名美国科学和艺术院院士（the American Academy of Arts and Sciences），四名国家工程院院士（the National Academy of Engineering），两名国家科学院院士（the National Academy of Sciences），国家科学奖（National Medal of Science）和技术奖（National Medal of Technology）获得者各一名。几乎每一个教师都出自美国前十名的大学，而且是在本领域的同龄人中的佼佼者。现有三名华人教师，比较知名的是王江教授，本科毕业于南京大学物理系，在拿到物理学博士后转到金融学。其他两位分别来自带有很重的工科背景的清华大学和上海交通大学，博士分别毕业于加州伯克利和哈佛。

专职教师和合作者以及访问学者共组成 23 个学科方向，应该相当于我们的系一级单位。既有比较传统的应用经济学、市场营销和会计学等大专业，也有比较小方向的，比如健康管理和组织研究等，其主要以教学为目标。同时，教师在 12 个中心中开展合作研究，有些我们也在建设或者正在考虑建设，例如金融工程实验室等。但是，最有名还是她的"领导力研究中心"（MIT Leadership Center）和"企业家研究中心"（MIT Entrepreneurship Center），他们可以做出一流的研究成果。其基本特征就是在学科方向上努力钻研，在研究中心寻求合作的可能，在专业化教学中得到深化，在社会实践中得到验证和发展，循环往复不断上升。

同时，由于 MIT 经济学系全球最著名，因此在这里工作过或者校友中诺贝尔经济学奖获得者有 12 位之多，其中包括美国第一个获得诺贝尔经济学奖的萨缪尔森。他也是最早倡导将经济学的基本理论来指导企业家行为的经济学家，并创立了现在非常流行的"管理经济学"（实际上应该是管理者经济学）课程，并经常亲自到MBA 或 EMBA 班授课。还有，在 MIT 的年轻一代中，2005 年克拉克奖获得者阿西姆格鲁（D. Acemoglu）又是一位杰出代表。这些杰出学者通常会在功成名就之后受聘到斯隆做教授。但是，十分有趣的是几乎没有反向流动，即从商学院回流到经济学系的。当然，很多现任教师是商学院和经济系的双聘教授，这些教授既保证了斯隆在学术上的领先地位，又使斯隆在教学和社会服务中遇到的大量问题回到经济系作为研究的起点，后面谈到 Richard L. Schmalensee 教授就是这样的典范。同时，他们还邀请波士顿地区的哈佛大学、波士顿大学（BU）和波士顿学院（BC）等学校的教授定期交流，构成了三层的教师体系。

2. 管理队伍分工细致专业化高。

在美国访学的大学中，其管理队伍的庞大和专业化程度给我印象深刻。斯隆管理学院也不例外。根据学院官网提供的职员（Staff）资料，共有 380 名职员，其数量超过专职教师（faculty）的三倍。虽然中间有大量学生兼职，但是，岗位十分明确且分工细致。在院级管理层面包含 7 个中心，其他管理职员全部归属上述 23 个学科方向以及 12 个中心。平均每个部门有 5 ~ 8 个专职的职员为教师和教学服务，其构成了完备的服务体系来保证教师和学生得到最佳的研究环境、教学环境和学习环境，每一个来斯隆学习和工作的学生、教师都会得到规范、严谨和周到的服务。

当然，商学院的主要领导，特别是院长（Dean）的资历和个人魅力对学院发展的影响是不言而喻的。所以，斯隆管理学院作为全球领先的商学院，其主要领导人的学术地位和领导能力是极其重要的衡量标准。现任院长（自 1951 年以来第 8 任）是宾州沃顿学院的副院长 David C. Schmittlein（2000 ~ 2007），他自 1980 年加入沃顿已经工作了 30 多年，是市场营销方面的专家。

他的前任（第 7 任，1998 ~ 2007）是本人非常熟悉的反托拉斯方面的专家 Richard L. Schmalensee。此人在产业组织理论（IO）特别是在反垄断领域的研究一直是全球旗帜性学者。他在美国起诉微软（US vs Microsoft）的案件中所做的关键陈述使得微软免于被分拆，由此声名鹊起，对世界各国在网络环境下的反垄断政策的制订和实施影响巨大。同时，他也是产业组织手册（The Handbook of IO）的两名主编之一，网罗了包括威廉姆斯、科斯和克鲁格曼等几乎所有超一流学者参加撰稿，可以想象其在美国学术界的地位和影响力。

3. 课程前沿学生优秀。

目前斯隆管理学院的教学和学生具备了现代大学"大"商学院的最为显著的特

征，那就是"巨大非学历培训（EDP）和极少量学历教育"有机结合。

以 2011～2012 学年为例，非学历 EDP 超过 50 个以上的项目，其中为客户定制的 24 个，常年开设的 34 个。参加培训人员超过 5000 人次，课程范围几乎包含所有从最基础到最前沿的课程，学生年龄范围 28～60 岁，工作年限是 8～30 年，这是现代大学服务社会和全社会终生学习的基本理念。而课程安排和教授配备上的特征是，这部分教授的资历较深、年龄更大、经验丰富、课程前沿和贴近实际，课程都是这些教授多年积累和最新研究成果的结晶。

学历教育分为三个层次。管理科学的本科生，数量极少，2011～2012 学年仅毕业了 48 人，四年应该总和也就 200 人左右。MBA 项目最近两年招生都在 400 人上下，大约有 4400～4700 人申请，申请获准率大约十二分之一。虽然斯隆公布录取学生的 GMAT 的成绩为 670～770，但是，据我所知，国内几乎没有在 720 以下被斯隆录取的记录，可见申请之难。MBA 一般为两年制，在校总人数应该在 800 人左右。同时 2012～2013 学年即将入学 70 名 EMBA 学员，是从 272 名申请人中挑选出来，总数也就 150 人以下。最金贵的是博士，2012～2013 学年共有 641 人申请，给了 32 个 offers，18 人接受，现在在校博士总数是 82 人。美国博士通常要读 5 年，这些毕业生大都会成为美国排名前 10 位的大学的教师。

4. 资金雄厚来源丰富。

实际上，上述所有一切如果没有雄厚的资金支持也是"纸上谈兵"。斯隆管理学院的经费来源主要有四部分。

MBA 和 EMBA 学费和 EDP 培训费是学院稳定的经费来源，是维持学院正常运作的基础，而 EDP 收入是极其重要的来源之一；基金运作是学院资产保值增值的最为重要的手段，几乎每个大学甚至学院都有专门的基金公司运作；校友捐赠不仅仅是学院经费的重要补充，同时也是学院社会价值和认同度的标杆；教师争取国家和企业项目经费支持更是教师为社会服务和社会对其研究水平认可的重要路径。详细情况如下。

一是学费。MBA 和 EMBA，每人超过 10 万美元，注册学生人数不到 1000，粗略计算总收入超过 1 亿美元（不包括博士和本科生）；培训费平均 5000 美元 5000 人次计算，总数达到 0.25 亿，总收入超过 1.25 亿美元，这是商学院最重要的经费来源。

二是基金收入：到 2012 年 6 月 30 日，斯隆管理学院院务基金的市场总价为

6.35 亿美元，折合人民币约 40 亿。可能受到美国宏观经济影响，比去年的 6.57 亿美元有所减少。基金通过投资资本市场获得收益，除去管理费用外，作为学院经费的另一主要来源。目前没有查到他们该基金运作状况。但是，据有关资料显示，普林斯顿、耶鲁、哈佛和麻省理工是全美高校基金运作最为成功的学校。

三是校友捐款和政府企业专项经费。当然校友捐款一般投向两个方向：一是捐给上述基金，作为院务基金为学院理财的本金来源；二是直接捐给学院作为专项经费，比如奖学金或者奖教金，用来吸引高素质的学生，特别是设立讲座教授经费，聘请高水平教授或者留住本校优秀青年教授。另外就是用作建筑的维护费用。

其他包括申请国家经费和企业咨询合作等收费也是重要来源（没有找到学院的年度预算表，无法准确分析和判断资金来源和支出情况）。由于斯隆有超过 20000 人的校友（这里指在斯隆获得正式学位者，占 MIT 全部毕业生的六分之一），并和麻省理工的 12 万毕业生保持良好联系，可以看出斯隆在整个大学的地位。据维基解密的资料，2011 年麻省理工的校友所办公司的市值，在全球所有国家按照 GDP 口径计算的排名中，她是排在 16 位。当然，从历史渊源上说，斯隆本人 1896 年毕业于麻省理工的电子专业，也是他在企业实践中感受到商学院教育的重要性，才会在 1936 年极其困难的经济环境下捐资 500 万美元巨资兴办了商学院。

应该承认，斯隆强大的资金保障是保持其全球一流商学院的基础。但是"高精尖"学历教育与"低普通"继续教育（EDP）的有机结合，理论顶天和实践立地的学院作风，加之麻省理工强大的工科背景，使其在美国多如牛毛的商学院中特立独行，自成一派，这也是最值得我们深思的地方。

三、东南大学实现"大"商学院的设想和实施步骤

如果要寻求东南大学成为国内一流商学院，必须理解中国现有的商学院形成演化路径。从现有中国商学院的发展路径来看，主要有四条（这里主要是分析"985"高校），即综合性大学、工学院、财经院校和独立学院。每个院校发展商学院都有其路径依赖和相应的规律性，很难说谁好谁坏。

一是综合性大学，例如北大、复旦、南大、南开、中山和武大。这些大学严格意义上比较接近美国的文理学院，只是办学层次较高，较早就有博士点和博士授予

权，但研究教学水平并不是很高。这些大学从原来的经济学系（院）分离出商学院，或者管理学院。现在北大一分为三，除了南大的其他三所大学的经济与管理也早已分开，分离出来的学院几乎与原来学院老死不相往来。比较接近西方"大"商学院模式的是南大商学院，现在还在商学院的大帽子下，一分为二，严格说还是一个组织。据我个人了解，倒不是南大有意为之，是1978年以后重建的经济系太弱，不得已而为之。后来较强的经济学科支撑整个学院的学术声誉，学术声誉强化商学院的社会地位和赢利能力，才得以形成今天现状，且其EDP课程已经成为获取社会效益和经济利益的重要手段。

二是工科院校。比较有名当然是清华、上交大、西交大和没有合并前的浙大等等。东大和其他四大工学院也都属此类。应该说，这些学校比较接近于斯隆管理学院，有工科背景，从管理科学（国内叫管理科学与工程）起家，还有人文社科方面的师资条件。虽然起点高度不同，路径却大同小异。这些学校中最有名的要数最初在上交大起源的中欧商学院，实际上是国内一批有识之士，按照美国"大"商学院模式的最初尝试，比较成功。虽然，中欧独立以后，对上交大管理学院影响较大。但是，目前上交大在"大"商学院模式下运作依然是工学院背景中最为成功的。原因应该是两方面：上海的地理位置和人文环境十分重要；而中欧模式"遗产"的影响也不能忽视。

三是财经院校。最有名的要数上海财经，还有东北财经、中南财经和西南财经，包括最近十年"爆发性"成长的中央财经。这些学校几乎是举全校之力办一个学科，学科分类太细，又没有专业背景，学科之间重复交叉很多，很难认定为严格的商学院，而且在美国一流大学中没有这样类似学校可以比较。在这一类中最特殊的是人民大学。作为单纯的文科与社会科学院校，早期在国内经济管理地位无人能及。但是，在目前"大"商学院模式背景下，其要突破原有框架似乎很难。这也是其最近十年日趋衰弱的原因之一。

四是独立学院。这些不是"985"大学，甚至不能被认定为严格的大学。但是，它们是按照"大"商学院和"小"经济系模式人为制造出来的，就像前面说过的中欧商学院和李嘉诚出资建立的长江商学院。中欧的诞生有其偶然性也有必然性。但是，中欧在脱离上海交大后，严格按照美国商学院模式教学和研究，甚至不惜在相当长时间里文凭不为教育部承认也不改变其办学模式。例如，她遵守商学院基本不招本科生的基本框架，在 EDP、MBA 和 EMBA 的教学中沿用美国的教学模式，当然其规模远远超过美国的一流大学。长江商学院也是如此，只不过其办学时间较短。但是，这两个商学院办学理念、教学方法、教师素质和收入、学院收入和支出构成、学生毕业后收入等都是接近美国二流商学院水平，是我国目前在全球商学院排名最前的学院。

但是，通过对我们现行的商学院的形成路径和现状，比较以斯隆管理学院为代表的"大"商学院模式，基本可以看出我们商学院的模式的问题主要有以下几个方面。

一是办学理念陈旧。我们目前还是停留在中世纪大学的"知识传授"的层面，也就是中国传统的"授业解惑"的理念。学生没有知识创造的乐趣，也很难为社会提供有效服务。特别是经济管理专业，教学知识陈旧，手段单一，几乎没有有效的实验研究。其最大贡献就是为大学的高录取率提供帮助。特别是对实验科学、方法论教学方面的忽视，使得学生在四年乃至七年的学习中，无法形成对知识学习和创造的基本认识，还是停留在简单的知识重复阶段。大量学生在四年学习结束，对本学科的基本理解简单和片面，很难和社会需求对接，也无法在理论创新上有所建树。当然，办学理念的落后，必然导致师资、经费和日常管理的种种问题的出现。这些都被陈旧的理念所束缚，成为强化这一理念的帮凶。

二是"伪"学术型学生数量太多。从目前全国的学生的学科发布上看，经济管理专业学生数量庞大，专业方向和学习内容重叠，同质化程度极高，其专业学习的应用性极差。目前，教育部扩大了专业硕士的招生，实际上违背教学的基本逻辑。一个本科四年学习管理专业的学生，再加上两年在本专业还能学什么？但是，如果学生来自工学或者理学就大不一样。所以，大幅度减少经济管理学科的本科生数量，增加理学和工学学生数量是最为有效的路径，我们一定要避免重复英国过去 20 年的错误，就是几乎英国本土学生全部涌入经济管理学科，使得本土几乎没有一流的工程师的教训。通过这样竞争，也可以筛选出最为适合经济管理理论学习的学生，为造就经济管理学科一流的教师，甚至出真正大师作好准备。在目前这样全民办经管专业，好学生云集经管学院是社会资源的极大浪费，也不利于经济管理学院的发展。

三是严重忽视 MBA 和 EMBA 特别是 EDP 的影响。减少经管本科生的数量是否会影响对社会经管人才的供给？这就要通过大量开展定制的 EDP 和常设 EDP，以及

专业化 MBA 和 EMBA 教育，培养真正社会需要的经济管理人才。我们都知道这类人才是需要不断培训和实践才可能真正为社会所用。现在社会上大量存在的培训机构，就是对我们现行教育中明显缺陷的最有说服力的反应。同时，终身教育是"大"商学院模式中极其重要的理念，前面我们看到斯隆培训的学员的年龄范围是 28～60 岁，工作年限是 10～30 年，所以，我们忽视这一点就会大大降低商学院存在的价值。

当然，现有的商学院不仅仅存在上述问题，同时我们也清醒地认识到在现有教育管理体制下，要实现"大"商学院模式存在诸多的障碍。根据我们东南大学经济管理学院的现状，我们该如何实现向斯隆管理学院这样的一流"大"商学院模式转化呢？

首先，解决钱的问题。我们必须迅速扩展 EDP 的规模和教学规范化，从这里寻求东大"大"商学院。模式的突破是我们工学院背景学校形成"大"商学院的基础，也是当年斯隆管理学院的成功经验。目前，我们中国的商学院还是在"闭门办学"，东大可以借助较强的工科背景形成具有东大特色的 EDP 教育模块，比如交通运输模块、信息工程模块、环境工程模块、生物医学模块等等，只要是本校强势的学科，都可以与经济管理结合，形成本校的学科优势。提醒您特别注意上面对斯隆教师队伍中工程院院士和美国科学和工程教师的介绍，斯隆现在的学科创新优势可大都来自其强大的工科背景！

如果按照这一思路努力，我们至少可以解决四个问题：一是学院发展的经费问题和教师收入增加问题。我们无法达到斯隆每年 5000 人次以上的培训规模，如果达到 3000 人次，每人平均 5000 元（这是很低的价格），将有 1500 万的收入，按照学校、成本和利润分配，每年学院将增加 500 万财力用于引进人才、学科建设和基础设施改造。按照成本半开原则，有关教师将获得 250 万以上的课时收入，可以提高教师的收入水平。随着规模扩大，收费提高将大幅度提升学院可用财力。二是在与相关院系教师合作教学中找到新的研究课题，特别是在目前最新技术和科研成果的转化中可以寻求全新突破。目前我校工科教师的项目转化率太低。根据本人的了解，缺乏相应的知识储备和缺少可信任的专业人士作为依托是两个主要原因。三是为 EMBA 寻求新的学生来源。从有关资料发现，比较成功的商学院 EMBA 学员中三分之一到二分之一来自 EDP 学员，可以在很大程度上解决目前 EMBA 生源不足的问题。四是将教师的教学和研究进一步专业化。现有教师上课过多过杂，原因就是学生数量较少，专业方向单一，难以深入。大量专业化的 EDP、MBA 和 EMBA 的教学使教师分工细化。"市场需求决定分工程度。"这也为 MBA 和 EMBA 的小班化和专业化提供了可能。

其次，解决学的问题。大幅度减少本科生在本学院的学习课程，引导他们在前三年尽可能选修非经管专业的课程，短学期和四年级集中学习经管学科内容，重建双学位式教学模式，形成有工科专业背景的经管人才框架。同时，建立 20 人左右"吴健雄"经济管理强化班，形成本硕博连读的体系，为本科生打品牌做铺垫，为培养自己的师资队伍做准备。这样做至少可以解决以下一系列问题。

一是现在全国商学院普遍存在学生上课轻松，甚至无事可干的现象，使得在人生中最重要的时光虚度。东南大学也不另外。二是经管学生除了学校不同，其他方面同质化程度偏高，没有任何特点的缺陷。根据我们过去办"二学位"的经验，这类学生成才率较高。三是减少本院教师同质化课程的压力，现有课程中重复率过高，除了少量基础课程外，可以将教师在 EDP 教学中的课程移植到本科生中形成目前教育部热推的"互动和研究型"教学模式。四是在经济和管理大类各 150 名学生中挑选 5～10 名真正具有学习经济学或管理学理论兴趣和天赋的学生组成"吴健雄"班，为培养具有东南大学特色的专业化的教师打好基础，同时也可以早出人才。

再次，解决管的问题。就是调整现有的教学和管理体系。要将现有的专任教师队伍按照自愿原则分解，形成科研、教学和创收三个部分。学院应该按照知识发展的规律，安排 35 岁以下讲师和副教授主要担负博士或者硕士课程教学，承担主要的科研任务，避免这些教师在低层次的本科教学中耗费过多的时间，保持其在博士或博士后期间在学科中的地位和研究能力，使其成为学院科研的主力。随着他们年龄增加，和对学科认识的逐步全面系统再转到本科生教学岗位。本科生教学原则上要由教授或者五年以上副教授担任，但是课时要减少，课时费要增加。同时，老教师承担为博士和硕士专题讲座和论文指导，不符合上述要求的教师转入学院创收团队，但这并不意味其脱离学院科研和教学岗位。

上述做法符合教学研究的基本规律和人的生理特性，也就符合人性和教育发展的基本逻辑。一是这样的改革符合学科发展的规律。年轻教师知识新，有利于博士或硕士研究创新；而老教师对学科理论的理解和对学科整体的把握较年轻教师更加

透彻。二是形成学院层面多个研究中心，将同方向的科研、教学和创收结合，形成创收教师提问题和要求，教学老师找理论，科研教师上水平，学院定规制，成果共享，利益均沾。三是可以打破原有系际和学科壁垒，尊重历史遗留问题，保证教师的合法权益。

最后，也是最为关键的，解决人的问题。我们常说，凝炼学院的学科方向，因事找人，不能因人设岗。要完成上述构架，按照斯隆的比例推算，我们需要150名以上的全职教师和100名非全职教师，同时需要250人以上教辅队伍（这里大量人员可以采用聘任制，关键是岗位认定）。学院按照服务类别分为多个中心，教师按照教学分成多个系，现有的系可以进一步细分，聘用权力下放给系一级，学院负责审核，决定权交给教授委员会。研究按照中心设置，所有教师都可以按照研究兴趣和个人取向进入中心，职称申报个人负责，学院审核，由外审初选，教授委员会最后评定，提交学校批准。

所以，按照"大"商学院模式构建经济管理学院人力资源框架，明确责权利关系，开放所有平台，引入竞争机制，实现学院全体人员共享。那么，在十年内将经管学院建设成为国内一流和国际知名的"大"商学院的目标是可以实现的。

（此文为2012年东南大学中层干部培训完成作业而做。2012年8月12日凌晨于南京江宁文枢苑家中）

开放、竞争和共享

（opening，competing and sharing）

　　导读：在英国的三周和到美国的两个半月时间，给我最大的感触就是，现代西方大学教育已经进入一个全新的共享的发展体系。这个体系第一阶段经历了被动保守的大学自我独立的体系逻辑，通过寡占型竞争实现自我成长的过程；第二阶段开始被动妥协，放弃大学之间恶性竞争，各自保持自己的发展体系；第三阶段开始被动合谋，形成初期开放的思想体系，寻求各自竞争优势，并保持大学之间的差异性；第四就是形成共享的思想体系，全面开放教育资源，同时更加注重各自学校和学科的差异性。当然，应该承认形成这样的体系是有其经济环境、历史条件和思想轨迹的原因。按照这一体系分析，中国大学基本处于第一阶段向第二阶段过渡的过程中。因此，理解西方大学，主要是北美和欧洲大学的发展轨迹对我们发展中国大学和学科有一定的借鉴意义。本人在仔细翻阅了国内外著名大学有关资料，结合自己的实地观察，比较中国大学和我们东南大学的一些具体情况，提出将开放、竞争和共享作为我们大学的未来，特别是在社会科学领域的基本理念，并拟文加以说明。本文为交社会科学学部英国培训的作业而做。

一、开放是现代大学的存在基础

　　为什么开放对现代大学如此重要？我们从早期西方大学发展体系的形成过程可

以看出其中的一些端倪。在英国的早期大学至少有两个特征十分明显：一是无一不冠以"**King's**"或者"**Queen's**"的名头。实际上这些学院在早期本质上是为英国各代王朝培养干部或者说是王朝捍卫者的领地，由此在其理念上都有自己相对的封闭性，无论是学术研究、学生的选择和教师队伍的形成都受到了巨大的限制，几乎所有的研究被严格限制，学生和教师都是来自贵族，至少和贵族有着千丝万缕的联系。这一体系的弊端十分明显，教授和学生来自贵族，其思想从小受到严格的限制，难以具备创新的思想。即使到了今天，英国大学所保留的这一痕迹依然存在，也直接影响了英国大学的发展。二是英国大学一般是先有"college"或者"school"，后来组合成为"university"。每个学院"college"基本保持与大学"university"的相对独立性。每个学院的独立性，同时也导致其封闭性。今天我们可以看到英国大学在外界条件不利的压力下，不得已开始被迫开放，同时难以放下作为曾经的现代大学的"祖师爷"的架子。比如伦敦国王学院（King's College of London），自50年代以后这个学院再也没有什么值得夸耀的东西，最显要的成果基本出现在独立学院的年代，出现在个别天才的"灵感"就可以左右科学发展的时代。到了今天，需要合作和共享的时代，这种封闭的体制在很大程度上限制了英国大学的发展。

当然，追究英国大学的失落，另外一个重要因素就是英国大学的教授制度。这是一个制度因素。英国大学在相当长时间里，每一个系或者学院只有一个"教授"。例如，剑桥大学（Cambridge University）的经济学系1903年建系，当时的唯一教授也是系主任是马歇尔（A. Marshall）。尽管马歇尔退下后，包括帕累托和罗宾逊等著名学者后来陆续成为学院教授，但是极大地影响英国经济学的发展。这种教授的传承制度，限制了不同学派思想的竞争、交叉和融合，这也是英国许多学科逐步被美国取代的重要原因之一。与之对应的美国教授中长期雇用制度（Tenure）对美国大学的影响是十分直接的。虽然在其形成的过程和利弊上存在较大的争论，但是，美国现行的高校教育体制中，以大学中对教师的长期雇用为前提的开放制度，为美国今天的教育乃至经济发展提供了不可缺少的基础。

也就是说，今天我们看到的美国大学实际上是开放经济年代的产物。第一，美国的大学源于英国，我所实地考察过的大学Fordham University建校于1841年，普林斯顿大学更早，几乎和美国独立时间1776年相当。但是，他们共同的特征是要比同时代的英国大学更加开放，不管在学生来源和教师制度方面，还是在学院的安排上，也是更加开放和灵活。更不用说在新泽西的一些小学院。第二，美国大学的开放在于其学科领域的不拘一格。普林斯顿大学甚至将完全不同学科的教师置于同一个研究院，使其在思想上完全不受学科的限制，任其自由的想象和发挥。而哈佛大学甚至认为，如果这个系不能在全球进入前三位就面临淘汰的险境。但是，鼓励你自己创立一个新学科，成为这个学科自然的第一位。第三，也是最重要就是开放下的独立精神。开放是保持独立精神的基础，同时也是保证。因为开放才可能给教师足够的空间保持其独立精神。今天我们经常鼓励教师要保持足够的独立精神，但是由于开放程度有限（现在美国大学同样存在教师没法在有限的空间得到足够的资源），要求其保持思想上的独立性是难以想象的。

二、竞争是保证大学活力的源泉

上面强调开放是大学发展的基础，没有足够的竞争大学就缺少活力。但是，今天中国大学的竞争正处于恶性竞争的状况，就其本质而言就是中国大学的同质化趋势日趋严重。为什么在上一部分着力强调开放？因为在一个封闭的环境里强调竞争，势必导致恶性竞争。也就是说首先要保证教师有足够的选择权利，如果不是这样，一味要求教师在各方面达到全能是不切合实际的。那么怎样才是有效的竞争？我个人认为有四个层次，即校长（包括校级的领导团队）、各个学科带头人团队、学校的管理平台和各个教师，他们对不同岗位的设计和选择，可以阐述本文所要提倡的竞争理念。

由于中国大学的校长的"自由裁量权"与西方大学比较极其不同，但是还是有较大空间可以操作。特别是中国目前正处于高等教育迅速发展时期，教育管理部门急需找到符合中国特色的大学教育体制。我个人认为这一出发点无疑是正确的。但是，就实际而言是完全不可行的，因为这一理念违背大学发展的一般规律，也就是不可能将两个大学办成完全一样的大学这一基本逻辑。

首先大学校长的作用就是构建学校基本构架和理念，保证这一构架和理念的传承性、创新性和可行性，在此基础上选择最佳学科设计者去完成这一目标。校长显然十分清晰我们的学校从哪里来，将到哪里去。至于怎么到那里去，因为他们不可能是所有领域的专家，因此选择最佳人选去实现这一目标就是校长们极其重要的日

常工作。由于现有的校领导自然是其各个领域中的佼佼者，又有很好的方法论的训练，所以对自己的选择做出正确或者基本正确的判断应该就能完成自己的使命。

选择不同领域的专家构成本学校的基本发展框架的完成者，几乎决定这个学校的未来，这个在现代大学中表现极其明显。比如，美国芝加哥大学经济学系，由于从上世纪 20 年代开始，奈特（F. Knight）开始主持这一学科，几乎开辟美国经济学的半壁江山，到目前为止至少有 24 位诺贝尔经济学奖获得者与其相关。而我们知道1969 年经济学才开始颁发诺贝尔奖，总共不过 70 人，这是一个几乎难以实现的事情。与此同时，许多人认为，罗宾逊（Robinson）主持剑桥大学经济学系，直接导致了英国经济学的没落，甚至提出凯恩斯主义这个在 20 世纪最有影响的学派，为什么会墙内开花墙外香这个问题。这与罗宾逊对经济学学科认识的缺陷是有极其重要的关联。所以，这些学科的设计者必须是本学科最有远见的学者，可以在校内外和国内外遴选。特别是社会科学，由于其评价体系的特殊性，应该考虑其基本的遴选制度的竞争性。这个可能对本校的发展是极其关键的。当然，不是说现在就要按照这样的方式处理，但是从现有的国外先进大学的制度设计看，选择最佳学科设计者是一个总体趋势。而在学科设计者选择上创新，无疑是校长们未来获得褒奖的重要原因之一。中国人最为称道的就是蔡元培选择陈独秀建立北京大学的文学院的典故，实际上中国目前大学校长在这一方面具有足够操作空间和自由裁量权。

其次就是建立学科带头人的岗位设置，上面已经说明校长最重要的工作就是选择不同学科的带头人。在此必须说明，它可以分为两个层面的设置：一是学科岗位的设计者的选择，也就是说需要不同的团队对学校的目标进行科学和专业化分解，形成对这样学科带头人的基本轮廓的描述。还是以芝加哥大学经济学系为例，经济学系的学科带头人基本轮廓可以描述为：经济自由主义者，强烈的创新意识，极为严格甚至有些苛刻，还有一点反叛精神。从奈特（F. Knight）、斯蒂格勒（G. Stigler）到今天的里维特（Steven D. Levitt）都是他们中的有力代表。

二是学科带头人的选择。需要特别指出的是，学科的设计者不一定是这个岗位的最佳人选。一般认为，学科带头人基本决定可以借鉴的经验是：对在本学校或者在国内外寻求专家对不同学科希望达到的目标、需要平台进行岗位设置，对岗位的责权利进行分解。同时要求每一个参与相应岗位竞争者必须提供相应岗位的责权利的基本合同。每个岗位必须有三个以上的竞争者，否则可以考虑放弃这一岗位的设置。考虑历史原因，可以对岗位竞争者中对本校现有教师提供适当的优惠，比如同等条件下优先等。

还有，校长对合适人选的礼贤下士也是其工作的重要组成部分。这一点在我们国内已经基本达成共识。但是，在第一点上很少有学校肯在此费太多的精力。我个人认为仅仅靠校长的直觉去决定一个学校的未来，在上个世纪上半叶也许是可行的。但是，今天必须对学校的未来有一个科学的规划并严格执行，已经是迫在眉睫的工作，而不是我们简单做"十二五"规划就能解决的问题。当然如果连"十二五"规划都不做那就更糟糕。

再次是校长在竞争中的作用。大学管理的核心和首要任务就是建立合理的平台，并保证其正常运行，同时又不干预学科发展的基本轨迹。我个人认为在这一点国内外大学差距巨大，也是体现"软实力"方面差距最重要的方面。因为国外大学对大学希望达到的目标进行评估，有一个长期的发展理念。这个理念不会因为计算机出现，或者其他新技术出现而轻易改变。他们更多地要求这些新技术适应原有的理念，而不是将新技术来替代我们固有的传统。而且这些学校是真正尊重自己学校的传统，而不是仅仅建立在"校史馆"。例如，我们国内大学对于自己学校的网页建设都是"三天打鱼两天晒网"，而几乎所有美国大学的网页都是不断更新和建设的。如果你仔细观察他们在纸质的年代，就已将这一工作做到尽善尽美的地步了，今天只不过将其搬到网上而已。如果你去比较有名的学府，他们都会提供给你相当精美的纸质介绍。

当然建立一个合理的竞争平台，需要良好的职员（Staff）为基础。这一点国内外大学差距也是较为明显。由于本人在去美国的短短两个半月时间里，遇到一些十分罕见的事情，我对所在的 Fordham University 的管理体制有了一些认识，同时在与合作教授的交流中，对他们的具体问题上的管理实际有了一些认识。比较一致的观点就是大学管理的核心就是建立平台，并保证这一平台的正常运行，但是极少干预学科本身的发展，同时要求这些管理者又是，至少曾经是这一领域的专家，或者非常熟悉这些领域。也就是，中国大学都会面临未来大量的教师转岗问题，现在如果不对这一问题加以重视，未来将面临巨大的挑战。

最后，当然也是最为重要的，就是学校要给予教师充分的选择权。学校最为核心的资源是教师，特别是优秀教师。这一点在欧美国家大学早已成为共识。我个人

认为给予教师最大限度的选择权是保证学校竞争有效性的基础。这个方面主要有三个层次，一是选择上的平等。如果只是强调教师的竞争能力实际上是一句空话，因为如果没有教师的选择权，也就谈不上竞争的合理性。到了大学层面，教师的知识已经非常专业化，由其他专业的所谓专家评估教师的能力是极其荒唐的事情。二是对教师能力考量过程程序的公正性。简单地说，就是不能用不同的标准去衡量教师。但是，鉴于教师本身专业上的限制，选择同行的评议不一定是一个完美的办法，至少是一个相对最优的路径。三是学校的管理功能主要是设置相应的岗位供教师选择，而不是像今天绝大多数的中国大学，为了迁就历史遗留问题而剥夺教师的选择权利，使其在一个不合理的平台上恶性竞争。同时强调上面讨论过的终身雇佣制（Tenure）对教师的终极关怀的作用，也为未来学校留住优秀的职员（Staff）提供了基础。

我个人的感受，国内大学教师的绝大多数的不满，来自对自己不公正的待遇，而不公正的核心就是没有选择自由、过程因人而异和没有终极关怀，使得自己没有归属感。

三、共享是现代大学的终极目标

我们的教师为什么没有归属感？就是我们自然将教师按照管理学"二八规则"进行分类，也就是20%的教师获取了80%的收益。从人数上说，绝大多数教师自然就归入80%，自然就认为自己不是大学成长的直接受益者。也就是在我们学校的文化中缺少"共享"的理念和文化，这也许与我们长期生活在短缺经济年代留下的"烙印"有关。但是，在我观察了欧美大学一些细节后，我个人认为，共享已经成为欧美大学发展的终极目标，成为每个与这个学校有关的人的共同文化，不管你是教授还是普通教师，是不同年级和不同学历的学生，还是职员和其他工作人员，是在校学生还是校友等。在其共同的理念和文化中，共享这个学校的一切成为一个毫无疑问的共识，而且都在为此努力。

首先共享是一种责任。每一个与这个学校有关的人实际上都是这个学校的责任承担者。我不太清楚他们是怎样实现的，也许是通过"King's College"临街的宣传，画或者是"Fordham"Lincoln校区二楼不同年代捐赠者或者杰出人物画像或者雕塑。但是，有一点是肯定的，就是不管是2011年3月Fordham一个匿名校友捐赠2000万美元，还是Lincoln中心13楼的职员要求你不要按门铃以免影响教授们工作，我认为他们都是在真诚地承担责任，一种共享的责任。Fordham 大学在美国不是一个顶级的大学，但是，他们的毕业生特别是本科生都为是这个学校的一员而骄傲。

其次共享是一个过程，是一个十分漫长的过程。这就是如何建立共享的文化。今天中国的物质文明已经到了一个阶段，应该逐步构成共享文化。我们的毕业生有多少知道我们学校的过去、现在和未来，有明确的感受和直接感官上的认知？对自己的学院、自己系的老师有清晰的认识？他们什么都不知道，如何和你共享！要靠开学第一课和毕业典礼就将学生融入这个学校是不可能的，必须让这些变成每天潜移默化的过程，这是一种过程的共享。没有这个过程是不会有上面所希望的责任的。过去，我对国外大学将杰出教授，甚至现任每位教授的介绍资料等放在墙上难以理解，今天放在共享的原理上就十分容易明白：这些人承担或者说共享学校发展的成本或者责任，理应得到这样共享性的尊重，这是一种"trade off"对等的逻辑。

这是一个十分有趣的理念。这是本人最近在阅读一本名叫"Meshing"的书得到的体会。现代国外著名大学已经逐步摆脱盲目恶性竞争，回归我称之为"主动合谋"的共享年代。Meshing 的作者在书的封面上提出"WHY THE FUTURE OF BUSINESS IS SHARING"。不管是他们已经流行多年的"seminar"制度，还是现在开始流行的"working paper"网络发表制度，都是这一结果的表现形式，都体现这一过程。

最后共享是一个结果。这是我们始终追求的终极目标，希望每一个东南大学的相关者都是东南大学成长结果的共享者。但是，这是十分狭隘的，东南大学应该与整个社会共享其成长。一个好的大学会影响一个社会的方方面面，这个在普林斯顿看到的最为明显。普林斯顿大学的存在实际上就使周边的所有人都共享了大学成长的成果，甚至扩展到所在新泽西和整个国家。同样在 Fordham 也是如此，在他们的教育学院，许多已经毕业几十年的学生在退休后再回来学习时，学校给予极大支持和关心。如果这样，这里教师、学生和相关人员自然也在共享学校成长的成果。如果有人责无旁贷去肩负共享责任和坚持共享过程，结果一定不会太差，大家也就自然认同了这一共享的结果。

总之，在开放、竞争和共享的理念下，东南大学会变得更加美好。

（2011 年 4 月 14 日星期四修改于 15 Judge Thompson Somerville NJ 08876 - 3723 的 Dennis Gudz 的家中，第二稿。此文为完成东南大学社会科学学部赴英国培训所交作业而作。）

后　记

　　写这本书的起因，是来自本书的第一篇——《签证历险记》，写本人在签证出错后遇到的麻烦事情，这个遭遇不能说是绝无仅有，对我而言算是比较奇特，事情结束很有一吐为快的想法。况且在新泽西最初一段日子很无聊，除了到学校听听课，就是改一篇要在《中国工业经济》上发的文章，反复了二十多遍，很烦人，很想找个事情调剂一下。加上时间很闲，就把全部过程事无巨细写出了，算是史料翔实。写完后发给有关同事和朋友，还有太太，以及颜安和朱艺看了，大家都挺喜欢，说写得不错，很生动。于是也挂在自己博客上，供大家批判。

　　后来为了完成去英国培训的作业，又写了最后一篇《开放竞争共享》交给学部。以后蒙领导厚爱，将其全文发在《东南大学校报》上，不少朋友看了褒奖有加，提高了我写一些自己东西的兴趣。离开 Newport 到丹尼斯家，更是没有地方去，所以一遇到事情就发点牢骚，于是就有了后面的一些短文，都是一时兴起就写了，也没有考虑以后会怎么样。到了 2011 年 5 月份，EMBA 学生到美国游学，问我在美干什么，我说除了看看文献，做点研究，还写了不少杂文，估计可以出一本书，他们都说希望我回国后尽快出版。8月下旬回国后，诸事繁杂，出书的事情就一拖再拖。但是，每到聚会，他们不断问起此事，我也算落下一个心病。况且，在美国离别时也承诺丹尼斯他们要把美国的事情写成书送给他们，一直没有兑现，也算是食言了，这有悖于我一贯做人的风格。

　　寒假前，几个 EMBA 学生开题，他们都是 2011 年纽约游学时，当时承诺的见证人，我必须要在他们毕业前把书出了，以免在自己学生面前丢面子。寒假后，除了大年三十晚上外，每天从晚上 10 点开始工作，一般到凌晨 3 点以后，上午睡觉，下午稍做整理，回到我当年写博士论文时的生活节奏，几乎用掉整个寒假，把该补上的都补上了，一口气加了差不多 6 万字，算是基本完稿。当然还有几篇文章在纽约时开了个头，实在是写不完，包括《饮食习惯和产权制度》、《告诉你一个真实的美国房价》和《我们为什么感觉美国价格低?》，好在这些问题时效性不太强，以后写也没有问题。

关于书名，还是在上次 EMBA 学生开题后，几个同学请客在酒桌上定的。几个同学问我最近在忙什么，我说了准备在他们毕业前把欠他们的书出了，他们问书名是什么，我说还没有定。他们问主要有哪些内容，我说刚刚写完的是《我的房东丹尼斯》，孙津提议就叫"我和房东"。开始觉得有点怪怪的。孙津解释说，你到美国，就是客居他乡，无论从小到具体房东房客关系，大到国家之间，书中谈的都是两者之间的关系。仔细想想，我和李超、丹尼斯、我的同学和前面 Newport 的租房公司的经历，不都是房东房客的关系引发的吗? 虽然也有其他朋友的建议，我想这本书的书名就这么定了。

最后要谢谢这本书中所有提到名字的朋友和同学，和未提到名字的，还有所有关心我和这本书的人。虽然有些部分已经给相关朋友看了，也得到他们的认可，但是，百密终有一疏，若有得罪大家的地方，一定是无意，敬请大家谅解。也借此机会衷心感谢一贯支持我的亲人、朋友和学生们，愿此书能博大家一笑，也算我没有白熬那么多夜了。

周　勤

2013 年 2 月 17 日星期日凌晨 4:10 于南京江宁江南文枢苑家中